YONA CARLSSON

Kiss *of* PAIN

Im Sog der Leidenschaft

SCHWARZE ZEILEN
Verlag

Bibliografische Information der Deutschen Nationalbibliothek

Die Deutsche Nationalbibliothek verzeichnet diese Publikation in der Deutschen National-
bibliografie; detaillierte bibliografische Daten sind im Internet über »http://dnb.d-nb.de«
abrufbar.

1. Auflage 2022

ISBN 978-3-96615-013-2

Coverfoto: ©sakkmesterke – stock.adobe.com

Dieses Buch ist auch als E-Book erhältlich: ISBN 978-3-96615-008-8

Printed in the EU

7. JUNI

Lydia kam von der Arbeit nach Hause, setzte sich mit einer Tasse Kaffee an den Küchentisch und schaltete ihren Laptop ein. Mit einem lauten Signalton öffnete sich ein kleines Fenster auf dem Bildschirm.

longing4intimacy – 6 neue Anfragen

Von: Loverboy
Datum: 7. Juni, 16:15 Uhr

Hey sexy Unbekannte! Würde dich gerne vernaschen und wenn du in deinen Mund mal etwas richtig Großes stecken willst, hab ich da natürlich auch etwas für dich. Lust?

Im Anhang befand sich ein Bild. Eines von zahllosen unerotischen Fotos männlicher Genitalien, Hintern und halb nackter Körper in Boxershorts, die Lydias Account täglich füllten. Sie starrte entsetzt auf die Nachricht, atmete tief ein und strich durch ihre langen, dunkelblonden Locken. Lydia war frustriert. Enttäuscht schaute sie sich kurz die Absender an, las nicht eine einzige weitere Anfrage und löschte sofort alles.

Ständig tummelte sich eine Ansammlung unattraktiver, stilloser Verehrer mit ungepflegtem Haar, Bauchansatz und extrem behaarten Körpern auf ihrem Profil – ein grauenerregender Anblick. Ihre geschmacklosen Profiltexte. Wie auf einem Viehmarkt, dachte sie immer.

Es war das zweite Mal in ihrem Leben, dass sie sich der Erotik-Community *longing4intimacy* zuwandte. Sie hatte sich bereits vor einigen Jahren dort aufgehalten, nachdem ihre

Ehe gescheitert war. Jetzt war sie offiziell in einer festen Beziehung, mit Florian. Florian war als Anwalt beruflich erfolgreich, privat jedoch unsensibel, egoistisch und Lydia gegenüber achtlos, sowohl sexuell als auch im täglichen Zusammenleben – eine Situation, unter der sie litt. Sie war unglücklich, physisch und psychisch. Lydia wurde getrieben von der Suche nach erfüllender Sexualität, von der Sehnsucht nach Aufmerksamkeit und Liebe. Das Leben musste doch mehr zu bieten haben als nur tristen Alltag und Einsamkeit im Bett! Trotz ihrer Situation fühlte Lydia sich noch nicht bereit, die Beziehung zu Florian beenden. Und sie wusste nur zu gut, dass er sich sofort von ihr trennen würde, wenn sie sich anderen Männern zuwandte. Um Risiken auszuschließen, war sie gezwungen, die Wochenenden und freien Nächte geschickt zu planen. Daher wollte sie sich nicht damit belasten, eine Affäre mit einem Mann anzufangen, der selbst erst in seinen familiären Terminplaner schauen musste, wann er frei hatte. In ihrer Idealvorstellung sollte er zeitlich flexibel sein, Single und ohne Kinder. Männer, die in ihrem Profil *in Beziehung, gebunden* oder *ich habe Kinder, die nicht bei mir wohnen* vermerkt hatten, wurden sofort von ihr gelöscht.

Während sie die Vielzahl der männlichen Mitglieder betrachtete, fiel ihr das Schwarz-Weiß-Foto eines Hamburger Profils auf. Der Kopf eines Mannes bis hinab zu den Schultern: vermutlich eher südländischer Typ mit dunklen, kurzen Haaren. Er trug eine große Sonnenbrille. Ihr gefielen das dezente Lächeln seiner vollen Lippen, die feine gerade Nase und das winzige Grübchen in seinem Kinn. Das Foto schien etwas verschwommen, wirkte geheimnisvoll. Und dann der klangvolle Nickname seines Profils: Vincent la Roche. Nicht zu vergleichen mit den Schöpfungen anderer geistloser Zeitgenossen. Neugierig schaute sie sich den Profiltext des dominanten Single-Mannes ohne Kinder genauer an und stellte fest, dass er ansprechend formuliert war. Fasziniert blieb sie an einer

Passage hängen: *Ich werde keine Fotos verschicken und verlange im Gegenzug auch keine von dir.*

Lydia musste den Satz mehrmals lesen. Ein Mann, augenscheinlich attraktiv, eventuell Südländer, außerdem dominant, eloquent und mit entsprechenden Ansprüchen. Ein solcher Typ will sich mit einer Frau treffen, deren Aussehen er nicht kennt? Was, wenn sie gar nicht seinem Geschmack entspricht? Oder sollte er tatsächlich einer jener seltenen Männer sein, denen es nicht nur um das Aussehen ging?

Lydia war eine Perfektionistin – im Leben und im Beruf. Sie hatte eine genaue Vorstellung von einem Mann, mit dem sie gern ins Bett gehen und kommunizieren würde. Er sollte ein dominanter Mann sein, der sie auf den ersten Blick und durch die ersten geschriebenen Worte beeindruckte, interessierte, herausforderte. Intelligent und kultiviert. Im Bett sollte er ihre devoten Sehnsüchte bedienen. Zwar war sich Lydia ihrer dominanten Seite bewusst, doch diese stand in einem unaufhörlichen Kampf mit ihrem zweiten Ich, einem devoten, hingebungsvollen Wesen.

Sie liebte das verbale Vorspiel. Stil und Niveau, so ihre Überzeugung, konnte man nicht nur sehen, sondern auch fühlen. Der Verehrer sollte sich nicht nur ihre erotischen Fotos anschauen, Lydia wollte auch spüren, dass er sich für ihre Gedanken und Wünsche interessierte. Dass er auf das, was sie geschrieben hatte, einging.

Das Profil hatte Lydias Aufmerksamkeit geweckt. Sie konnte nicht widerstehen, dem geheimnisvollen Unbekannten zu schreiben.

Von: White Rose
Datum: 7. Juni, 17:06 Uhr

Hallo, unbekannter Mann – du hast einen interessanten Profiltext. Triffst du dich generell mit Frauen, deren Gesicht du vorher noch nie gesehen hast?

Liebe Grüße, Ly

Von: Vincent la Roche
Datum: 7. Juni, 22:45 Uhr

Hallo Ly,

deinen Worten nach hat dir dein Besuch bei mir gefallen. Gern hätte ich dir etwas angeboten. Vielleicht nicht gleich einen Rotwein am Kamin, vielleicht erst mal nur ein stilles Wasser mit frischer Minze, draußen auf dem Steg am See.

Zu deiner Frage: Kein Foto kann das erzählen, wozu ein reales Treffen imstande ist. Ein Foto ist eine Momentaufnahme und sagt nur wenig über einen Menschen aus. Bevor ich mich auf eine Frau einlasse, möchte ich sie kennenlernen. Sie von Angesicht zu Angesicht sehen, sie sprechen hören, sie mit Anstand und Respekt berühren, wissen, wer sie ist und wie sie tickt. Was das Aussehen betrifft, habe ich natürlich bestimmte Vorstellungen. Doch der Wunsch nach einem realen Treffen bleibt davon unberührt. Wie steht es mit dir? Was bedeutet für dich ein Foto?

Einen schönen Abend!

Vincent

Immer wieder las Lydia seine Antwort. Was für ein tiefsinniger, fast schon poetischer Mann!

Sie war fasziniert.

8. JUNI

Von: White Rose
Datum: 8. Juni, 10:31 Uhr

Hallo Vincent,

deine Worte hören sich sehr verführerisch und niveauvoll an – du scheinst meinem ersten Eindruck zu entsprechen.

Allerdings habe auch ich meine Vorstellungen davon, wie ein Mann wirken soll. Finde ich ihn äußerlich nicht anziehend, entsteht bei mir kein Kribbeln. Leider sagt dein Profilbild nicht sehr viel aus. Es ist schwarz-weiß und verschwommen. Du zeigst nur ein durch eine große Sonnenbrille verdecktes Gesicht. Warum so wenig? Mein Wunsch nach einem baldigen Treffen wird von optischen Reizen maßgeblich beeinflusst. Reale Treffen haben nur Sinn, wenn mein Interesse auf mehr vorhanden ist. Ob es dann tatsächlich zu mehr kommt, steht natürlich auf einem anderen Blatt.

Ansonsten, lieber Vincent, gehe ich mit jeder deiner Ansichten d'accord.

Einen schönen Tag für dich.

Ly

Von: Vincent la Roche
Datum: 8. Juni, 12:44 Uhr

Liebe Ly,

vielen Dank für dein Kompliment. Die Worte »verführerisch« und »niveauvoll« treffen auch auf dich zu. Sowohl was deinen Profiltext angeht als auch deine Profilbilder.

Sinnlich, romantisch, bereit, sich von der Aura von etwas Übermächtigem führen zu lassen.

Bevor du einen Mann triffst, wünschst du dir also ein Bild. Um dann entscheiden zu können, ob er ein Treffen wert ist? Oder um womöglich die Chance zu verpassen, dass er der Mann sein könnte, der dir zur Erfüllung deiner tiefsten Träume verhilft?

Deinen Wunsch, dass ein Treffen nicht mit einer optischen Enttäuschung endet, kann ich verstehen. Geht es dir darum, keine Zeit zu verlieren? Oder um eine bestimmte Attraktivität, die du brauchst, um dich sexuell öffnen zu können? Auf dem Profilbild siehst du mein Gesicht. Jedoch ist es stark verfremdet. Das ist Absicht. Es soll lediglich Interesse wecken, was mir offensichtlich gelungen ist. Meine Anonymität will ich bewahren.

Magst du mir diesen Mann beschreiben? Diesen einen Mann, der dich zu einem Treffen einladen darf? Wie sieht er aus, was hat er an? Ich höre dir zu. Bitte versteh meine Worte nicht als Versuch, dich zu überzeugen, sondern dich zu verstehen.

Ich freue mich auf deine Antwort.

Auch dir einen schönen Tag.

9. JUNI

Von: White Rose
Datum: 9. Juni, 11:13 Uhr

Lieber Vincent,

die Art, wie du deine Worte wählst, so sexy und verführerisch – ich liebe es. Doch das hörst du sicher nicht zum ersten Mal von einer Frau.

Wie du richtig erkannt hast: Ich brauche die Attraktivität eines Mannes, um mich sexuell öffnen zu können. Ich kann ihn dir schlecht beschreiben, ich muss ihn sehen. Die Aura ist wichtig. Dunkles, dichtes Haar, eine moderne Frisur (nicht zu lang), grüne oder blaue Augen. Gepflegt und nicht zu schlank, aber etwas sportlich. Weiche Gesichtszüge. Die Kleidung elegant, Hemd und Stoffhose oder Anzug. Aber wie gesagt, das sind nur nüchterne Fakten.

Und im Gegenzug: Wie schaut deine Queen aus?

Liebste Grüße von Lydia

Von: Vincent la Roche
Datum: 9. Juni, 12:57 Uhr

Liebste Lydia,

auch ich brauche die Attraktivität einer Frau, um mich öffnen zu können. Auf die Gefahr hin, dass ich mich wiederhole: Ein Bild, eine Momentaufnahme reicht hier nicht. Es geht um die Energie, die eine Frau ausstrahlt, um ihren Blick, ihr Lächeln. Um ihren Duft, ihre Stimme, die Art, wie sie etwas sagt. Um Offenheit sich selbst und mir gegenüber. Welche Haar- oder Augenfarbe sie hat, ist nicht so von Belang. Vielmehr geht es um ihre Figur. Ist sie schlank? Ist ihre Erscheinung gepflegt? Hat sie eine bestimmte Eleganz, gleichgültig, wann und wo man sich trifft? Und jetzt das Wichtigste: Weckt sie in mir das unbändige Gefühl, sie erobern und mit ihr spielen zu wollen?

Bislang habe ich mich mit zwei Frauen getroffen. In beiden Fällen wurde es ein Abenteuer, eine Affäre. Kontakt habe ich zu beiden schon länger nicht mehr. Angemeldet bin ich seit fünf Jahren. Meine Besuche hier halten sich eher in Grenzen. Zu mehr hat mich der Wortwechsel mit der einen oder anderen Dame nicht inspiriert. Daher genieße ich unseren Schriftwechsel sehr!

Nun bin ich gespannt: Wie steht es in dieser Hinsicht mit dir? Was mein Aussehen betrifft, traf dein Pfeil bei mir auf einer Zehner-Ringscheibe mal die Acht, mal die Neun, am häufigsten jedoch die Zehn.

Lieben Gruß

Vincent

Die Zehn, dachte Lydia. Ihr Herz schien ein klein wenig schneller zu schlagen. Sollte das tatsächlich so sein?

Von: White Rose

Datum: 9. Juni, 16:32 Uhr

Lieber Vincent,

Menschen besitzen eine gewisse Ausstrahlung, auch auf Fotos. Nicht zu verwechseln mit dem Charisma in der Realität, das sich nicht auf einzelne Elemente reduzieren lässt.

Ich bin schon seit einigen Jahren hier, allerdings mit einer längeren Pause. In der ersten Phase traf ich mich mit zwei Männern. Zu einem davon pflegte ich vor Kurzem noch Kontakt, aber nicht erotisch. In meiner zweiten Phase habe ich mich mit dem dritten Mann getroffen, aber das Date war enttäuschend. Es blieb bei einem Essen. Wenn du mich jetzt fragst, woran es lag? An fehlendem Charisma! Sein Foto war eigentlich okay.

Hast du nun ein Foto für mich? Ein echtes Foto, das nicht verfälscht ist und nicht schwarz-weiß? Von deinem ganzen Körper. In deiner Lieblingskleidung. Ohne Sonnenbrille, mit einem Lächeln. Sodass ich ebenfalls deine Figur betrachten kann. Immerhin siehst du auf meinem Profil erheblich mehr von mir. Du siehst meinen Körper. Und – meine Bilder sind echt!

Übrigens, lieber Vincent, was waren die Auslöser, dass ich zwischenzeitlich auch mal die Acht oder die Neun getroffen habe?

Liebste Grüße

Ly

Von: Vincent la Roche
Datum: 9. Juni, 21:37 Uhr

Guten Abend, liebe Ly,

du bringst mich zum Schmunzeln. Das Foto war okay, die Begegnung und das Charisma aber nicht?

Jetzt, liebe Ly, lache ich!

So ist das Gefühl, von seinen eigenen Waffen geschlagen zu werden. Seit Jahren Mitglied und erst drei Männer getroffen? Du favorisierst anscheinend genau wie ich Klasse statt Masse.

Was die Acht bis Zehn betrifft ... dunkle Haare: eine Acht. Es sei denn, du zählst dunkelblond zu dunkel. Dann wäre meine Haarfarbe womöglich eine Zehn. Dichtes Haar ist ebenfalls relativ, doch würde ich mein Haar eher als fein beschreiben, also eine Acht. Moderne Frisur: Zehn. Klassisch elegant, meine Frisur passt eher zum Anzug als zum Rockabilly-Style. Grüne oder blaue Augen: Zehn. Meine Augen sind grau-blau bis strahlend blau, je nach Kleidung und Wetterlage. Gepflegt? Das ist für mich eine Frage des Anstands und Respekts, eine Zehn also. Nicht zu schlank – für die eine Frau mag ich eher sehr schlank sein, für die andere genau richtig gebaut, du kannst mir eine Neun geben. Dick bin ich jedenfalls nicht. Etwas sportlich wäre schön: Ich liebe Ausdauersport wie Joggen, Radfahren oder Schwimmen. Für eine Zehn müsste ich morgen wohl mit dem Training für Triathlon anfangen, aber eine Neun ist es allemal. Weiche Gesichtszüge: Zehn. Dadurch schätzt mich meine Umgebung übrigens regelmäßig deutlich jünger als Ende dreißig ein. Elegante Kleidung: von sportlich bis klassisch, eine Zehn.

Liebe Ly, ein reales Foto kann und werde ich dir nicht schicken. Nicht, weil ich unattraktiv bin, sondern weil ich mit meiner Identität vorsichtig umgehen will. Ich bitte vielmals um dein Verständnis. Sollte für dich aus diesem Grund kein Kennenlernen infrage kommen, habe ich dafür Verständnis.

Der noch immer schmunzelnde Vincent

10. JUNI

Von: White Rose
Datum: 10. Juni, 17:31 Uhr

Lieber Vincent,

du musst mit deiner Identität vorsichtig umgehen? Und was passiert, wenn wir uns treffen, ich mit meinem Handy ein Paparazzi-Foto mache und es als Fahndungsfoto missbrauche? Demnach ist Vincent auch nicht dein richtiger Name? Und ich würde mich nicht als »geschlagen mit den eigenen Waffen« betrachten. Ein Bild ist und bleibt eine Basis. Auch Rembrandt nutzte Skizzen für seine Werke. Wenn sie ihm nach anfänglicher Euphorie und intensiver Betrachtung dann doch nicht gefielen, verwarf er sie und begann erneut.

Hast du südländische Wurzeln? Wie stellst du dir eigentlich so ein Blind Date vor?

Liebe Grüße

Lydia

Von: Vincent la Roche
Datum: 10. Juni, 20:41 Uhr

Liebste Lydia,

war mein Lächeln tagsüber versiegt, so glänzt es mit dem Lesen deiner Nachricht wieder wie neu! Wenn du von mir ein Paparazzi-Foto machst, bin ich vermutlich das hochrangige Mitglied eines italienischen Mafiaclans, mit dem nicht zu spaßen ist. Dann aber würde ich es ohnehin mitbekommen und dich danach in eine versteckte Ecke ziehen, um dich einer gründlichen Leibesvisitation zu unterziehen. Je nachdem, wie du dich dabei verhältst, wäre es schließlich um dich geschehen, so oder so.

Ich muss mit meiner Identität nicht vorsichtig umgehen, ich will. Mir liegt absolut nichts daran, Bilder von mir im Internet zu verteilen. Es mag für den einen oder anderen amüsant oder erregend sein, die Fotos hier zu betrachten, doch ist es das für die Darstellenden auch? Im Internet meine intimsten Vorstellungen schriftlich zu offenbaren, ist das eine. Etwas anderes ist es, wenn ich dazu mein Aussehen präsentiere. Dann fehlen eigentlich nur noch Name und Anschrift. Und so ist mein Name eben nicht Vincent. Aber keine Angst, auch nicht Luigi oder Antonio. Südländischer Abstammung bin ich nicht.

Sicher, deine Strategie erst Foto, dann Treffen, ist eine Basis. Hoffentlich mit dem Gewinn der Erkenntnis, dass man Menschen nie grundlos kennenlernt. Auch wenn es dann bei einem Dinner oder Drink bleibt – irgendetwas hat dieser Mensch schon mit dir zu tun, sonst wärst du ihm nicht begegnet.

Wie ich mir ein Blind Date vorstelle? Erst möchte ich von dir dazu das Ja.

Freue mich auf deine nächsten Worte.

Vincent

Lydia dachte über seine Zeilen nach. Es ärgerte sie, dass er nicht einlenkte. Sie war es gewohnt, dass die Männer irgendwann nachgaben, um sie kennenzulernen. Er lockte Frauen mit einem verfremdeten Foto auf sein Profil und dann schrieb er auch noch unter falschem Namen. Sie hielt ihn langsam aber sicher für einen Spinner. Einen unattraktiven Mann, der sich nur interessant machen wollte. Lydia hielt nichts von Blind Dates und ausgerechnet dieser Typ wollte sie dazu überreden?

Von: White Rose
Datum: 10. Juni, 21:32 Uhr

Lieber Unbekannter,

dieser Vincent, er existiert offensichtlich nicht. Unter diesen Voraussetzungen möchtest du von mir ein Ja für ein Blind Date? Falscher Name, ein verzerrtes Gesicht. Ein verfälschtes Profilfoto, das kaum etwas von dir zeigt und nur als Lockmittel dient? Mein Ja musst du dir verdienen. Du musst mich verführen, mein Interesse wecken, diesen Mann ohne Gesicht und ohne Namen kennenzulernen. Ist dein Profil sonst korrekt? Oder gibt es auch da die eine oder andere Verschleierung?

Also: Wie stellst du dir unser Blind Date vor?

Liebste Grüße

Ly

Von: Vincent la Roche
Datum: 10. Juni, 22:04 Uhr

Liebste Ly,

keine meiner Begegnungen hat sich bisher so vor einem Treffen gescheut wie du. Schließlich geht es um einen Menschen, nicht um einen Bildschirm oder ein Foto. Das ist kein Vorwurf, sondern eine Erfahrung. Dass Vincent ein Pseudonym ist, liegt auf der Hand. Spätestens beim ersten Treffen hätte ich dir meinen richtigen Namen verraten. Übrigens hättest du mich einfach nach ihm fragen können – ich hätte ihn dir gern genannt. Dein Name ist also tatsächlich Lydia. Der Fairness halber findest du meinen am Ende dieser Nachricht.

Im Moment weißt du genauso wenig über mich wie ich über dich. Mein Profil ist ehrlich. So ehrlich, wie es ein Profil sein kann.

Eine Antwort muss ich mir verdienen? Meinst du das ernst? Nein, liebste Ly. Ich muss mir gar nichts verdienen. Entweder ein Mensch entwickelt die Lust und Neugier, mich kennenzulernen oder nicht. Ich möchte mit dieser Aussage nicht arrogant wirken – ich bin nur genauso offen, direkt und ehrlich wie du.

Es hat mich gefreut, dich kennengelernt zu haben. Schade Ly, ich glaube, wir haben uns beide um eine großartige Begegnung gebracht.

Alles Gute!

Ben

Als sie seine Worte las, war Lydia entsetzt. Was bildete dieser Typ sich eigentlich ein? Statt sich Mühe zu geben und um sie zu werben, trat er ihr so entgegen? Was für ein arroganter … Ihr fehlten die Worte! Und dann erteilte er ihr auch noch eine Abfuhr!

Lydia war hin- und hergerissen. Denn war es andererseits nicht genau das, wovon sie immer geträumt hatte? Ein intelligenter Mann, der genau wusste, was er wollte und sich nichts vorschreiben ließ?

Entweder ein Mensch entwickelt die Lust und Neugier, mich kennenzulernen oder nicht. Beschrieben diese Worte nicht genau das Prinzip, dem sie selbst folgte? Sie, Lydia, stand im Mittelpunkt – souverän allen Menschen und Situationen gegenüber.

Lydia spürte, dass sich etwas entwickelte. Und obwohl sie
seine Art aufregte und ärgerte, wollte sie keineswegs, dass es
zu Ende war. Hatte sie ihn endlich gefunden, den Mann auf
Augenhöhe? Nun, intellektuell auf jeden Fall. Aber was war
mit dem Rest? Sie hoffte, es noch herauszufinden.

11. JUNI

Von: White Rose
Datum: 11. Juni, 20:42 Uhr

Liebster Ben,

verzeih mir. Ich war so naiv anzunehmen, dass Vincent dein richtiger Name ist. Woher soll ich wissen, dass du zuerst ein Pseudonym nutzt, um mir dann doch deinen richtigen Namen zu nennen? Es mag sein, dass du andere Frauen mit deiner Wortgewalt schnell überzeugen kannst, aber ich bin nicht wie andere. Ich bin speziell. Und ist speziell nicht eine Herausforderung?

Meine Antwort auf deine Frage nach einem Blind Date war kein endgültiges Nein. Ich wollte nur wissen, wie du es dir vorstellst, bevor ich zustimme. Ich selbst hatte einige interessante Fantasien …

Ich danke dir, dass du sagst, wir haben uns beide um eine interessante Begegnung gebracht. Und dass du nicht mich allein für diesen Fehler verantwortlich machst.

Liebste Grüße

Lydia

Nun wartete sie. Doch es kam keine Antwort. Um neun Uhr schaltete sie den Computer aus und versuchte sich abzulenken, doch gegen Mitternacht fuhr sie ihn wieder hoch, schaute noch einmal in ihr Postfach. Viele neue Anfragen, doch keine Nachricht von ihm. Merkwürdig. Normalerweise

antwortete er um diese Uhrzeit. Hatte er das Interesse verloren? Mit einer schlechten Vorahnung ging Lydia nervös ins
Bett.

12. J U N I

Am nächsten Vormittag zwang sie sich zunächst, den Rechner zu ignorieren, doch irgendwann ertrug sie es nicht mehr und sah nach – keine Antwort. Gegen Mittag – keine Antwort. Am frühen Nachmittag – nichts. Hatte sie ihn verschreckt mit ihrer dominanten, fordernden Art? Lydia fühlte sich immer unbehaglicher. Hatte sie die Chance ihres Lebens verpasst? Sie unternahm einen letzten Versuch. Sie wollte nicht einfach aufgeben.

Von: White Rose
Datum: 12. Juni, 14:14 Uhr

Und – war es nun das finale Ende?

Lydia blieb in der Community angemeldet, prüfte jede halbe Stunde ihre Nachrichten – und wurde immer unruhiger. Bens Reaktion blieb aus. Eine eigenartige Mischung aus Bedauern und tiefer Traurigkeit erfasste sie. War es der endgültige Abschied? Fast war es, als hätte sie einen wichtigen Menschen verloren, einen Angehörigen. Doch das war absurd. Sie kannte diesen Mann nicht einmal. Die Zeit schien stillzustehen. Sogar das Ticken der Uhr hatte sich verlangsamt. Lydia saß da wie gelähmt.

Plötzlich, mehr als zwei Stunden waren vergangen, blinkte ein kleines Symbol auf dem Bildschirm. Endlich! Lydia erschauderte vor Glück. Ihr Herz begann zu rasen und sie spürte, wie eine unendliche Erleichterung sie erfasste.

Von: Vincent la Roche

Datum: 12. Juni, 16:22 Uhr

Liebste Ly,

jeder Mensch folgt seiner inneren Uhr. Auch beim Kennenlernen. Und so ist es kein Fehler, sondern nur Ehrlichkeit dir selbst und mir gegenüber. Ich respektiere das. Mehr noch, in meinen Augen macht dich das sympathisch und noch attraktiver. Und was das »beide« angeht: Wenn zwei sich streiten, sind immer auch beide dafür verantwortlich. So viel dazu.

Speziell zu sein, stellt in der Tat eine Herausforderung dar. Es ist interessant und durchaus in meinem Sinn. Doch nicht nur du bist speziell. Ich bin es auch. Speziell zu sein bedeutet, sich der Gefahr bewusst zu werden, dass man sich dadurch schneller missverstehen, bisweilen sogar verletzen kann. Gegenseitiger Respekt, Achtung und Aufmerksamkeit, das ist es, was es braucht, wenn man vorhat, sich auf das Spielfeld zu begeben, das vor uns liegt.

Wie ich mir unser Blind Date vorstelle? Zunächst mit Luft und Abstand zwischen uns. Vielleicht in einem Café oder an einem See. Mit Momenten der Stille, um das, was man gehört hat, nachwirken zu lassen und den anderen anschauen zu können. Mit der Option auf ein weiteres Erlebnis am gleichen Tag, etwa den Besuch einer Galerie, um sich weiter zu hören und detaillierter zu betrachten. Ein Blind Date, bei dem man damit beginnt, den eigenen Fantasien zu folgen. Und wo man aufpassen muss, dass sie einem - man trifft sich ja zum ersten Mal - keinen Streich spielen. Bei dem ich dich ab und an, wie es die Situation zulässt, am Arm, an der Schulter oder an der Taille berühre, wie zufällig. Einfach um herauszufinden, wie es sich anfühlt, dir ganz nah zu sein. Ly, ich will dich sehr gern kennenlernen. Ich will deine Nähe spüren. Die Frage ist jetzt nur noch: Wann?

Ben

Von: White Rose
Datum: 12. Juni, 16:50 Uhr

Verführung ist etwas, was du zumindest verbal gut beherrschst. Und wie du meinem Profil gewiss entnommen hast, triffst du damit eine meiner Vorlieben. Nur eine Bitte, Ben: Lass uns das Spielfeld BDSM behutsam angehen. Ich möchte mich noch nicht unter diesem Aspekt mit dir treffen. Das Thema benötigt viel Vertrauen und Hingabe. Und Zuneigung. Es muss wachsen. Wenn wir uns kennenlernen und tatsächlich mehr daraus entsteht, lass uns Leidenschaft erleben: Küsse, Zärtlichkeit, Gänsehaut. Ich verzehre mich danach. Ich habe gelesen, du magst Cunnilingus. Genieße es wie ein Dessert, das du liebst, langsam und voller Hingabe, nicht schnell und heftig. Es sei denn, du hörst es aus meinem Mund.

Wann wir uns sehen … Vielleicht nächste Woche Samstagabend in deiner Heimatstadt? Ich bin dienstlich dort. Das darauffolgende Wochenende kann ich leider noch nicht planen. Oder am Freitag, den 1. Juli, bei mir in Oldenburg? Ich kenne ein gutes Restaurant. Am Samstag muss ich weiterfahren nach Kiel. Das sind noch fast drei Wochen …

Für mich wird es eine ganz neue Erfahrung, lieber Ben. Ich bin noch immer unsicher. Aber auch fasziniert.

Liebste Grüße

Ly

Von: Vincent la Roche

Datum: 12. Juni, 17:35 Uhr

Liebste Ly,

keine Angst, ich werde behutsam auf dich zugehen. Für das Küssen braucht es ein gewisses Gefühl. Wir beide spüren, wenn es so weit ist. Was Cunnilingus betrifft, mag ich es nicht nur, sondern liebe es geradezu! Sollte mehr zwischen uns entstehen, wird es das ein oder andere Mal vorkommen, dass ich dich darum bitte oder von dir verlange, die Beine zu spreizen, damit ich deine Lust schmecken kann. Das Wort Genuss beschreibt es genau.

Ich favorisiere nächsten Samstagabend. Ich wäre auch gern nach Oldenburg gekommen, doch bin ich am 1. Juli in der Schweiz. Mein Bedürfnis, dich zu erobern, wächst!

Ben

Gänsehaut überzog Lydias Körper. Hoffnungsvoll fieberte sie dem ersten Date entgegen. Das Verlangen ihn zu berühren, wuchs mit jeder Nachricht. Sie hatte das Gefühl, sich Ben hingeben zu können. Obwohl sie noch nicht einmal sein wahres Gesicht kannte. Und auch nicht seine Stimme.

Von: White Rose

Datum: 12. Juni, 17:45 Uhr

Ich liebe den Gedanken, dass du meine Lust schmecken willst, Ben. Schon fast etwas zu sehr im Moment. Sehnsucht …

Von: Vincent la Roche
Datum: 12. Juni, 17:51 Uhr

Sehnsucht … nach einer weichen Zunge, die behutsam, unaufhaltsam immer tiefer und tiefer durch deine Nässe schwimmt.

Von: White Rose
Datum: 12. Juni, 17:55 Uhr

Mmh – ich kann es mir vorstellen. Mehr noch, ich kann es fühlen …
Was führt dich eigentlich in die Schweiz?

Von: Vincent la Roche
Datum: 12. Juni, 18:01 Uhr

Ich besuche dort einen Freund. Er ist vor einigen Jahren in die Schweiz gezogen. Da ich Ende Juni für ein paar Tage in Freiburg im Schwarzwald bin, bietet sich das an.
Bist du feucht?

Von: White Rose
Datum: 12. Juni, 18:13 Uhr

Eine Lady genießt und schweigt.

Von: Vincent la Roche
Datum: 12. Juni, 18:18 Uhr

Genieße es.

Von: White Rose
Datum: 12. Juni, 18:33 Uhr

Es gibt eine Fantasie, die mich beflügelt ... Du bestellst mich in ein Hotelzimmer. Ich betrete es und stehe mit dem Rücken zur Tür vor einem Tisch, mit dem Blick aus dem Fenster. Ich warte und irgendwann höre ich Schritte – deine Schritte. Du schließt die Tür hinter uns. Ich höre dich näherkommen. Du verbindest mir die Augen. Ich spüre deinen Atem und deine Zunge auf meinem Hals, meinem Nacken. Du öffnest mein Kleid und jetzt fühle ich dich auch auf meinen Schultern. Du drehst mich um und küsst mich leidenschaftlich. Deine Finger wandern über meinen Körper, zwischen meine Schenkel. Ich setze mich auf den Tisch. Du spreizt meine Beine, weit, ganz weit. Und dann ... dann nimmst du mir die Augenbinde ab und wir küssen uns erneut. Und danach gehen wir essen.

Von: Vincent la Roche
Datum: 12. Juni, 18:55 Uhr

Wie schön du sie beschreibst, diese Vorahnung. Gerade weil du mich noch nicht kennst, übt sie einen großen Reiz auf mich aus. Mir scheint, du würdest bereits jetzt eine Augenbinde tragen. Als hätte ich sie dir bereits angelegt. Schwarz, aus Seide und lang wie ein Schal. Folge deinen Fantasien. Gib ihnen noch mehr Raum. Du wirst sehen, dieses Gefühl wird nie wieder aufhören.

Lydia fühlte sich schon jetzt wie gefangen in einem Sinnesrausch. Jedes seiner Worte brannte sich in ihren Geist, tief und gierig. Ihre Gedanken drehten sich nur noch um einen Menschen: Ben. Ein Mann, von dem sie nicht einmal wusste, ob er ihr überhaupt gefiel. Von dem sie nur eine Vorstellung hatte. Eine verführerische Vorstellung. Aber genügte das?

Von: White Rose
Datum: 12. Juni, 19:47 Uhr

Dass es dich so gar nicht interessiert, wie mein Gesicht aussieht ... Was, wenn ich überhaupt nicht dein Typ bin?

Von: Vincent la Roche
Datum: 12. Juni, 20:13 Uhr

Es interessiert mich sehr, wie du aussiehst. Es wäre aber nicht fair, ein Bild von dir zu verlangen, wenn ich mich selbst so dagegen wehre, ein reales Foto preiszugeben. Doch durch die beiden Profilbilder deines Körpers habe ich zumindest eine Idee, wohin die Reise geht. Das, was ich bislang von dir erfahren habe, genügt mir, um zu wissen, dass ich dich kennenlernen will. Alles Weitere werden wir sehen.

Seine Stimme, sie wollte seine Stimme hören. Hoffentlich war sie so sinnlich und empathisch wie seine Worte!

Von: White Rose
Datum: 12. Juni, 20:19 Uhr

Gestattest du ein Telefonat vor dem Treffen? Oder ist deine Stimme auch ein Geheimnis?

Wir können vor dem Treffen telefonieren. Der Gedanke kam mir auch schon. Wann würde es dir passen?

Vielleicht am Freitag? Ich habe abends eventuell noch einen Termin. Wenn er zu lange dauert, sage ich dir Bescheid. Gibst du mir deine Telefonnummer?

Im nächsten Moment hatte Ben ihr seine Nummer geschickt.

Lydia schloss den Account und wandte sich ihrem Handy zu. Sie atmete auf. Endlich wurde es persönlicher. Über das Smartphone würde alles schneller gehen, in Echtzeit. Geduld war noch nie ihre Stärke gewesen. Schon gar nicht, wenn es um erotische Bekanntschaften und Fantasien ging.

Lydia, 22:48 Uhr

Ich liege hier auf der Couch mit einem Glas Wein in der Hand und muss an dich denken.

Ben, 23:23 Uhr

Welche Gedanken gehen dir durch den Kopf?

Lydia, 23:27 Uhr

Ich bin etwas nervös ...

Ben, 23:29 Uhr

... und aufgeregt?

Lydia, 23:30 Uhr

Ja. Du machst es ständig. Für mich ist es neu.

Ben, 23:32 Uhr

Was mache ich ständig und was ist für dich neu? Blind Dates?

Lydia, 23:33 Uhr

Kluges Köpfchen.

Ben, 23:35 Uhr

Angenommen, es geht nur um die Frage, ob wir uns gefallen oder nicht. An sich doch ein schönes Gefühl, dieser Nervenkitzel.

Lydia, 23:38 Uhr

Ich bin ein Mensch, der ungern Risiken eingeht. Und ich hasse Enttäuschungen. Ich gebe zu, ich habe hohe Erwartungen. Es wäre fantastisch, wenn sie erfüllt würden. Wenn nicht, wäre es ein Desaster.

Frei von Erwartungen ist niemand – zum Glück. Versuche einfach, darauf zu vertrauen, dass das Leben es gut mit dir meint. Wenn aus uns etwas wird, ist es gut. Wenn nicht, auch. Bislang habe ich jeden Menschen in meinem Leben als eine Bereicherung erlebt.

14. JUNI

Es war Dienstag. Lydia stand unter Stress. Seit Sonntagabend hatte sie Ben nicht mehr geschrieben. Ihre Arbeit forderte sie und ihr Nebenjob verlangte ebenfalls ihre ganze Aufmerksamkeit. Aber noch mehr beschäftigte Lydia die Frage, wie lange Ben warten würde, bis er sich wieder bei ihr meldete.

Sie verbrachte den Abend allein auf der Couch und dachte an Florian. An den goldenen Käfig, in dem sie lebte. An seine Kälte. An seiner Seite fühlte sie sich nicht wie eine Frau, sondern wie eine Haushälterin. Es gab keine Gleichberechtigung zwischen ihnen. Er schlief nie mit ihr. Sie fühlte sich nicht geliebt, nicht begehrt. Florian trieb Lydia förmlich in die Arme eines anderen, auch wenn er sich das vermutlich nicht vorstellen konnte. Für ihn war eine Partnerschaft in Ordnung, solange alles so lief, wie er es wollte. Lydias Sehnsüchte und Wünsche waren ihm gleichgültig. War sie wirklich schon so frustriert, dass sie sich freiwillig auf ein Blind Date einließ? Eine Nachricht riss sie aus dem kurzen Augenblick des Zweifels.

Ben, 21:07 Uhr

Liebste Ly, wie ist es dir seit Sonntag ergangen? Stress, Freude, Erregung, irgendetwas davon dabei gewesen?

Sie antwortete ihm nicht gleich. Mittwochvormittag musste genügen. Wenigstens eine Nacht sollte er noch auf sie warten.

15. JUNI

Lydia, 07:27 Uhr

Guten Morgen. Ja, sehr viel Stress. Und Freude. Vorfreude auf unser Date. Ich habe viel zu tun, momentan. Und bei dir?

Ben, 08:51 Uhr

Dir auch einen schönen Morgen. Stress habe ich ebenso zu Genüge. Ich wünsche dir heute einen etwas weniger anstrengenden Tag.

Lydia, 10:50 Uhr

Ich danke dir.

Ich habe eine Bitte: Kennst du ein schönes Restaurant und würdest du dich darum kümmern? Ich habe am Wochenende einen straffen Zeitplan. Aber das ist immer so, wenn ich in Hamburg bin. Ich hoffe, du bist nicht enttäuscht, falls ich nicht in erotischer Laune bin.

Ben, 11:46 Uhr

Dann treffen wir uns in einem spanischen Restaurant. Ich teile dir noch die Adresse mit. Keine Sorge, das wird ein entspanntes Date, kein Wettstreit im Apnoe-Tauchen. Und – ich habe keine erotischen Erwartungen.

Ich freue mich schon sehr auf dich.

Lydia, 15:34 Uhr

Danke, dass du dich um einen Tisch bemühst.

Du lernst mich am Samstag ohne glamouröses Make-up kennen. Dann siehst du wenigstens gleich die ungeschminkte Wahrheit.

Ich arbeite in einer Branche, wo ich immer geschminkt sein muss. Das ist anstrengend und deshalb ziehe ich es privat anders vor.

Ben, 16:19 Uhr

Nicht zu viel über dich verraten. Sonst drehen wir Samstagabend nur Däumchen.

Macht Make-up dich denn attraktiver?

Lydia, 16:39 Uhr

Make-up kann jeden Menschen attraktiver machen. Deshalb benutzt man sie ja, die Maske.

Ben, 16:51 Uhr

Das war zwar keine Antwort auf meine Frage – aber gut … wie du meinst.

Lydia war irritiert. In ihren Augen hatte sie seine Frage angemessen beantwortet. Schien er auf die optische Täuschung, namens Make-up Wert zu legen? Darauf, dass sie Makel versteckte und ihre Vorzüge betonte, nur um auf ihn attraktiver zu wirken? Da war es endlich, das von Lydia vermisste Interesse an Oberflächlichkeiten. Es hätte sie auch sehr gewundert, wenn Ben eine Ausnahme gewesen wäre. Irgendwie hatte seine letzte Nachricht den Zauber gestört. Lydia spürte nicht mehr den Drang, ihm noch heute zu antworten.

16. JUNI

Die Nacht war kurz. Lydia konnte nicht schlafen. Die Gedanken kreisten in ihrem Kopf. Das düstere Wetter am Vormittag weckte in Lydia Melancholie und Sehnsucht. Heute Abend würde sie mit dem Zug nach Hamburg fahren.

Morgen früh wartete ein wichtiges Casting auf sie und die Planung für den weiteren Tag war noch ungewiss. Sie wollte nicht mehr länger auf das Treffen warten.

Lydia, 10:46 Uhr

Wie schaut es morgen Abend bei dir aus zwecks Date? Einen Tag früher?

Ben, 12:56 Uhr

Wir können uns gern auch schon morgen treffen. Ort bleibt?

Lydia, 14:52 Uhr

Ja. Sehr gut! Um zwanzig Uhr im Restaurant? Falls ich früher kann, melde ich mich. Ich bin so neugierig.

Am Samstag erwartete sie nachmittags ein Fotoshooting und es war fraglich, wann es zu Ende sein würde. Sie wollte ihn unbedingt sehen und sicher sein, dass diesem Date nichts im Wege stand. Und selbstverständlich wollte Lydia mehr von Ben als nur dieses Abendessen. Dass sie sich mit Worten und

Gesten plötzlich nicht mehr verstehen würden, wenn sie einander gegenübersäßen, erschien ihr unmöglich.

Ben, 17:39 Uhr

Ich auch. Vielleicht bekommen wir vor Schreck oder vor Freude keinen Bissen runter. Bei deinem engen Zeitplan wird es doch hoffentlich kein Speeddating, oder?

Lydia, 17:46 Uhr

Nein, ich denke nicht.

Wollen wir später noch telefonieren? Ich bin gerade in Hamburg angekommen und fahre jetzt ins Hotel.

Ben, 18:28 Uhr

Gern. Zwanzig Uhr? Ich rufe dich an.

Lydia war nervös. Nicht mehr lange und sie würde zum ersten Mal seine Stimme hören. Ihre Gedanken rasten, ihr Herz klopfte. Würde er sie auch mit seiner Sprache faszinieren? Würde sie weiter diese unglaubliche Spannung spüren, diese Energie?

Bens Name erschien auf dem Display. Lydia holte tief Luft und nahm den Anruf entgegen.

»Hallo Ly. Ich freue mich sehr, dass wir telefonieren.« Ben hauchte diese Worte leise und zärtlich in das Telefon. Sie wirkten wie eine heilsame Medizin. Lydia fühlte sich sofort geborgen. Angekommen. Zweifel und Aufregung verflogen in Sekunden. Seine beruhigende Stimme war nicht zu tief und nicht zu hell, weich und warm. Sie versprach mehr, viel mehr. Sie versprach Genuss und Vertrauen. Attraktivität und Ästhetik. Alles, jeder Satz, war so selbstverständlich, als würde Ben sie schon ewig kennen. Sie erzählte ihm von ihrer Arbeit als Assistentin der Geschäftsführung eines Oldenburger Unternehmens. Und davon, dass sie außerdem modelte und morgen ein Casting geplant war. Die beiden lachten und unterhielten sich ungezwungen und natürlich. Es war wunderbar.

Als Lydia das Gespräch beendet hatte, schlug ihr Herz und sie lächelte. Euphorie durchströmte sie. Bis morgen Abend zu warten, erschien ihr unmöglich.

Ben, 20:54 Uhr

Deine Stimme wirkt frisch und jung. Und auch ein wenig frech.

Lydia, 20:56 Uhr

Danke. Das kann ich nur zurückgeben.

Ben, 20:59 Uhr

Dann sind wir beide also eine Runde weiter.

Lydia, 21:25 Uhr

Schauen wir mal, ob es dich morgen noch zwischen meine Beine zieht …

Lydia konnte nicht widerstehen. Sie suchte ein Foto heraus, das ihre schlanken, wohlgeformten Beine zeigte und schickte es ihm.

Ben, 21:34 Uhr

Meine Hände beginnen bereits, sie zu berühren.

Lydia, 21:50 Uhr

Wenn ich mir vorstelle, wie du die ganze Zeit nur daran denkst – und nicht darfst.

Aber selbst, wenn du könntest, würde ich es dir vielleicht verbieten. Nur aus Vergnügen daran, wie du dich vor Lust verzehrst … Ich gehe jetzt ins Bad.

Ben, 22:04 Uhr

Bist du sicher, dass du nicht mehr Dominanz in dir trägst, als du mir gegenüber zugeben willst?

Lydia, 22:24 Uhr

Ich bin sicher beides. Es ist der Reiz … aber auch der Mann, der darüber entscheidet, welches meiner zwei Gesichter ich zeige. Ich denke nie darüber nach, einem Menschen gegenüber irgendetwas zugeben zu wollen oder nicht. Ich bin, wie ich bin. Man liebt mich oder man hasst mich.

Lydia kuschelte sich in ihre Decke. Sie streichelte ihre nackte Brust und spürte, wie sich ihre Knospen von den zarten Berührungen aufrichteten. Sie wurde feucht bei dem Gedanken daran, was Ben jetzt mit ihr machen würde. Sie konnte nicht einschlafen.

Lydia, 23:08 Uhr

Willst du nicht zu mir kommen? Es ist halb dunkel in diesem Zimmer. Ich würde dich kaum erkennen.

Ben, 23:19 Uhr

Ein verführerischer Gedanke.

Lydia, 23:25 Uhr

So verführerisch, dass ich meine Beine gespreizt habe …
Ich schnurre gerade wie eine Katze. Ich überlege, dich anzurufen …

Ben, 23:31 Uhr

Ich bin erstaunt. Laut deinem Profil ist doch Telefonsex nicht so dein Ding?

Lydia, 23:35 Uhr

Kommt auf die Stimmung an und den Mann. Und ich mag deine Stimme.

Ben, 23:41 Uhr

Dann besorge ich es dir am Telefon. Ich liebe das. Doch jetzt wird geschlafen.

Das war nicht sein Ernst! Entsetzt darüber, dass er sie erregt und feucht allein zurücklassen wollte, wählte Lydia ohne zu überlegen seine Nummer. Das Telefon klingelte ein paar Mal. Eine unendlich lange Zeit. Dann plötzlich seine Stimme.

Warm, weich und doch bestimmt. Ben beherrschte es unfassbar gut, sie mit Worten um den Verstand bringen. Wie würde es erst sein, wenn sie ihm gegenüberstand?

Mit einem Bauchkribbeln schlief Lydia erst am frühen Morgen ein. Gleichzeitig jedoch war auch ihre Angst gewachsen. Was, wenn heute Abend ihr wunderbares Kartenhaus bei seinem Anblick zusammenfiel? Was, wenn sie gar nicht sein Typ war? Eine größere Enttäuschung konnte sie sich nicht vorstellen. Noch nie hatte sie eine so starke Nervosität vor einem Date gespürt.

Ganze drei Stunden Schlaf waren ihr vergönnt, aber durch ein wenig Make-up konnte man ihren desolaten Zustand zum Glück nur ahnen. Das Casting lief gut, ihre Laune war ausgezeichnet und sie konnte sich endlich auf den wichtigsten Teil des Tags konzentrieren – das Date.

Der Nachmittag verging wie im Flug. Sie trat vor den Spiegel. Durch das dezente Tages-Make-up wirkte sie fast unscheinbar. Das Etuikleid, das sie trug, war klassisch grau, bewusst nichts Außergewöhnliches. Alles an ihr war so natürlich gehalten, als wäre sie zu einem weiteren Modelcasting statt zu einem Dinner eingeladen.

Ein Casting – irgendwie hatte dieses Date auch ein wenig davon. Zwei Menschen, die sich nicht kennen, suchen die Topbesetzung für einen wichtigen Teil ihres Lebens. Für so etwas wie eine feste Zusammenarbeit. Lydia musste schmunzeln. Normalerweise würde sie für einen solchen Moment eine Maske auflegen, um sicherzugehen, dass kein Mann ihr widerstand. Doch in diesem Fall war es anders. Der Eignungstest, der diesem Treffen vorangegangen war, war so exzellent verlaufen, dass sie für Ben keine Kunstfigur darstellen wollte. Er sollte die wahre Lydia sehen, von Anfang an. Er sollte sich für die Frau entscheiden, nicht für das Model. Wenn er sie so, ganz ohne Glamour, haben wollte, dann war es echt. Und sie wünschte sich mit aller Macht, dass dieses Treffen echt wurde.

Um acht waren sie verabredet. Eine Dreiviertelstunde vorher sollte das Taxi vor der Tür stehen. Lydia wollte unbedingt vor ihm dort sein, wollte beobachten, wie er sie suchte. Sie wollte sehen, wie er aussah, bevor er sie erblickte. Sie hatte

Ben am Telefon über ihren Zeitplan informiert: Sie zuerst und dann er.

Es war erst um sieben, als die Rezeption sie anrief. Das Taxi war zu früh eingetroffen. Natürlich war Lydia bereits fertig und saß schon ungeduldig auf dem Sessel. Sie nahm die Handtasche, schloss die Tür und fuhr mit dem Fahrstuhl hinunter. Unten stieg sie in das Auto, setzte sich auf den Rücksitz und nannte dem Fahrer die Adresse.

❦

Zehn Minuten später betrat Lydia das spanische Restaurant. Es erstreckte sich über zwei Etagen und war edel eingerichtet. Sie wollte gerade die Treppe hinaufgehen, als ihr eine Bedienung entgegentrat.

»Entschuldigung, heute geschlossene Gesellschaft im oberen Bereich. Reservierungen wurden für den heutigen Tag nicht angenommen«, erklärte sie ihr, als Lydia nach der Tischreservierung fragte.

»In Ordnung, dann sehe ich mich unten nach einem Tisch für zwei Personen um«, erwiderte Lydia. Dass nur die unteren Räume geöffnet waren, kam ihr entgegen. So würde sie eine bessere Übersicht haben. Sie suchte einen Tisch abseits, sodass man etwas Privatsphäre genoss. Auf einer Seite standen Stühle und auf der anderen Seite, zur Wand hin, eine lange Bank. Lydia setze sich auf die Bank und lehnte sich zurück. Ja, perfekt. Sie hatte den ganzen Raum im Blick.

Ben, 19:23 Uhr

Bist du schon da? Ich treffe circa 20:15 Uhr ein.

Lydia, 19:25 Uhr

Hmmm – weiß nicht. Vielleicht?

Ben, 19:33 Uhr

Na, warte … wenn ich dich gefunden habe!

Lydia, 19:38 Uhr

Das wird dir leider nicht schwerfallen. Es sind wenige Gäste anwesend.

Lydia konnte sich nicht erinnern, wann sie zum letzten Mal ein solches Gefühlschaos gespürt hatte. Freude, Neugier und fast unerträgliche Erwartung wechselten sich ab mit Unsicherheit und Angst vor einer Ernüchterung.

Um sich etwas zu entspannen, bestellte sie Sekt. Unauffällig versuchte sie, jeden Mann zu begutachten, der das Restaurant betrat und ausnahmslos bei jedem dachte sie: Oh nein, bitte nicht! Ihre Gedanken drehten sich im Kreis. Wie sollte sie nur reagieren, wenn er nicht ihr Typ war? In solchen Situationen waren alle positiven Gefühle und Erwartungen bislang immer innerhalb von Sekunden verschwunden. Der erste Moment, wenn man sich in die Augen schaute und ein kurzer Scan der Erscheinung des Mannes, das genügte. Sich mit einer solchen Bekanntschaft dann noch zähe Minuten oder gar Stunden bei einem Essen zu befassen, erschien ihr wie Zeitverschwendung.

Lydia schaute auf ihre Uhr. Noch zehn Minuten. Zunehmend spürte sie die Sehnsucht, sich zu verstecken, sich in ihr Schneckenhaus zurückzuziehen. Nervös nahm sie ihr Handy in die Hand und versuchte sich abzulenken, indem sie belanglose Themen im Internet recherchierte.

Dann plötzlich eine Stimme, die ihr vertraut vorkam.

»Lydia?«

Ihr Herz stand still. Sie hob den Kopf. Ein Mann von großer Statur stand ein paar Schritte entfernt und schaute sie erwartungsvoll an. Lydia versank förmlich in dem Himmelblau seiner lebendigen Augen. Seine attraktive Ausstrahlung zog Lydia sofort in den Bann. Er wirkte wie einer der perfekt gestylten Männer aus den Hochglanz-Magazinen. Von einem Moment zum anderen herrschte hinter ihrer Stirn vollkommene Leere. Verzweifelt versuchte sie, ihre selbstsichere Fassade aufrechtzuerhalten, sodass sie wenigstens noch ein »Ben?« und »Guten Abend« hervorbringen konnte und strahlend lächelte.

Er kam langsam auf sie zu. Lydia atmete einen Hauch von Sandelholz und Moschus. Sie fühlte sich sofort von dem Duft angezogen. Nachdem er sein Handy und seine Geldbörse auf dem Tisch abgelegt hatte, ging er zur Garderobe. Ben hatte einen sehr eleganten, natürlich fließenden Gang. Er schaute immer leicht nach oben, nie nach unten. Seine Arme schwangen in der Bewegung mit und auch sein Oberkörper passte sich dem sanften Rhythmus an. Das Klackern harter Absätze zog ihren Blick auf seine feinen hellbraunen Lederschuhe, die mit dunkelblauen Schnürsenkeln gebunden waren. Als er sein marinefarbenes Sakko an den Haken hängte, spannte der feine weiße Stoff des Hemds an seinen breiten Schultern und den muskulösen Oberarmen. Die obersten Knöpfe waren offen, sodass sie die glatte Haut auf seiner Brust sah.

Während er sich setzte, glänzte das braune Metall der Gürtelschnalle kurz im Licht der Kerze und lenkte ihren Blick auf seine schmale Taille. Lydia konnte nur noch denken: Oh Gott, er ist tatsächlich mein Typ! Tatsächlich! Oh Gott! Was jetzt?

Sie war überwältigt vor Glück. Aber gleichzeitig war da noch ein anderes Empfinden. Etwas Undefinierbares, Einschüchterndes. Etwas, das ihr Angst machte. Sie konnte dieses Gefühl nicht einordnen. Das verunsicherte sie und gipfelte darin, dass sie es zunächst nicht schaffte, ihm längere Zeit in die Augen zu schauen. Peinlich! Lag es an seiner Ausstrahlung oder an der Art, wie er mit ihr sprach? So, dass sie sich in die Ecke gedrängt fühlte und ihn irgendwann fragte: »Sag mal Ben, bist du Psychiater? Du versuchst die ganze Zeit, mich zu analysieren. Glaube bitte nicht, dass ich das nicht merke!«

Ben betrachtete sie mit einem intensiven Blick, setzte sich aufrecht und zog leicht seine Schultern nach hinten. Das Hemd spannte ganz dezent über seiner muskulösen Brust. Er strahlte ein beeindruckendes Selbstbewusstsein aus. Dann lächelte er charmant darüber hinweg und meinte, er wollte sie nur besser kennenlernen, deshalb sein Verhalten. Sie fand die Situation nicht nur merkwürdig, sondern auch neu.

Sanft griff er nach ihrem Unterarm und zog ihn an sich heran. Seine gepflegten filigranen Finger umschlossen ihre Hand und brachen damit das Eis. Lydia war ihm dankbar. Er hatte mit dieser freundlichen und vertrauten Berührung die Kette über ihrem Brustkorb gesprengt. Ein Gefühl der Befreiung ließ sie aufatmen und endlich schaffte sie es, seinem Blick standzuhalten, länger als vorher jedenfalls.

Während Ben mit der Bedienung sprach und Tapas bestellte, flackerte das Kerzenlicht auf seinem gebräunten Gesicht. Lydia betrachtete die makellose Haut und die dunklen Augenbrauen. Seine weichen, ovalen Gesichtszüge verrieten tatsächlich nicht sein wahres Alter. Diese smarte Erscheinung hätte man durchaus einem Mann Ende zwanzig, Anfang dreißig zuordnen können. Ab und zu strich Ben durch seine dunkelblonden Haare. Er trug sie kurz und ganz natürlich. Während er den Kopf bewegte, fielen die Strähnen leicht in seine Stirn. Ben strahlte, wenn er lächelte.

Nach der Bestellung setzten sie ihr intensives Gespräch fort. Es wurde langsam lockerer. Sie lachten miteinander, diskutierten über Vorlieben und Abneigungen im alltäglichen Leben und stießen immer wieder auf Parallelen – sei es etwa, dass sie Roséwein liebten oder asiatisches Essen, auf keinen Fall aber rein chinesische Restaurants mochten.

Während Ben und sie sich zögerlich mit der großen Platte Tapas beschäftigten, fiel Lydia das Platzdeckchen aus Papier unter ihrem Teller auf. Links oben stand ein Feld:

Ihre Wünsche:

....

Schmunzelnd machte sie Ben darauf aufmerksam und er unterbreitete ihr einen Vorschlag, der sie beeindruckte. »Weißt du was? Ich gehe jetzt auf die Toilette und in der Zwischenzeit schreibst du in dieses Feld, was du dir von dem Abend wünschst. Und wenn ich wieder da bin, werde ich das Gleiche tun, während du dir die Nase pudern gehst. Anschließend tauschen wir die Deckchen aus.«

Was für eine romantische Idee. Jeder erfuhr auf diese Weise die intimsten Wünsche des anderen, ohne dass sie sich dabei in die Augen sehen mussten. Lydias Begehren wuchs.

Ben stand auf und ging. Als er sich umdrehte, blieb ihr Blick auf seinem wohlgeformten, knackigen Po haften. Ein lüsternes Lächeln formte Lydias Lippen. Sie zog einen Kugelschreiber aus ihrer Handtasche und überlegte. Nach einigem Zögern schrieb sie in das Feld: ... intensive Verbindung ... längerfristig ... leidenschaftlich ... sinnlich ... beängstigend.

Beängstigend, ja. Das war das dominierende Gefühl.

Als Lydia von der Toilette zurückkam, war der Moment gekommen: Ben schob sein Platzdeckchen langsam in ihre Richtung und griff gleichzeitig mit der rechten Hand nach ihrem. Nach einer gefühlten Ewigkeit wendete er seine Augen von ihr ab und schaute auf das Papier.

Lydia beobachtete ihn, während er las und versuchte, in seinem Gesicht eine Regung oder ein Signal zu erkennen. Immerhin schrieb sie von dem Beginn einer langfristigen, leidenschaftlichen Liaison und wusste noch nicht einmal, ob es ihm genauso ging.

Dann sah Ben sie an und ein Lächeln zeichnete sein Gesicht wie ein Versprechen auf Erfüllung.

Nun schaute sie auf sein Platzdeckchen. Ihre Hände begannen zu zittern, als sie es in ihren Händen hielt. Zuerst fiel ihr seine geschwungene, filigrane Handschrift auf. Lydia las seine Worte: ein dunkler Raum, flüstern, Energien, lautlose Berührungen, nackte Haut, beobachten, lustvolles Spiel, tiefes Eindringen.

Alle seine Begierden waren auf den Augenblick gerichtet. Lydia hingegen dachte nicht nur an diese eine Begegnung.

Da fiel ihr wieder das Wort ein - beängstigend. Ihre Hände hatten es wie in Trance geschrieben, als ob irgendetwas sie lenkte. Was hatte er nur gedacht, als er es las?

Sie schaute ihn an und spürte, dass ihre Wangen warm wurden und sich rot färbten. Sein lüsterner Blick traf sie und

Lydia sah, wie er genau die Reaktionen ihres Körpers musterte. Sicher war ihm die Gänsehaut auf ihren Armen nicht
entgangen. Sie versuchte, ihre Unsicherheit zu überspielen,
schaute ihm fest in die Augen und lächelte ihn an.

Nachdem sie satt waren und über die Hälfte der Tapas stehen
ließen, stand Ben auf und setzte sich neben Lydia auf die
Bank.

Er schaute sie mit einem tiefen Blick aus seinen blauen Augen
an, berührte zärtlich ihr Gesicht, zog ihren Kopf an sich heran
und küsste sie einfach.

»Also ist es doch Freude, warum wir keinen Bissen runterbekommen«, flüsterte Lydia und lächelte. Erneut spürte sie
seine vollen, weichen Lippen auf ihrer Haut und bemerkte
den süßen Duft seiner Haare. Ben war so liebevoll. Sanft und
erregend bahnte sich seine Zunge den Weg durch ihren halb
geschlossenen Mund und wie ein elektrisierender Schlag traf
sie der Moment, da ihre Zungenspitze die seine berührte. Ihr
Körper schien unter seinem samtweichen Kuss zu beben. Ben
war nicht fordernd, im Gegenteil. Er küsste sie wie eine empfindliche Blüte. Wie etwas, dass er bewahren musste, behutsam und vorsichtig. Warme Schauer überströmten ihren
Körper.

Irgendwann, nachdem sie die anderen Gäste vergessen
hatten, sagte sie: »Wollen wir nicht lieber zu dir und da
weitermachen?«

Ein verführerisches Lächeln zeigte sich auf Bens Lippen. Er
nickte fast unmerklich und erhob sich, um die Rechnung zu
begleichen.

Sie verließen das Restaurant Hand in Hand und schlenderten
an den Menschen vorbei in Richtung der Straße, wo Bens
Auto stand. Er öffnete Lydia die Tür. Das Licht der Straßenla-

terne spiegelte sich im nachtblauen Metalliclack des teuren Wagens. Überzogen wie mit tausend unzähligen kleinen Diamanten. Wie passend, dachte Lydia, während sie sich mit einer grazilen Bewegung in den Wagen setzte. Ben küsste sie noch einmal, ehe er die Tür schloss. Und er konnte wahnsinnig gut küssen.

Das Auto startete und Lydia hatte das Gefühl, zu schweben. Ben fuhr ruhig und bedacht. Sie hörte kaum die Musik, die aus den Lautsprechern drang und schaute sehnsuchtsvoll aus dem Fenster. Was würde sie erwarten?

Die Menschen und Häuser, an denen sie vorbeifuhren, verschmolzen unter ihren Gedanken zu einem undefinierbaren Meer aus Farben. Nach ein paar Minuten bog Ben von der Hauptstraße ab, fuhr in eine Tiefgarage und parkte den Wagen. Dann schaute er Lydia tief in ihre Augen und legte seine Hand auf ihre Wange. Erneut begannen sie sich leidenschaftlich zu küssen. Seine Zunge war so weich und zärtlich und gleichzeitig so verlangend. Lydia schmolz dahin.

Als Ben sie hinauf zu seiner Wohnung führte, staunte sie über die Mischung aus purer Erregung und Freude auf das Fremde, dem sie entgegenging. Und über das merkwürdige Gefühl von Vertrautheit, als sie seine Räume betrat. Sandelholz - erneut nahm sie die Intensität dieses Dufts wahr.

Sie liebte diesen Geruch. Ebenso wie Weihrauch und Ylang-Ylang – Aromen, die sie aus ihren Urlaubsländern kannte. Lydia schwärmte für Asien, seine Kultur und seine Religionen. Sandelholz war der Duft der Tempel und als Ben seine Wohnungstür öffnete, wurde sie von dieser Magie gefangen.

Er schaltete ein schwaches Licht ein. Lydia konnte kaum etwas erkennen. Ihre Augen glitten einen Moment über die Einrichtung und Bilder an der Wand. »Stilvoll. Sehr stilvoll«, flüsterte sie. Als sie in das Schlafzimmer schaute, fiel ihr eine große Fensterfront auf. Dann folgte sie ihm ins Wohnzimmer.

Ben nahm ihre Hand und zog sie zu sich. Er berührte sanft ihr Gesicht und küsste sie erneut. Lydia spürte ein intensives Kribbeln in ihrem Unterleib. Sie war feucht, so feucht. Nein, sie war nass. Nass vor Begehren und vor Sinnlichkeit, die ihr dieser Moment, diese Begegnung mit diesem Mann schenkte. Mit absoluter Gewissheit erkannte sie, dass der Sex zwischen ihnen perfekt sein würde. Was für eine Erlösung.

Dabei dachte sie nicht nur an den Orgasmus, sondern die Art, wie der Sex ablief. Lydia stand auf wilde Leidenschaft, häufige Stellungswechsel sowie Standhaftigkeit und Ausdauer bei einem Mann. Sie wollte auf dominante, animalische Weise genommen werden. Willenlos wollte sie sein und der Sex sollte verdorben sein. Und was auch eine wichtige Rolle für sie spielte: die Länge und Dicke seines Glieds. Sie liebte es, wenn er sie richtig ausfüllte. Wenn sie jeden Zentimeter von ihm in ihrem Inneren spürte.

Noch während Ben sie küsste, drängte er Lydia vorsichtig in das dunkle Schlafzimmer. Er legte sie auf das Bett. Lydia war wie in Trance. Seine Berührungen, der Duft seiner Haut, seine sinnlichen Küsse …

Langsam begann er sie zu entkleiden. Seine Hände glitten über ihre Haut und Lydia zitterte vor Erregung. Seine Lippen und seine Zunge tanzten über ihre Brüste, ihren Bauch und näherten sich immer mehr ihrer intimsten Stelle. Sie stöhnte vor Wollust, konnte es nicht mehr abwarten, wollte endlich seine Zunge zwischen ihren Beinen spüren. Doch Ben verstand es brillant, sie zu umkreisen und Lydia damit um den Verstand zu bringen. Dann erhob er sich.

»Dreh dich um«, verlangte er.

Sie gehorchte und er spreizte ihre Beine. Sanft streichelte er ihren Rücken, ihren Po und ihre Oberschenkel. Und dann, endlich, berührte er ihre Scham.

Lydia stöhnte auf.

»Du bist so feucht!«

Die Worte kamen wie ein erregender Windhauch über seine Lippen. Plötzlich spürte sie seinen Mund und seine Zunge auf ihren Oberschenkeln – und endlich auch auf der zarten Haut zwischen ihren Beinen. Sie streckte ihm ihren Unterleib entgegen.

Oh, wie weich und warm seine Zunge war! Und wie gekonnt er sie bewegte! Nicht zu heftig und nicht zu langsam. Sie wollte Ben so sehr …

Auf einmal fühlte sie statt seiner Zunge etwas anderes. Er schob einen Finger in sie hinein und dann noch einen zweiten. Er massierte sie, erst vorsichtig und liebevoll, dann immer fordernder.

Lydias Sehnsucht wuchs und sie betete darum, endlich seinen Schwanz in sich spüren zu dürfen. Kurz vor dem Höhepunkt ihrer Ekstase zog er die Finger heraus und legte sich halb auf sie. Mit einer geschmeidigen Bewegung drang er von hinten in sie ein.

Lydia stöhnte auf. Er war perfekt! Dieser Schwanz, seine Größe, seine Länge … Er füllte sie aus, er massierte ihren Unterleib so unglaublich gut! Was für ein Gefühl! Jetzt war sie ihm völlig ergeben. Sie konnte nicht genug von ihm bekommen. Sie konnten nicht genug voneinander bekommen. Vertrautheit, absolute Vertrautheit. Als hätten sie sich schon tausendmal geliebt. Ja, es war wie eine Wiederbegegnung. Eine sexuelle Wiederbegegnung. Ein Rausch der Sinne.

Zweimal schliefen sie so miteinander und zweimal kam er mit einem lauten Stöhnen in ihr.

»Ich muss dir etwas sagen«, raunte Lydia. »Ich mag es, wenn du mir mit der flachen Hand auf meine Scham schlägst.«

Von diesem Augenblick an veränderte sich seine Stimme. Sie wurde hart und kalt.

»So? Darauf stehst du?«

Lydia lag auf dem Rücken. Ben setzte sich neben sie.

»Spreiz deine Beine!«, herrschte er sie an.

Lydia war wie paralysiert und spreizte sie, ohne zu zögern. Er steckte ohne Vorwarnung zwei Finger tief in sie hinein und bewegte sie. Automatisch zog sie ihre Schenkel zusammen.

»Spreiz deine Beine, habe ich gesagt oder kannst du das nicht?« Ein strenger Ton lag in seiner Stimme.

Lydia gehorchte, obwohl das Gefühl der massierenden Finger und der zugleich weit gespreizten Schenkel ihr fast den Atem raubte. Dann zog er sie heraus und sie spürte einen Schlag auf ihre weit geöffnete Spalte.

»Stärker«, keuchte sie.

Wieder ein Schlag.

»Noch stärker.«

Erneut schlug er zu.

»Noch stärker.«

Wieder ein Schlag, doch dieser brannte wie Feuer. Süße Schmerzen, wie Lydia sie liebte. Minutenlang massierte er sie mit seinen Fingern und schlug ihre Scham.

»Du bist so feucht! Es gefällt dir tatsächlich.« Sein Tonfall wurde warm, aber dennoch streng.

»Ich will dich jetzt ficken. Willst du es von vorne oder von hinten?«

»Von hinten«, hauchte Lydia erregt.

Er packte sie, drehte sie um und zog ihren Po nach oben. »Leg dich mit deinem Oberkörper aufs Bett!«

Mit einer einzigen gezielten Bewegung schob er seinen Schwanz in sie hinein und jetzt spürte Lydia etwas Unfassbares. Er drang in sie ein – nein, etwas drang in sie ein. Sie dachte, sie würde seinen Umfang kennen. Doch das, was Lydia jetzt spürte, war ein harter, langer, dicker Stock. Sie hatte den Eindruck, sein Glied sei noch einmal gewachsen und das harte Zustoßen bereitete ihr Schmerzen. Sie war irritiert. So etwas hatte sie noch nicht erlebt. Sie bäumte sich auf und stoppte Ben in seiner Ekstase.

»Bitte nicht! Du tust mir weh«, stieß sie aus.

Noch völlig im Rausch, hielt er inne.

»Es tut mir so leid, aber was ist das? Dein Schwanz war vorhin schon groß, aber jetzt? Was ist passiert? Ich habe das Gefühl, er ist um das Doppelte angewachsen! Wie kann ein Mann zwei so unterschiedlich große Stufen der Erregung haben?«

Ben lächelte. »Das liegt daran, dass er jetzt im Harter-Sex-Modus und vorhin im Kuschelsex-Modus lief.«

Lydia musste lachen und hielt seine Arme fest um ihren Körper geschlungen. Sicher, sie hatte durch ihre Aufforderung, sie zu schlagen, seine dominante Ader getriggert, seine eigentliche sexuelle Neigung. Und dadurch, dass er sie von hinten nahm, schien sich seine maßlose Lust nur noch zu steigern und er stieß ohne jede Hemmung zu. Es war so lange her, dass sie leidenschaftlichen Sex genossen hatte.

»Wahnsinn! Ich liebe das! Es gibt also einen Kuschelsex-Modus und einen Harter-Sex-Modus bei dir?«

Verzückt kuschelte sie sich in seine duftende Bettwäsche. Ben lag neben ihr, sie lachten, scherzten, streichelten einander und ein sonderbares Gefühl ergriff Besitz von ihr. Sie kannte diese Art von Fick und dennoch war es anders als sonst, ganz anders. Es schien alles so vertraut und da war so viel Gefühl. Fast schon zu viel Gefühl für ein Sex-Date.

Lydia hatte im verbalen Vorspiel der letzten Tage nicht ein einziges Mal nach der Größe seiner Männlichkeit gefragt. Das hatte sie bislang immer. Es war ihr ebenso wichtig gewesen wie ein Foto ihres zukünftigen Liebhabers. Mit Ben aber war alles anders. Sie trafen sich, liebten sich und es passte zu hundert Prozent.

Ben stand auf und zog sich an. »Ich glaube, ich bringe dich jetzt zurück.«

»Ja, das wird besser sein«, erwiderte sie. Immerhin war es schon drei Uhr morgens. Ihr Herz allerdings sagte etwas anderes.

»Komm noch einmal zu mir. Zieh dich aus und leg dich neben mich.«

Widerwillig zog sich Ben wieder aus und kam zu ihr ins Bett. Und sie kuschelten und redeten und lachten erneut. Ben sprach über seine erotischen Abenteuer und von intensiven

Begegnungen mit Frauen, in denen ausschließlich seine harte, dominante Seite im Vordergrund stand.

Gebannt lauschte Lydia seinen Erzählungen. Es existierte eine wohltuende Leichtigkeit zwischen ihnen. Sie fühlte sich geborgen und war glücklich. Ein verwirrendes Gefühl. Als wäre es ein ganz normales erstes Date gewesen. Der Beginn eines Kennenlernens mit der Aussicht auf mehr. Mehr als nur Sex.

Der Morgen war angebrochen, als sie endlich in ihrem eigenen Bett lag. Schlafen konnte sie nicht. Eine Frage schwirrte unermüdlich in ihrem Kopf herum: Was um alles in der Welt war das gerade gewesen?

19. JUNI

Der gestrige Tag verlief chaotisch. Lydia war mit starken Kopfschmerzen aufgewacht und quälte sich durch das Fotoshooting. Es war bereits 23 Uhr, als sie endlich zurück ins Hotel fuhr. Ben hatte sie nachmittags kurz angerufen, um sich zu erkundigen, wie es ihr ging. Sie wechselten nur wenige Worte miteinander. Lydia war glücklich über seine Fürsorge, aber fühlte sich zu schwach, um ausführlich mit ihm zu reden. Den Rest des Tags schrieben sie nicht mehr miteinander.

Nach Hause zurückgekehrt zerrte das Gefühl der Kraftlosigkeit immer noch an Lydia und sie sehnte sich nach Ruhe. Und – sie sehnte sich nach Ben. Den restlichen Sonntag verbrachte sie im Bett.

Lydia, 14:43 Uhr

Ich habe heute früh einen Guten-Morgen-Kuss vermisst. Du kannst so fantastisch küssen. Ich liebe es. Stundenlang. Bitte sei nicht böse, weil ich mich gestern nicht mehr gemeldet habe. Es ging mir nicht gut. Aber jetzt liege ich zu Hause im Bett und erhole mich langsam.

Ben? Weißt du, was mich beschäftigt? Wir haben nicht an Verhütung gedacht. Ist dir das bewusst?

Ben, 15:02 Uhr

Und diesen langen Kuss würdest du zweifellos bekommen. Vermutlich nicht nur den. Auch Guten-Morgen-Sex ist etwas unbeschreiblich Schönes.

Du musst dich nicht rechtfertigen. Während wir telefonierten, spürte ich, wie schlecht es dir ging. Ich muss pausenlos an dich denken. Bitte entschuldige, wenn ich das allzu oft betone …

Ungeschützter Sex ist verantwortungslos. Verzeih meinen Egoismus. Aber zu deiner Beruhigung: Ich bevorzuge Qualität statt Quantität. Du bist die erste Frau, mit der ich ohne Kondom geschlafen habe. Zumindest in der Anfangszeit war es für mich bisher immer eine Notwendigkeit. Bei dir fühle ich anders.

Ben hatte Lydia ein Foto von einer Wand geschickt, an der gerahmte Fotos hingen. Sie konnte sich erinnern, im Halbdunkel ein paar ähnliche Bilder in seinem Schlafzimmer gesehen zu haben, war sich aber nicht sicher.

Ben, 15:07 Uhr

Wo befinde ich mich?

Lydia, 15:11 Uhr

Willst du meine Beobachtungsgabe testen? Tut mir leid, aber da muss ich passen. Wenn das in deiner Wohnung ist, kann ich zu meiner Verteidigung sagen: Ich hatte nur Augen für dich.

Ben, 15:20 Uhr

Das sind Fotos aus einer Helmut-Newton-Ausstellung. Leider ist die nicht in meiner Wohnung. Oder eher zum Glück: Ich hätte angesichts der vielen Besucher zu wenig Platz.

Lydia, 15:24 Uhr

Die große Fensterfront in deinem Schlafzimmer ist mir im Gedächtnis geblieben. So etwas liebe ich.

Ben, 15:35 Uhr

Fotografierst du eigentlich auch gern?

Lydia, 15:40 Uhr

Ja, meine Leidenschaft ist die Tierfotografie. Und Landschaftsfotografie. Ich mag moderne Architektur, aber auch alte Schlösser und Gutshäuser. Ich liebe diese Romantik und bin beeindruckt von den Geschichten, die diese alten Gemäuer erzählen können. Diese Mystik …

Ben, 15:50 Uhr

Es fasziniert mich, wie viel Gemeinsamkeiten wir haben.

Lydia, 15:59 Uhr

Ich glaube, nichts erzeugt mehr Kraft als Seelenverwandtschaft. Sie ist anziehend wie ein Magnet. So magisch und atemberaubend, so kostbar und selten.

Wenn ich alte Schlösser besuche, in denen man die Geschichte förmlich riecht, fühle ich mich immer gezwungen, die alten Steine oder Bilder zu berühren. Auch, wenn man es oft nicht darf. Ich liebe ihre Energie, ich bin gefesselt davon.

Ben, 16:43 Uhr

Du bist wundervoll.

Lydia, 16:45 Uhr

Ich will bei dir sein.

Ben, 16:48 Uhr

So geht es mir schon den ganzen Tag. Ich spüre das unbändige Verlangen, jeden Zentimeter deiner Seele berühren zu wollen.

Lydia, 17:08 Uhr

Das hast du schon getan, als du mir das erste Mal in die Augen geschaut hast. Ich habe mich gebannt gefühlt, gefesselt, fast wie in einem Gefängnis. Ein unheimliches Gefühl. Ich musste über mich selbst schmunzeln, weil ich dir nicht in die Augen sehen konnte.

Lydia verspürte einen unmenschlich starken Drang, Ben alles zu sagen, was sie fühlte und dachte. Ohne über die Konsequenzen nachzudenken.

Ben, 17:25 Uhr

Eine verführerische Vorstellung, dich zu entführen und in mein Schlossverlies zu sperren. Dich mal wie meine Königin, mal wie meine Sklavin zu behandeln. Ich finde deine Worte über meine Wirkung auf dich faszinierend.

Ein wundervoller Gedanke, deine Königin zu sein. Quid pro quo. Was denkst du über mich? Ich möchte wissen, was du empfindest.

Ben, 18:27 Uhr

Ich habe dieses Blind Date gewollt und stand plötzlich vor einer unbeschreiblich attraktiven Frau. Kein Mädchen, sondern eine richtige Frau. Voll Anmut und Eleganz. Von der ich, während ich sie nun kennenlerne, erfahre, dass sie genau die Interessen teilt, die mich begeistern. Die ich möglichst bald wiedersehen und lieben will. Von der ich weiß, dass sie in einer Beziehung lebt, was unbequem werden kann. Mein Verlangen, noch mehr von den sirenenhaften Klängen dieser amazonenhaften Frau zu hören, ist dennoch übermächtig.

Lydia, 18:53 Uhr

Die Sirenen, die mit ihren Gesängen die Männer um den Verstand bringen, um sie ins Verderben zu führen ... es ehrt mich, dass ich so eine Wirkung auf dich habe. Und genau das möchte ich, dich um den Verstand bringen. Aber nicht, um dich ins Verderben zu führen.

Aber vielleicht ist es umgekehrt. Vielleicht führst du mich am Ende ins Verderben. Ohne es zu wollen. Aber egal, was es ist, egal, was daraus wird, egal, wie es endet, ich folge dir.

Ben fesselte Lydia. Er fesselte ihren Geist. Mit jedem seiner Worte. Er hatte sie gefangen genommen und sie zappelte in seinem Netz wie ein Schmetterling, geblendet von diesem

schönen, selbstbewussten, schon fast beängstigend emphati-
schen Mann. Die Art, wie er schrieb, die Art, wie er sie liebte,
seine Worte, seine Gedanken – all dies verzauberte Lydia.

Ben, 19:05 Uhr

Ich möchte dich nicht ins Verderben führen, sondern zur
Lust, zur Hingabe, zur Ekstase. Meine Worte an dich sind
von Grund auf ehrlich und aufrichtig. Das Schicksal wollte
es, dass wir uns begegnen. Weshalb, das werden wir bald
herausfinden. Ich kann es kaum erwarten, bis wir das erste
Mal spielen.

Lydia, 19:20 Uhr

Ich wünsche mir, dass du mir das nächste Mal die Augen
verbindest. Ich möchte mich hilflos in deine Hände
begeben und spüren, was du mit mir machst.

Ben, 19:37 Uhr

Dein Verlangen erregt mich. Allein die Vorbereitung, dich
auszuziehen. Dich nackt zu sehen. Dich gründlich zu mus-
tern, während deine Augen schon verbunden sind. Dir die
Manschetten anzulegen. Das Halsband. Dein schüchternes
Ja auf die Frage, ob dir das alles gefällt.

Lydia, 19:40 Uhr

Das Halsband … nicht am Anfang. Lass mir damit Zeit,
bitte. Ich verbinde damit eine gewisse Symbolik.

Ben, 19:44 Uhr

Hab keine Angst. Das Halsband bleibt vorerst im Schrank.

Lydia, 19:53 Uhr

Ich habe keine Angst. Ich spüre nur, dass es für dich eine wichtige Bedeutung hat. Und somit hat es auch für mich eine wichtige Bedeutung.

Ben, 20:04 Uhr

Interessant, dass du das fühlen kannst. Das Halsband stellt für mich in der Tat etwas Besonderes dar. Es ist für mich das Zeichen der Unterwerfung, absoluter Unterwerfung. Ein Zugeständnis, das heißt: Nun gehöre ich dir voll und ganz. Nun kannst du mit mir machen, was du willst. Selbstverständlich unter Beachtung gewisser Tabus. Und selbstverständlich nur so lange, wie du es trägst.

Lydia, 20:12 Uhr

Das Halsband ist wie ein Ehering für mich. Ich schenke dir meinen Körper, bedingungslos, blind. Und das ist so kostbar, dass ich mit dir noch mehr Zeit verbringen will, bevor ich es annehme.

Sieh die Zeit unseres Kennenlernens wie einen Antrag. Werbe um mich. Und dann bekommst du mich, bedingungslos. Ich bin neugierig, wohin diese Begegnung mich führt. Wohin du mich führst. Ich bin eine Frau mit klarem Verstand. Dieses Erlebnis mit dir, diese Seelenverwandtschaft und diese Gefühle sind schlecht in Worte zu fassen. Es ist alles so mystisch. Ich habe Erfahrung mit dominanten Männern. In dir allerdings sehe ich etwas Außergewöhnliches. Ich glaube, du beherrschst das absolut Dominante. Körperliche Züchtigung, alles, was dazu gehört. Auf der anderen Seite aber bist du so liebevoll, romantisch und gefühlvoll wie selten ein Mann. Das kommt mir so nahe, dass ich davon überwältigt bin.

Ganz nebenbei bemerkt, ich hätte dich gern auf die Newton-Ausstellung begleitet.

Ben, 21:19 Uhr

Wärest du mit mir nach Berlin gefahren? Daran gedacht habe ich. Doch ich wusste nicht, wie frei du heute warst. Wie frei du überhaupt bist.

Lydia, 22:15 Uhr

Frei, das wäre ich zu gern. Jetzt. Aber ich bin es nicht – noch nicht. Ich bin übernächstes Wochenende in Kiel und nächstes Wochenende bleibe ich in Oldenburg. Wenn du Freitagabend zu mir kommen könntest? Allerdings brauchst du ein Hotelzimmer. Ich würde meinem Freund sagen, dass ich in Berlin bin für eine Nacht.

Ben, 22:31 Uhr

Ein guter Plan. Ein Hotelzimmer wird sicher kein Problem.

Lydia, 22:58 Uhr

Ich bin so erregt, wenn ich an deine Hände denke, die über meine Haut streichen. Und wenn ich an das Spielzeug denke, dass du einsetzen wirst, um mich in Ektase zu bringen ... Ich würde morgen sehr gern deine Stimme hören.

Denkst du, du könntest mich tagsüber irgendwann anrufen?

Ben, 23:08 Uhr

Wann passt es dir am besten?

Lydia, 23:14 Uhr

Ruf mich einfach an. Wenn ich nicht sofort rangehe, rufe ich zurück. Welche ist deine liebste Fantasie?

Ben, 23:22 Uhr

Du bist fixiert und ich provoziere dich. Mit Worten, zaghaften Berührungen. Pausen dazwischen. Mir gefällt die Vorstellung, dich zu beobachten, wie du immer erregter wirst. Wie du dahinschmilzt. Es wird mehr die leise, subtile Art, dich zu dominieren. Sinnesentzug. Dein Verlangen nach meiner Berührung. Mein Vergnügen daran, genau das nicht zu tun. Eine Feder. Fesseln. Der leichte Schmerz … Und ich werde viel reden.

Für den Bruchteil einer Sekunde blieb Lydias Herz stehen. Sinnesentzug. Das war die hohe Kunst und das Erregendste, was sie sich vorstellen konnte. Und er würde reden, viel reden. Allein dieser Gedanke … Seine Stimme, seine Ausstrahlung, seine dominante Schönheit. Sie stellte sich vor, wie er vor ihr stand, er in einem edlen Anzug und sie nackt und hilflos vor ihm. Lydia, eine intelligente, selbstbewusste Frau. Eine Frau, die stets ihre Gefühle steuern konnte. Selbst mitunter dominant, immer darauf achtend, nie die Kontrolle über irgendetwas, irgendjemanden zu verlieren. Schon gar nicht über sich selbst. Doch diesem Mann wollte sie sich bedingungslos hingeben. Nur ihm.

Lydia, 23:33 Uhr

Ich sehne mich danach.

Ben, 23:45 Uhr

Jetzt ist der Moment gekommen, dir einen Gute-Nacht-Kuss zu geben.

Lydia, 23:57 Uhr

Und ich gebe ihn dir zurück. Ich freue mich auf alles, was ich mit dir erleben werde. Weil ich weiß, dass du mich nicht nur körperlich benutzen, sondern auch zärtlich lieben wirst. Aber ich freue mich nicht nur auf unseren Sex, sondern auch auf unsere Gespräche, das Lachen, das Kennenlernen … Einfach auf dich.

20. JUNI

Lydia schlief unruhig. Erotische Träume suchten sie heim, heftig, ekstatisch, atemberaubend. Als sie aufwachte, fühlte sie sich erschöpft, aber immer noch erregt. Sofort schrieb sie Ben.

Lydia, 06:20 Uhr

Falls du jetzt noch schläfst, wirst du so lange meinen Atem in deinem Nacken spüren, bis die Gänsehaut dich zwingt, aufzuwachen. Und wenn du dich dann umdrehst zu mir, bekommst du einen langen Guten-Morgen-Kuss.

Ben, 08:15 Uhr

Jetzt verstehe ich, weshalb ich soeben in einem unglaublich erregten Zustand aufgewacht bin.

Guten Morgen.

Lydia, 10:29 Uhr

Wenn du Freitag zu mir kommst, würde ich mich freuen, wenn du mich in der Innenstadt von der Arbeit abholst. Wohnen würde ich jedoch lieber etwas außerhalb. Ich möchte mit dir spazieren gehen, Hand in Hand.

Das Telefon klingelte. Mein Gott, diese Stimme, dachte sie, als ihr Ben ein zuckersüßes »Hallo« entgegenhauchte.

Sie unterhielten sich, nah und vertraut. Sie sprachen über das Für und Wider möglicher Hotels in der Nähe. Ein sanftes Prickeln durchfuhr Lydias Körper, eine überwältigende Vorfreude, ihn wiederzusehen. Sie sprachen über die unglaublichen Gefühle zwischen ihnen – und schließlich auch darüber, dass sie in einer Beziehung war und dass Ben sich Kinder wünschte.

Sich aus ihrer Beziehung zu befreien, war vorstellbar, wenn auch nicht einfach. Ben jedoch Kinder zu schenken, war Lydia unmöglich. Zum ersten Mal in ihrem Leben bedauerte sie es zutiefst, dazu nicht fähig zu sein. Sie konnte keine Kinder auf natürlichem Weg bekommen, doch das hatte sie bisher nie gestört.

Lydia hielt kurz den Atem an und für den Bruchteil einer Sekunde war ihr Kopf leer. Allein die Tatsache, dass sie sich Ben schon jetzt so verbunden fühlte, dass sie über die Möglichkeit nachdachte, mit ihm in einer Beziehung zu leben, von ihm Kinder zu haben, faszinierte und schockierte sie zugleich.

Lydia, 14:46 Uhr

Nachdem ich deine Stimme gehört habe, will ich erst recht bei dir sein. Mir sind ein paar Gedanken durch den Kopf gegangen. Falls es dich tröstet: Du trägst das Risiko, dass ich in einer Beziehung bin. Und ich trage das Risiko, dass du irgendwann Ms. Right kennenlernst, die dir Kinder schenkt und mit der du eine Familie gründest. Diese Gefahr ist ungleich gewaltiger.

Ben, 16:27 Uhr

Nach diesen Worten möchte ich jetzt gern bei dir sein. Um dich zu umarmen und nie wieder loszulassen. Ich möchte dir so viel dazu sagen. Doch nicht per Messenger, sondern wenn wir uns sehen, am Freitag.

Lydia, 22:42 Uhr

Ich will mit dir lachen und Spaß haben, mit dir spazieren gehen, mit dir essen und mit dir reden. Ich will, dass du mich im Bett um den Verstand bringst. Und ich will dich um deinen Verstand bringen. Ich will diesen Rausch, dieses Herzklopfen, diese Sucht nach mehr … Wir empfinden so viel füreinander. Hast du Angst vor der Zukunft? Angst, mir wehzutun?

Ben, 22:58 Uhr

Schauen wir, wohin die Reise uns führt. Ein Spiel mit dem Feuer. Das wird es. Leidenschaftlich. Heiß. Vielleicht sogar bizarr. Was hältst du von diesem Schloss? Ich sende dir den Link.

Lydia, 23:32 Uhr

Ein altes, romantisches Herrenhaus im Barockstil. Wie passend für unser Treffen. Die Zimmer sind sehr großzügig geschnitten. An dem robusten Rahmen der Betten befindet sich sowohl oben als auch unten eine Stange aus glänzendem Holz. Dort kann man sehr gut ein Seil befestigen.

Ich bin mir sicher, du hast es mit Sorgfalt und nicht ohne Hintergedanken ausgesucht. Mir gefällt, was dir gefällt. Ich werde mich sicher sehr wohl fühlen.

Ich liebe alles, was zwischen uns ist. Wenn das Schicksal vorsieht, dass es im Chaos endet, dann soll es so sein. Und wenn das Schicksal vorsieht, dass wir füreinander geschaffen sind, für immer, dann soll es auch so sein. Ich freue mich auf dich. Und im Moment wünsche ich mir nur mich als die Frau an deiner Seite. Bis auf den Kinderwunsch könnte ich dich glücklich machen. Und du könntest mich glücklich machen. Lass uns diese Zeit genießen, mit allen Sinnen.

Schlaf schön.

Lydia legte das Handy beiseite und ging ins Bett. Was ist das nur, lieber Gott, fragte sie sich immer wieder und plötzlich merkte sie, wie ihr Tränen über die Wange liefen. Warum musste ich ihm begegnen? Warum hast du ihn mir geschickt? Warum muss sich seine Nähe und der Sex mit ihm und alles um ihn herum so perfekt anfühlen? Und andererseits, warum eigentlich ist es von vornherein aussichtslos und ohne Zukunft? Und plötzlich spürte sie nicht nur Liebe und Sehnsucht, sondern auch Angst. Eine tiefe, verzweifelte Angst.

Am Morgen fuhr Lydia wie gewohnt zur Arbeit. Auf sie warteten bereits Geschäftspartner und Lydia leistete ihnen Gesellschaft, solange die Geschäftsführer noch nicht anwesend waren. Sie trug ein figurbetontes, kurzes Businesskleid. Natürlich entgingen ihr die lüsternen Blicke der Männer auf ihre langen Beine nicht.

Lydia, 08:55 Uhr

Guten Morgen. Wie geht es dir? Heute Nacht befand ich mich in einem Gefühlschaos und war unendlich traurig. Es ist unbeschreiblich. Ich kenne nicht mal deinen Nachnamen, geschweige denn, irgendwelche anderen Details aus deinem Leben.

Ich muss gerade schmunzeln. Meinen Augen begegnen hier auf Arbeit andauernd wollüstige Blicke.

Ben, 09:26 Uhr

Guten Morgen, liebste Lydia. Was tun wir beide nur? Auch wenn ich mich vor dem zunehmenden Chaos fürchte, mein Verlangen nach dir ist ungebrochen, nimmt nach all deinen Worten sogar zu. Sind wir beide Hauptdarsteller in einem Film? In einem Drama? Einer Komödie? Einem Thriller? Ein Porno ist es allemal! Ich habe unglaubliche Lust, mit dir zu schlafen. Erst liebevoll und dann auf triebhafte Art. Mir scheint, als hätte ich etwas in dir geweckt: den ständigen Wunsch, begehrt zu werden. Dein Gefühlsausbruch, all deine Trauer – das ist, als hätte sich etwas in dir gelöst, was lange und tief in dir vergraben war. Die Sirenen klingen unbeschreiblich schön. Und was die wollüstigen Blicke bei der Arbeit betrifft, weckst du etwas in mir, was mich noch rasender werden lässt: die Eifersucht.

Lydia, 09:49 Uhr

Fühle ich mich wie eine Sirene? Ja, vielleicht. Ich will dich für mich allein und ich kämpfe mit den Waffen einer Frau. Aber im Mythos sind die Sirenen in einer Machtsituation und gewinnen. Bei mir ist das nicht sicher. Es ist eine Gratwanderung zwischen psychischem Leid und Glück.

Was du in mir geweckt hast, hat nicht nur mit der Erfüllung sexueller Begierden zu tun, dem Gefühl, begehrt zu werden. Sondern auch mit dem für mich elementaren Baustein einer Beziehung: Seelenverwandtschaft. Mein Ex-Mann Oliver und ich, das war Liebe auf den ersten Blick. Tag eins: Wir sahen uns zum ersten Mal. Tag zwei: Wir schliefen miteinander. Tag drei: Er zog bei mir ein. Und daraus entwickelte sich eine glückliche Beziehung über neun Jahre. Am Ende hatte er eine Affäre und die Ehe zerbrach.

Und was das Thema Eifersucht betrifft, frage ich mich: Warum? Weil mich andere Männer schön finden? Dann solltest du dir überlegen, ob du mit einem Model zusammen sein willst. Es wird dir sicher öfter passieren, dass Männer mir nachschauen. Auch, wenn wir beide Hand in Hand gehen.

Ben, 10:15 Uhr

Leid und Euphorie. Beides empfinde derzeit auch ich. Und was die Eifersucht angeht: Selbstverständlich liebe ich es, wenn Männer meine Partnerin attraktiv finden, sie anschauen, ihr Komplimente machen. Solange es mehr oder weniger dabeibleibt.

Lydia, 10:17 Uhr

Was verstehst du unter »mehr oder weniger«?

Ben, 10:22 Uhr

Auf der einen Seite reizt mich die Vorstellung, dass andere Männer dir Komplimente machen, sie dich anschauen. Auf der anderen Seite ist die Chance, dass mich das verletzt, hoch. Ein schmaler Grat.

Lydia, 10:28 Uhr

Ben, du solltest es anders sehen. Du befindest dich in einer absoluten Machtposition gegenüber allen anderen Männern. Sie begehren jeden Tag aufs Neue etwas, was sie nie besitzen werden, weil es nur dir allein gehört.

Ben, 10:43 Uhr

Diese Machtposition setzt allerdings voraus, dass meine Partnerin zu hundert Prozent treu und loyal ist. Dann ist es eine wunderbare Vorstellung.

Habe übrigens in diesem Moment ein Zimmer für uns gebucht.

Lydia, 10:52 Uhr

Auch wenn es dir nicht so erscheinen mag, Ben: Ich bin hundertprozentig loyal und treu meinem Partner gegenüber – wenn er mich glücklich macht und meine Seele streichelt. Deshalb hat es mir das Herz gebrochen, als ich feststellte, dass Oliver mich belog und betrog. Im Gegensatz dazu könnte Florian mich betrügen. Es würde mich verletzen, aber es würde mir nicht das Herz brechen.

Danke für die Buchung, Liebster. Was soll ich tragen, wenn du mich am Freitag abholst? Business oder Casual?

Ben, 13:35 Uhr

Casual. Obwohl dir Etuikleider verdammt gut stehen. Da wir jedoch bestimmt viel laufen werden, ist Casual für uns beide angenehmer.

Lydia, 13:42 Uhr

Wie du möchtest ...

Obwohl ich diese sexy Vorstellung habe, am Freitagvormittag mit meinem Business-Outfit und ohne Slip in einem Meeting zu sitzen, manchmal die Beine übereinanderschlagend und manchmal etwas spreizend – natürlich ohne, dass jemand irgendetwas sieht. Und ich die ganze Zeit eigentlich nur daran denke, dass bedauerlicherweise nicht du mein Chef bist, der mir am Tisch zwischen den Mitarbeitern gegenübersitzt. So wunderschön in einem Anzug, autoritär und charismatisch.

Ben, 13:48 Uhr

Wie soll ich mich jetzt bitte überhaupt noch auf irgendetwas konzentrieren? Du spielst dieses Spiel ziemlich gut, meine Liebe! Richte dich darauf ein, dass ich Freitagabend einen Anzug trage.

Lydia, 14:49 Uhr

Ich möchte dir eine Frage stellen: Wärest du eigentlich auf eine Frau auch eifersüchtig? Oder geht es nur um fremdes Testosteron in meiner Nähe?

Ben, 22:30 Uhr

Eine Frau in deiner Nähe fände ich sexy. Sehr sogar. Eifersucht wäre erst relevant, wenn Gefühle hinzukommen würden.

Lydia, 22:36 Uhr

Ich könnte mich nie in eine Frau verlieben. Frag mich bitte nicht warum, ich kann dir darauf keine Antwort geben. Ein Leben als Paar mit einer Frau, das passt nicht in mein Weltbild. Mit einer schönen Frau intim zu werden, passt allerdings sehr gut.

Sie hatte derartige Situationen mit Frauen erlebt. Aber dies alles in Bens Anwesenheit? Er dürfte nur zuschauen und sie hätte dabei die Gewissheit, dass sich seine Erregung schier ins Unermessliche steigern würde. Diese Gedanken fühlten sich für Lydia an wie ein Orgasmus im Kopf.

Ben, 22:41 Uhr

Die Vorstellung, dass du dich mit einer Frau verabredest, turnt mich an. Allein die Idee, dass ihr intim werden könntet. Allerdings müsstest du mir danach bis ins kleinste Detail erzählen, was passiert ist.

Lydia, 22:48 Uhr

Willst du gar nicht dabei sein? Zuschauen?

Ben, 22:59 Uhr

Absolut! Wollte nur nicht gleich mit der Tür ins Haus fallen.

Lydia, 23:10 Uhr

Alles andere hätte mich enttäuscht. Es macht mir mit dem richtigen Partner einfach alles viel zu viel Spaß. Sex ist das Beste, was es auf der Welt gibt.

Ben, 23:15 Uhr

Sex ist verdammt schön. Gerade wenn man damit experimentiert.

Lydia, 23:22 Uhr

Ich bin mutig gewesen, dich zum Spielen aufzufordern. Ich hoffe, ich brauche keine Angst zu haben.

Ben, 23:27 Uhr

Keine Angst, Liebste. Ich werde langsam sein. Fordernd und bestimmend – ja. Brutal – nein. Wir stehen erst am Anfang und brutal steht nicht auf meinem Plan. Meine Spezialität sind eher die leisen Töne. Magst du Dirty Talk?

In einer erotischen Situation – absolut!

Ich habe auf so vieles Lust. Mit dir zusammen fallen mir tausend Dinge ein … Aber jetzt muss ich schlafen, Liebster. Ich denke an dich und küsse dich innig.

22. JUNI

Lydia, 08:00 Uhr

Guten Morgen. Du schläfst sicher noch. Ich würde dich jetzt gern wach küssen. Ich habe davon geträumt, mit verbundenen Augen, gefesselt und wehrlos vor dir zu liegen. Deine wunderbar weiche Haut zu spüren, deine sanften Lippen, deine zarten Hände ... Deine Haut ist ein Erlebnis und ich kann dich so gut riechen und schmecken.

Ben, 10:13 Uhr

Guten Morgen, Liebste. Nach diesem Traum warst du sicher sehr erregt. Hast du es dir selbst gemacht? Das ist auch so eine Fantasie: Bis auf eine Hand bist du vollkommen fixiert und mit der freien Hand musst du dich vor meinen Augen befriedigen.

Lydia dachte zurück an das erste Date. Sie lagen eng umschlungen im Bett und Ben erzählte über seine Beziehung mit einer Jurastudentin. Er hatte sich eines Tages so von ihr provoziert gefühlt, dass er die Kontrolle verlor. Was hatte ihn so herausgefordert? Vielleicht steckte doch ein größerer Sadist in ihm, als er es ihr gegenüber zugeben wollte. Dieser Gedanke beunruhigte sie.

Lydia, 10:56 Uhr

Die Jurastudentin. Was ist damals geschehen? Ich denke darüber nach, ob ich dich so provozieren könnte.

Ich glaube, deine schönen blauen Augen werden zu Eis,
deine zarten Gesichtszüge hart und starr und dein Blick
durchdringt einen Menschen wie ein Schwert, wenn du so
gereizt wirst.

Ben, 11:16 Uhr

Genau das ist passiert. Sie hatte den absolut Unbarmherzigen in mir geweckt. Eiskalt. Wutentbrannt. Ich habe sie im
Schlafzimmer an der Decke fixiert und den Flogger spüren
lassen. Den Ring an der Decke hast du wahrscheinlich
nicht gesehen, oder? Eine ganze Woche hatte sie etwas
davon. Diese Frau hat das bekommen, was sie verdient hat
und wonach es sie so sehr verlangte. Die Peitsche auf ihr
tanzen zu lassen, hat mir schon gefallen. Sie hat förmlich
nach Bestrafung gebettelt und diese auch bekommen.

Dabei waren ihre Provokationen im Grunde banale Äußerungen. Du wärst sicher schockiert gewesen, wenn du
mich so gesehen hättest. Ein wilder Vampir, der seine
Beute malträtiert, Stück für Stück. Dich allerdings werde
ich im Unklaren lassen. Kein Wort darüber, was ich mit dir
machen will. Oder in Gedanken schon gemacht habe.

Lydia, 11:35 Uhr

Nein. Den Ring an der Decke habe ich nicht bemerkt.
Welche deiner Fantasien willst du mit mir ausleben?
Würde ich entsetzt sein? Würde es mich abschrecken? Von
dir entfernen? Welche banalen Äußerungen haben dich
damals so sehr gereizt?

Zum Beispiel: Die Farbe deiner Shorts ist schrecklich. Oder: Knöpf dir gefälligst den oberen Knopf deines Hemds zu. Du siehst total bescheuert aus. Oder: Das war schon alles? Besser kannst du es mir nicht besorgen? Zum einen banal, zum anderen verletzend.

Du würdest nicht entsetzt sein. Keineswegs. Ich will ein bisschen Neugier und Ungewissheit schüren. Vielleicht nur so viel: Bevor wir das Hotelzimmer betreten, darfst du mich noch berühren, umarmen und küssen. Im Zimmer wird allerdings Schluss damit sein. Du wirst dich an die Tür stellen und auf Anweisungen von mir warten.

Ich werde einen kleinen, silberfarbenen Aktenkoffer dabeihaben, mein Equipment. Dieser Koffer ist für dich absolut tabu. Du darfst ihn anschauen, aber nicht anfassen.

Hast du das verstanden?

Lydia, 12:05 Uhr

Ja, das habe ich.

Aber ich will nichts weiter darüber erfahren. Hör auf!

Ben, 12:12 Uhr

Zu spät. Du wirst jetzt weiterlesen.

Du wirst dich nackt vor mir ausziehen, während ich vor dir im Anzug stehe. Du wirst dich von mir ans Bett fesseln lassen.

Lydia, 12:31 Uhr

Bitte Ben, verrate nicht zu viel.

Es liest sich so geheimnisvoll. Fast bedrohlich.

Ben, 12:54 Uhr

Keine Angst. Ich werde dich in dieser Nacht gefühlvoll, wie eine begehrenswerte Jungfrau behandeln. Dich zur Ektase führen und du wirst dich mir hingeben. Vertraue mir, Lydia.

Lydia, 12:59 Uhr

Ich vertraue dir.

Hast du eigentlich mal versucht, etwas über mich im Internet herauszufinden?

Ben, 13:24 Uhr

Nein. Und allein mit deinem Vornamen wird das auch schwer. Ich will nicht hinter deinem Rücken recherchieren, sondern dich lieber offen und direkt fragen.

Lydia, 13:37 Uhr

Das finde ich gut. Als ich bei meinem Arbeitgeber anfing und den Browser an meinem Computer öffnete, war das Erste, was ich als Suchbegriff las, mein Name. Das war ein unangenehmes Gefühl.

Ben, 16:15 Uhr

Unser Zimmer haben wir übrigens bis Samstagnachmittag.
Genug Zeit zum Ausschlafen, Frühstücken und …

Lydia, 17:10 Uhr

Hast du etwa einen Late Check-out organisiert? Und auch
noch Frühstück aufs Zimmer?

Ben, 17:12 Uhr

Der Late Check-out ist bereits gebucht, Frühstück aufs
Zimmer wollte ich beim Check-in organisieren.

Er hatte wirklich an alles gedacht. Lydias Herzschlag
beschleunigte sich einmal mehr und sie spürte, wie ein krib-
belndes Glücksgefühl ihren Körper durchströmte.

Lydia, 17:14 Uhr

Ich danke dir schon jetzt für jede Minute zwischen uns.
Schon erstaunlich, dass du über diese ganzen Details nachgedacht hast. Das ist fantastisch!

Ben, 17:18 Uhr

Ich möchte so viel Zeit mit dir verbringen, wie möglich.
Und das auf die angenehmste und überwältigendste Art
und Weise.

Lydia, 17:29 Uhr

Es tut mir leid, dass die Umstände so kompliziert sind.

Ich liebe die Gewissheit, dass du da bist. In meiner Nähe.

Ben, 18:40 Uhr

Das Allerschlimmste ist, dass ich jetzt nicht einfach zu dir fahren und dich in den Arm nehmen kann.

Lydia, 18:45 Uhr

Verzeih mir meine Melancholie. Es ist nur schwer für mich, für den einen Mann Schmetterlinge im Bauch zu haben und mit dem anderen Mann eine glückliche Beziehung nach außen zu tragen. Für ihn zu kochen und all das, was ich viel lieber für dich, für uns tun würde.

Ben, 18:58 Uhr

Es ist eine sehr schöne Vorstellung, dass du für mich kochst, dass wir gemeinsam kochen. Und vorher auf dem Wochenmarkt zusammen einkaufen.

Für jedes Wort, das du gerade geschrieben hast, bekommst du am Freitag einen Kuss. Es gibt nichts, aber auch wirklich nichts, was ich an dir bislang nicht liebe!

Lydia, 19:47 Uhr

Sag so etwas nicht. Das bringt mich zum Weinen. Ich weiß nicht, warum. Ich kenne dich doch nicht einmal wirklich. Das ist alles so völlig gegen meine intelligente Natur, die eigentlich immer genau weiß, was sie will und was nicht. Aber ich weiß, dass ich etwas für dich empfinde. Und ich

weiß auch, dass es nach jedem Treffen stärker werden
wird. Trotzdem lasse ich mich darauf ein. Ich weiß nicht,
wie ich mit mir selbst umgehen soll, und das macht mir
Angst.

Panik überwältigte Lydia. Wie würde diese Geschichte
enden? Es war alles so unkontrolliert, ihre Gefühle waren so
unkontrolliert. Sie fühlte sich hilflos und ihr standen schon
wieder Tränen in den Augen. Sie ging zum Schrank und
nahm eine Flasche Rotwein heraus, einen trockenen Merlot.
Während sie ihn öffnete und sich ein Glas eingoss, kam die
Antwort von Ben.

Ben, 19:59 Uhr

Ich hätte nie gedacht, dass ich je ein solches Empfinden bei
einem Menschen auslösen würde.

Lydia, 20:39 Uhr

Ich bin wahrscheinlich zu sensibel, was tiefe Gefühle
angeht. Aber nur Sex ist nicht mein Stil. Sonst hätte ich als
Escort viel Geld verdienen können.

Ben, 21:21 Uhr

Möchtest du dich wirklich zu diesem erotischen Spiel verführen lassen? Bislang war alles nur eine Fantasie. Freitag
wird es mehr, sehr viel mehr. Am Freitag werden deine
Träume zur Realität.

Lydia, 21:27 Uhr

Ich muss es erleben. Sonst weiß ich nicht, ob es mir gefällt.

Ben, 21:33 Uhr

Dennoch hoffe ich, dass es dir nicht gefällt. Dass du mich verfluchst und zur Hölle schickst.

Eine Sekunde lang verschlug es ihr den Atem. Ben warnte sie und instinktiv wusste Lydia, dass er recht hatte. Sie musste die Finger von ihm lassen. Sie musste ihn vergessen. Aber sie wollte wissen, was der Grund für ihr Gefühlschaos war. Und sie wollte mehr, noch viel mehr davon. Lydia wollte das, was er mit ihr tun würde. In diesem Schloss, in dieser Nacht. Sie wollte ihn.

Ben, 21:41 Uhr

Wenn du nicht in meiner Nähe bist, geht es mir nicht gut. Genauso wenig wie dir. Und unser Schmerz wird schlimmer werden.

Lydia, 21:45 Uhr

Geht es dir etwa ähnlich wie mir?

Ben, 21:53 Uhr

Natürlich. Mir kommt es so vor, als ob unsere Art zu denken und zu lieben identisch ist. Und dass sich unsere Vorstellung vom Leben nur in einem Punkt – dafür jedoch vehement – unterscheidet. Der elementare Wunsch und das Vermögen, eine Familie zu gründen.

Lydia, 22:00 Uhr

Meine innere Stimme sagt mir: Mach weiter. Mein Verstand aber sagt: Lass es sein.

Ben, 22:03 Uhr

Geht mir genauso. Intuition: Mach weiter. Herz: Mach weiter. Verstand: Hör auf. Herz steht in diesem Fall für das Gefühl.

Lydia, 22:07 Uhr

Lässt du dich immer von deinem Gefühl leiten?

Ben, 22:12 Uhr

Ich weiß um meinen Herzmagneten. Das heißt, dass mir die Menschen, auf die ich treffe, am Herzen liegen und ich sie selbst angezogen habe, wie ein Magnet. Jeder Mensch hat diesen Herzmagneten. Deshalb will ich sie näher kennenlernen. Um herauszufinden, warum ich ihnen begegnen sollte.

Lydia, 22:15 Uhr

Und weshalb bist du mir begegnet? Was denkst du?

Ben, 22:20 Uhr

Die Frage kann ich noch nicht beantworten. Doch wir spiegeln einander. Das heißt, jeder Mensch, den wir kennenlernen, zeigt uns, wo wir stehen. Welche Aufgabe wir zu bewältigen haben. Und welche Eigenschaften wir in uns tragen, gute und weniger gute.

Lydia, 22:23 Uhr

Die sexuelle Beziehung auf Basis von BDSM. Darum ging es doch hauptsächlich bei deinen vergangenen Affären, oder? Kannst du mir sagen, warum du diese Frauen kennenlernen solltest? Reflektiert betrachtet?

Ben, 22:28 Uhr

Das Leben hat mich in beiden Fällen gefragt, ob ich genau das will. Dauerhaft. Ob diese Form der Liebe wirklich die Grundlage einer Beziehung sein kann.

Das Leben fragt uns jeden Tag, ob wir etwas wirklich wollen. Und wir können jeden Tag aufs Neue entscheiden, ob wir es noch immer wollen.

Seitdem weiß ich, dass BDSM nur eine Facette des Begehrens ist.

Lydia, 22:35 Uhr

Wir können jeden Tag aufs Neue entscheiden? Ben, das hört sich viel einfacher an, als es im täglichen Leben ist.

Ich habe das dringende Verlangen, ein paar Tage mit dir irgendwo hinzufahren. Und zwar, damit wir während unserer Lieblingsbeschäftigung auch noch Zeit haben, um zu reden. Ich will mich über so vieles mit dir unterhalten. Ich denke, es würde uns beide bereichern.

BDSM kann tatsächlich die Grundlage einer Beziehung sein. Aber dann müssten beide die reine Form des Dom und der Sub leben, ohne Einschränkung, aus voller Überzeugung. Dafür bist weder du geschaffen noch ich. Du bist viel zu feinfühlig, um ein reiner Dom zu sein. Damit möchte ich diese Männer nicht verteufeln. Aber es steckt in vielen nicht das, was ich sensibel nennen würde.

Bens Antwort ließ auf sich warten. Lydia erschien es wie eine Ewigkeit. Hatte sie ihn verletzt? Oder irritiert?

Lydia, 22:50 Uhr

Alles gut, Liebster? Ich wäre jetzt so gern bei dir. Es macht mich nervös, dass du nicht reagierst.

War sie zu weit gegangen? War sie ihm mit ihrer Feststellung zu nahegetreten, dass er als Dom nicht geeignet sei? Oder warum zögerte er? Zögerte er überhaupt? Oder bildete Lydia es sich nur ein, weil Bens Worte und Gedanken auf sie wirkten wie eine Droge?

Ben, 22:55 Uhr

Du hast in allem recht. Mit der Idee, einfach wegzufahren. Und mit deiner Einschätzung in Bezug auf Doms und Subs. Damit, dass ich kein reiner Dom bin. Im Grunde wollen wir alle nur geliebt werden, ab und an mal dominieren oder unterworfen werden. Doch letzten Endes strebt jeder Mensch nach Liebe. Je nachdem, was wir in unserem Leben brauchen, lernen wir Personen kennen, die uns den entsprechenden (oft unbewussten) Wunsch erfüllen. Niemand will auf Dauer unterworfen werden, keiner auf Dauer dominieren. Mit beidem versucht man nur, etwas zu kompensieren.

Lydia, 22:57 Uhr

So wie du es ausdrückst, würden wir nie den einen Menschen kennenlernen, mit dem wir unser Leben irgendwann abschließen können.

Ben, 23:00 Uhr

Es gibt auch nicht den einen Menschen. Zumindest nicht ein Leben lang.

Lydia, 23:02 Uhr

Aber das ist mein Ziel! Ich will noch einmal heiraten. Und ich will mit einem Mann alt werden. Ich will ihm für immer treu sein und er soll für mich das Gleiche empfinden. Wie kannst du so etwas aus voller Überzeugung sagen? Das entsetzt mich.

Ben, 23:05 Uhr

Das ist grundsätzlich auch möglich. All dies kann passieren. Du kannst mit einem Mann zusammenkommen, den du heiraten und mit dem du für den Rest eurer Tage zusammenbleiben kannst.

Lydia, 23:07 Uhr

Aber du hast gesagt, es gibt nicht den einen Menschen. Zumindest nicht ein Leben lang.

Ben, 23:09 Uhr

Es kommt darauf an, an welchem Punkt eures Lebens ihr
euch kennenlernt und wie ihr euch miteinander entwickelt.
Wichtig sind gemeinsame Ziele, Visionen, gemeinsamer
Sex. Werte wie Vertrauen, Treue, Loyalität.

Lydia, 23:11 Uhr

Irgendetwas im Inneren meines Herzens sagt mir, dass ich
ihn noch finde. Wäre es nicht so, wäre mein Leben unvoll-
ständig und ich würde irgendwann leer sterben. Kinder
standen für mich zum Glück nie im Lebensmittelpunkt.
Aber eine Beziehung, die mich in allem ergänzt, meinen
Zwilling in Seele und Körper zu finden und mit ihm alt zu
werden – das war immer mein Ziel und meine Hoffnung.

Plötzlich spürte Lydia Traurigkeit. Und eine tiefe Sehnsucht
nach diesem Zustand, dieser perfekten Beziehung. Aber auch
die Angst davor, dass dieser Wunsch für immer eine Illusion
bleiben würde.

Ben, 23:16 Uhr

Das hast du so schön gesagt, dass ich dich jetzt gern küssen
würde. Stell dir diese Beziehung, die du gern führen willst,
im Geist vor, immer wieder. Eines Tages wird dein Traum-
prinz vor dir stehen.

Zunächst geht es um die Beziehung zu sich selbst. Ist diese
Beziehung offen und ehrlich, kann man den Seelenpartner
im Außen finden.

Lydia, 23:22 Uhr

Wenn ich eine Beziehung mit mir hätte, wärest du überflüssig.

Ben, 23:26 Uhr

Dass du einen Schwanz hast, ist mir gar nicht aufgefallen.

Lydia, 23:31 Uhr

Deswegen brauche ich dich, notgedrungen.

Ben, 23:34 Uhr

Siehst du? Und deswegen wirst du ihn am Freitag auch wieder spüren.

Lydia, 23:40 Uhr

Ich finde es so schön, mit dir zu reden und zu schlafen. Wir haben einfach zu wenig Zeit. Und Ben? Egal wie es endet – es ist fantastisch, dich kennengelernt zu haben, wegen deiner Werte, wegen deiner Ansichten und wegen deinem Geist. Du bist für mich eine Bereicherung.

Schlaf gut.

Ben, 23:48 Uhr

Danke. Deine Worte ehren mich sehr. Das Gleiche kann ich auch zu dir sagen.

Gute Nacht und erholsame Träume.

Egal, wie es endet ... Wie leichtfertig Lydia das schrieb! Dabei ahnte sie tief in ihrem Inneren, dass es in einer Katastrophe enden würde. Ihr Bauchgefühl sagte es ihr und dieses Bauchgefühl täuschte sie nie. Jetzt aber ignorierte sie es. Sie wollte die Aussicht auf ein brutales Ende nicht sehen. Das würde den Zauber sterben lassen und das Glücksgefühl zerstören, das sie, seit sie Ben begegnet war, empfand. Sie wollte ohne dieses Glück nicht mehr sein.

23. JUNI

Lydia, 10:09 Uhr

Aufstehen!

Ich habe gerade dreißig Minuten lang einen Geschäftskunden betreut. Gute Figur, strahlend blaue Augen und Maßanzug, das hat etwas.

Dabei bekam ich Herzklopfen. Der Mann hat mich an morgen erinnert. Ich nackt und du im Anzug. Das raubt mir den Atem.

Ben, 11:40 Uhr

Bin ich längst. War bereits eine Stunde joggen.

Du erzählst mir gern von der Attraktivität fremder Männer, nicht wahr?

Ja, das tue ich, dachte Lydia. Unter anderem, weil ich das Gefühl habe, dass dadurch Eifersucht in dir aufsteigt. Und das Spiel damit macht mich an.

Aber da sie sich nicht sicher war, wie er darauf reagieren würde, nannte sie ihm lieber ein anderes, galanteres Motiv.

Lydia, 11:42 Uhr

Weil ich dabei immer an dich denke. Und er hatte tatsächlich eine gewisse Ähnlichkeit. Reizt dich das?

Ben, 11:45 Uhr

Positiv wie negativ.

Lydia, 11:47 Uhr

Vielleicht will ich genau das. Spielen? Dich reizen?

Ben, 11:49 Uhr

Dann lass dir gesagt sein, dass der Liebevolle und der Unbarmherzige in mir sehr dicht beisammenstehen.

Während Lydia gebannt auf das Display ihres Handys starrte, leuchtete der Kalender an ihrem Computer auf.

Verdammt, das Meeting! So weit war es also schon gekommen – sogar ihr Job war zur Störung dieser Konversation geworden. Lächelnd schüttelte sie den Kopf.

Lydia, 11:59 Uhr

Baby, ich muss in ein Meeting.

Als Lydia zurückkam, griff sie als Erstes nach ihrem Smartphone.

Lydia, 14:24 Uhr

Es ist erst eine Woche her, dass wir uns gesehen haben.

Ben, 14:27 Uhr

Es kommt mir vor wie eine Ewigkeit.

Lydia, 14:35 Uhr

Hilflos, zerbrechlich, eingeschüchtert von deiner Autorität und Dominanz. Ich denke, so werde ich mich fühlen.

Ich möchte dich jetzt gern küssen. Einfach nur küssen. Einfach nur aus Liebe. Für mich beginnt morgen ein neues Spiel. Als hätte es eine Vergangenheit nie gegeben.

Ich lasse mich auf dich ein und vertraue dir, dass du mich genauso behandelst. Wie einen Rohdiamanten.

Ben, 14:48 Uhr

Du bist mein Rohdiamant und mit meinen Händen werde ich dich behutsam schleifen. Fühle dich zärtlich geküsst! Oh Gott, wenn du wüsstest, wie sehr du mich erregst!

Ich werde dich behandeln wie eine Königin und eine Sklavin. Auf der einen Seite werde ich dich vergöttern, auf der anderen Seite unterwerfen.

Lydia, 15:24 Uhr

Ich wünschte, es wäre morgen. Dann wärst du jetzt schon unterwegs zu mir. Es ist wunderbar, dass du dir so viele Gedanken über unsere gemeinsamen Stunden machst und alles so perfekt organisierst. Ich hoffe, ich kann dir etwas davon zurückgeben.

Ben, 16:16 Uhr

Allein dadurch, dass du an meiner Seite bist, gibst du mir
etwas zurück.

Lydia, 16:22 Uhr

Weißt du, was das Problem ist: Ich bin eigentlich gar kein
Typ für Affären. Wie oft hast du dich schon auf gebundene
Frauen eingelassen?

Ben, 16:39 Uhr

Noch nie. Auch ich bin kein Typ für Affären.

Lydia, 16:41 Uhr

Warum hast du mir dann geantwortet?

Ben, 16:44 Uhr

Herzmagnet?

Lydia, 16:46 Uhr

Und wie viele hast du davon gesammelt?

Ben, 16:51 Uhr

Mit wie vielen Frauen ich in meinem Leben zusammen
war, kann ich gar nicht sagen.

Lydia starrte irritiert auf das Display und las den Satz erneut.

Lydia, 16:56 Uhr

Das hört sich nach viel an …

Ben, 17:03 Uhr

Das hört sich nach mehr an, als es letztendlich war. Keine zwanzig.

Lydia, 17:06 Uhr

Reden wir jetzt von Sex oder von Beziehungen?

Ben, 17:11 Uhr

Beziehungen vielleicht fünf. Oder auch sechs. So um den Dreh. Bei den anderen Frauen war schnell klar, dass es für eine Beziehung nicht reicht. Klasse statt Masse. Das gilt für vieles in meinem Leben. Auch für Frauen.

Bist du eine Frau, die auch gut mit sich allein zurechtkommt?

Lydia, 17:17 Uhr

Du stellst mir Fragen …

Ben, 17:26 Uhr

Nicht für immer. Sondern immer mal wieder, für eine gewisse Zeit. Um sich zu erden. Um sich zu fragen, ob und was man eigentlich will. Du bist eine wundervolle Frau. Du weißt gar nicht, wie wundervoll. Du hast es nicht nötig, mit einem Mann zusammen zu sein, mit dem du unglücklich bist.

Was würde passieren, wenn auch er sich in eurer Beziehung unglücklich fühlt? Und sie aus genau diesem Grund von heute auf morgen beendet? Hoffentlich verzeihst du mir meine deutlichen Worte.

Lydia, 17:35 Uhr

Es gibt nichts Schrecklicheres für mich, als den Mann meines Lebens zu treffen, der dann irgendwann eine Lebenskrise bekommt und mich für eine Jüngere verlässt, die ihm Kinder schenkt. Bei Florian passiert so was nicht. Er fühlt sich zu alt für die Vaterrolle. Ich glaube eigentlich nicht, dass er in unserer Beziehung unglücklich ist und sich trennen würde.

Ben, 17:41 Uhr

Und was macht dich da so sicher?

Lydia, 17:47 Uhr

Ich bin seine allererste langfristige Beziehung. Und auf seine Weise vergöttert er mich.

Ben, 17:50 Uhr

Dann hast du nicht den Eindruck, dass auch er unglücklich ist?

Nein, ich denke, es geht ihm gut bei mir. Ich gehe jetzt an den See und wünsche dir noch einen zauberhaften Abend, Liebster. In Gedanken nehme ich dich mit. Ich freue mich sehr auf morgen!

Ben, 17:59 Uhr

Ich mich auch! Ich küsse dich.

Lydia vertrieb sich die Zeit mit einem ausgedehnten Spaziergang. Sie dachte viel über seine und ihre Worte nach. Was dachte Ben wirklich? War es möglich, dass er sich wünschte, sie wäre Single oder sie würde Florian verlassen? Oder beschäftigte ihn zumindest diese Hoffnung? Oder fragte er sie all diese Dinge aus einem anderen Grund?

Lydia, 20:59 Uhr

Bin wieder zu Hause.

Ich habe über deine Worte bezüglich einer möglichen Trennung von Florian nachgedacht.

Warum hast du mich das gefragt? Was glaubst du, wie ein objektiver Mensch unsere unglückliche Liebe betrachten würde?

Ben, 21:40 Uhr

Soll ich ernsthaft ins Detail gehen? Also gut.

Zu uns allgemein: Zwei Menschen, die sich gefunden haben, um eine Erfahrung zu machen, Stichwort: Herzmagnet.

Zu dir: Du steckst in einer Beziehung und gehst fremd. Ergo passt etwas nicht. Weshalb holst du dir nicht deinen Seelenfrieden zurück, indem du mit deinem Freund sprichst und dich von ihm trennst? Du sitzt in einem goldenen Gefängnis und leidest. Und das macht einen Menschen fertig und krank. Sei ehrlich zu dir selbst und zu deinem Freund. Untreue kann nie die Lösung sein.

Zu mir: Ich bin Single und lasse mich von einer Frau missbrauchen, indem ich mich als Toy Boy ohne Aussicht auf ein Happy End benutzen lasse. Diese Frau wird mir nicht guttun, weil ich im Grunde nicht der Typ für eine Affäre bin. Dafür bin ich viel zu sensibel. Ich werde leiden. Doch jeder bekommt das, was er braucht. Statt auf die Richtige zu setzen, investiere ich Zeit und Gefühle in eine aussichtslose Liaison.

Lydia, 21:55 Uhr

Okay …

Das ist hart und unfair. Ich leide doch selbst!

Ich weiß nicht, was ich sagen soll. Es liegt mir mehr als fern, dich als Toy Boy zu betrachten. Das meine ich ehrlich. Es tut mir leid, wenn du das so empfindest.

Ben, 21:59 Uhr

Ich selbst sehe es auch nicht so. Vielleicht ist das auch nicht das Wort, das jemand gebrauchen würde. Doch in diesem Sinne ist es schon richtig.

Lydia, 22:05 Uhr

Mir ist übel. Sehr sogar. Ich brauche ein paar Minuten …

Lydias Hände zitterten. Sie konnte nicht mehr. Tränen liefen in Strömen über ihr Gesicht. Zum Glück war Florian schon im Bett. In dieser Verfassung wäre eine Szene unausweichlich gewesen, denn sie hätte nicht gewusst, wie sie ihm ihren Gefühlszustand erklären sollte. Sie fühlte sich plötzlich so hilflos, so gefangen. Wie in einer Zwischenwelt. Auf der einen Seite das gewaltige Glück, Ben kennengelernt zu haben. Und auf der anderen Seite das unfassbare Leid, das ihr bevorstand.

Ben, 22:09 Uhr

Wenn uns beiden die gemeinsame Zeit am Wochenende gefällt und davon gehe ich aus, wird unser Leiden erst so richtig anfangen. Du fährst wieder zurück zu deinem Freund und ich allein zu mir. Kein Beisammensein, kein Kuscheln, kein Reden, kein weiterer Sex und für wie lange? Eine, zwei, drei Wochen? Das wird die Hölle für uns beide. Und trotzdem will ich dich morgen sehen.

Jedes einzelne Wort, das er schrieb – genauso würde es sein, genauso würde es sich anfühlen, genauso würde es kommen. Lydia war verzweifelt. Sie wusste nur eins mit Gewissheit: Auf ihn verzichten, das konnte sie nicht mehr. Sich zu wehren war zwecklos. Sie war machtlos gegenüber ihren eigenen Gefühlen.

Lydia, 22:19 Uhr

Es würde mir wehtun, wenn du nicht mehr bei mir wärst.

Ben, 22:22 Uhr

Ich bin verrückt nach dir.

Lydia, 22:32 Uhr

Ben, darf ich dich dieses Mal alles fragen, wenn wir uns sehen? Keine Geheimnisse? Du hast dich bisher so bedeckt gehalten, dass ich mich nicht getraut habe.

Ben, 22:38 Uhr

Du darfst mich alles fragen.

Lydia wollte diese Mauer nicht mehr, die Mauer der Anonymität. Sie hatte sie eigentlich nie gewollt. Sie wünschte sich, alles über ihn zu erfahren, und er sollte alles über sie wissen. Es konnte gar nicht anders sein, wenn man so viel füreinander empfand, wie sie es taten.

Lydia, 22:44 Uhr

Gut, dann lass uns noch mal von vorn anfangen.

Ben, 22:49 Uhr

Von vorn anfangen? Hallo, ich bin Ben, willst du morgen in mein Auto steigen und mit mir eine Nacht verbringen?

Nein, eher so: Mein Name ist Lydia Venlow, ich bin vierzig Jahre alt. Wo ich arbeite, weißt du bereits. Nach meinem Abitur wollte ich Jura studieren. Dann ist mir das Modeln dazwischengekommen und ich habe eine Ausbildung zur Bürokauffrau abgeschlossen. Meine sexuelle Vergangenheit – ausschweifend. Aber immer nur mit einem festen Partner. Details gibt es auf Nachfrage. Ach ja, Freunde habe ich wenige, dafür echte. Verteilt in Berlin. Und ich bin geschieden. Aber auch das weißt du schon. Mehr fällt mir derzeit nicht ein.

Lydia machte es nervös, dass nicht sofort eine Nachricht von ihm zurückkam. Es verging eine halbe Stunde, bis sie den ersehnten Ton ihres Handys hörte.

Ben, 23:35 Uhr

Mein Name ist Ben Weber, ich bin siebenunddreißig Jahre alt, ledig und habe keine Kinder. Nach der Schule habe ich eine Ausbildung beim Bundeskriminalamt begonnen und bin dort viele Jahre geblieben. Nachdem ich aus dem Dienst des BKA ausgeschieden bin, habe ich in dem Unternehmen meiner Mutter angefangen und bin dort seitdem selbstständig als zweiter Geschäftsführer tätig. Ich beschäftige mich mit Wirtschaftsberatung und gleichzeitig agieren wir als Investor für Start-up-Unternehmen aus dem IT-Bereich auf dem internationalen Sektor.

Ich habe einen Vater in Hamburg und einen Bruder, der außerhalb wohnt.

Sexuell ging es das ein oder andere Mal ordentlich heiß her. Mehr dazu, wenn wir uns sehen.

Mein Freundeskreis ist ebenfalls überschaubar. Echte Freunde sind schwer zu finden.

Lydia, 23:40 Uhr

Wir sind uns so ähnlich ...

Ben, 23:43 Uhr

Das ist genau das, was mich seit Tagen beschäftigt.

Ich hole dich morgen ab und fahre mit dir in das Hotel. Alles Weitere wird sich zeigen.

Lydia, 23:49 Uhr

Wenn es dich beruhigt: Ich riskiere mein Herz ebenso wie du. Wenn du mich fallen lässt, wird es mir sehr schlecht gehen ... ich habe dich gern.

Sogar sehr gern, darum verdränge ich das.

Ich gehe jetzt schlafen. Morgen ist der Tag, an dem ich den Mann wiedersehe, der mich vollkommen überwältigt hat. Das ist aufregend und verwirrend ...

Und Ben? Lass uns morgen nicht mehr schreiben. Teile mir einfach mit, wann du losfährst und um wie viel Uhr du bei mir bist.

Ben, 23:57 Uhr

Ich kann es kaum erwarten, endlich wieder in dir zu sein. Ich möchte dir einfach so nah sein wie möglich. Auch körperlich.

Ich schreibe dir morgen die Ankunftszeit, kein weiteres
Wort mehr.

Ich küsse dich!

24. JUNI

Noch eine gute Stunde und sie würde ihn wiedersehen. Lydia war aufgewühlt. Ein Durcheinander aus Anspannung, Sehnsucht und Furcht vor dem, was sie in seinen Armen erwartete. Sie nahm ihre Tasche, ging auf die Toilette und begann sich umzuziehen. Der halterlose weiße BH, ein geblümter enger Minirock aus glänzendem Stoff und das weiße Oberteil, das geschmeidig wie Seide über ihre Haut glitt und nur von zarten Trägern an ihrem Hals gehalten wurde. Sie stellte sich vor, wie Ben hinter ihr stand und mit sanften Händen und zärtlichen Lippen ihren Hals liebkoste. Augenblicklich wurde sie feucht und musste lächeln. Sich mit diesem nassen Schritt ohne Slip und nur mit dem Minirock bekleidet auf den Bürostuhl zu setzen, kam ihr in diesem Moment herrlich grotesk vor. Schließlich legte sie noch ihr Lieblingsparfüm auf, das sie bereits bei ihrem ersten Date getragen hatte.

Als sie wieder am Schreibtisch saß, nahm plötzlich eine fast schon arrogant anmutende Gelassenheit, eine Form von innerem Frieden und Ruhe, von ihr Besitz. Was für eine schmerzlich vermisste Empfindung: Seelenfrieden.

Ihr Chef betrat den Raum, sagte kein Wort und ging nach ein paar Minuten wieder. Kurze Zeit später hörte sie im Flur seine Stimme: »Wenn Sie Lydia suchen – immer dem Duft nach!«

Ben, 15:38 Uhr

Ankunft: 16:39 Uhr.

Noch dreiunddreißig Kilometer.

Nicht mehr lange und er würde vor ihr stehen. Trotz der Hitze fühlten Lydias Hände sich kalt an.

Ben, 16:44 Uhr

Bin soeben angekommen. Stehe an der Straße.

Ein absurder Gedanke schoss Lydia durch den Kopf. Sie hatte Ben nur für ein paar Stunden gesehen, im künstlichen Licht eines Restaurants, im Dämmerlicht der Straße und in der Dunkelheit seiner Wohnung. Inzwischen hatte sie sich ein Bild von ihm geschaffen. Nun würde sie ihn bei Tageslicht wiedersehen. Würden ihre Gefühle noch die gleiche Qualität besitzen? Und falls das nicht der Fall sein sollte, würde sich das dann nicht wie eine Erleichterung anfühlen? Hatte die Möglichkeit, wieder normal und ohne diese ständigen Gedanken an Ben zu leben, ohne diesen Sog, nicht etwas ungemein Befreiendes?

Er wartete direkt vor der Tür. Ihr Puls war so hoch, dass sie ihren eigenen Herzschlag hören konnte. Sie öffnete die Tür und stieg ein. Als sie saß, wandte sie ihren Blick nach links und sah ihm in die Augen. Wie hatte sie sich nach diesen weichen Zügen, nach diesem Gesicht verzehrt! Er trug einen Anzug in einem leuchtenden hellen Blau, dazu ein weißes Hemd, die obersten Knöpfe leger geöffnet, sodass sie seine Brust sehen konnte. Lydia erinnerte sich an das Gefühl, diese zarte, glatte Haut zu berühren, und für einen Moment stockte ihr der Atem.

»Lydia.« Ein Lächeln strahlte ihr entgegen.

Auch er musterte sie. Lydias Outfit wirkte regelrecht unschuldig neben dem edlen Anzug, den Ben trug.

Sie beugte sich zu ihm, er kam ihr entgegen und ein flüchtiger Kuss folgte. Lydia hatte noch immer Angst, dass sie jemand beobachten könnte.

»Lass uns ein Stück fahren«, bat sie. »Dann können wir kurz irgendwo anhalten.«

Als Ben nach einigen Minuten Fahrt seine Hand auf ihr linkes Knie legte, spreizte Lydia reflexartig ihre Beine. Eine tiefe Sehnsucht beschlich sie, während er begann, ihren Oberschenkel zu streicheln, sanft, kaum spürbar, immer höher, jedoch nie zu hoch. Als er endlich den Wagen anhielt, als sie sich mit all der aufgestauten Leidenschaft, diesem unstillbaren Hunger, küssten, wich eine schwere Last von Lydias Schultern. Ben war hier, er war bei ihr. Nichts anderes zählte.

Während ihrer innigen Begrüßung verschob Ben den Hebel seiner Automatik versehentlich und der Wagen setzte sich in Bewegung. Erschrocken ließ Lydia ihn los und nachdem er das Auto wieder in den Griff bekommen hatte, erreichte ihn ein geschäftlicher Anruf. Nun war die Romantik endgültig dahin. Sie lachten über diesen turbulenten Auftakt und fuhren weiter.

Bens Hand blieb streichelnd auf ihren Beinen. Nie zu viel, nie zu hoch, nie zu obszön. Niemals dort, wo sie sich seine Berührungen ersehnte. Diese Minuten und der intensive geheimnisvolle Blick, mit dem er sie immer wieder bedachte, war seine Art eines subtilen Vorspiels.

Nach etwa einer Stunde Fahrt erreichten sie das parkähnliche Grundstück des Schlosses. Die Sonne brannte herunter von einem wolkenlosen Himmel, es war der heißeste Tag seit Langem.

Ben parkte den Wagen im Schatten und voller Sehnsucht pressten sie ihre Lippen im nächsten Moment erneut aufeinander. Seine Zunge suchte sich ihren Weg in Lydias Mund und ihr war, als wolle Ben sie verschlingen, so überwältigend war sein Kuss.

»Wir können auch aussteigen«, hauchte sie schließlich außer Atem. »Das dürfte bequemer sein.«

»Stimmt«, meinte Ben und erwiderte ihr Lächeln.

Der Schlossgarten war menschenleer und still. Sie hörten nur den Gesang der Vögel und Lydia spürte die Strahlen der Sonne auf ihrer Haut, wenn sie zwischen den Blättern der Bäume hindurchschien.

»Dir muss in dem Anzug doch schrecklich warm sein«, bemerkte sie und betrachtete ihn mitleidig. »Auch wenn du wunderschön aussiehst.«

Lächelnd zog er sie an sich und küsste sie so zärtlich, dass Lydia jetzt schon gänzlich hilflos wurde. Hingebungsvoll hing sie an seinen Lippen, bis Ben den Kuss löste, ihr tief in die Augen schaute und ihren Nacken liebevoll mit einer Hand umfasste. Dann zog er ihren Kopf noch näher an sein Gesicht.

»Siehst du die Treppe zum Eingang?«, flüsterte er ihr ins Ohr. »Diese Stufen werden wir gemeinsam hinaufgehen. Zuerst zur Rezeption. Dann in das Zimmer.«

Ihr Atem stockte, ihre Sinne spielten verrückt. Ben hielt sie fest, während Lydia seinen Körper umschlang. Seine hypnotische Stimme. Seine Worte. Sein Duft.

»Bevor wir das Schloss betreten, werde ich meinen silbernen Koffer aus dem Auto nehmen. Du darfst ihn anschauen, aber du darfst ihn nicht berühren. Hast du mich verstanden?«

»Ja.« Leise kam es über ihre Lippen.

»Ich will ein lautes, klares Ja oder Nein hören. Hast du das verstanden?«

»Ja«, presste Lydia heraus. Sie hing in seinen Armen, unfähig, sich von ihm zu lösen. Unfähig, einen einzigen klaren Gedanken zu fassen. Ben hatte sie in Trance versetzt.

»Sobald wir das Zimmer betreten haben und sich die Tür hinter uns schließt, darfst du mich nicht mehr anfassen. Ich werde dich berühren, wo ich will und wann ich will, aber du darfst diese Berührung nicht erwidern. Du wirst dich auszuziehen. Und du wirst dich nackt vor mich hinstellen, damit ich dich betrachten kann. Hast du auch das verstanden?«

»Ja.« Sie nickte folgsam.

Wie Meereswellen hallten seine Worte in ihrem Kopf. Sie wand sich in seinen Armen. Mal drehte sie ihm den Rücken zu, sodass er ihren Nacken liebkosen konnte, mal ihr Gesicht, damit er sie küssen konnte.

»Möchtest du mich noch einmal berühren, bevor wir das Schloss betreten? Jetzt darfst du es noch«, flüsterte er ihr zu.

»Das möchte ich«, stammelte sie und klammerte sich an ihn, als würde sie ihm niemals wieder so gegenüberstehen.

»Ja«, raunte Ben, »halte dich ganz fest an mir. Es wird für lange Zeit das letzte Mal sein.«

Nach diesen Worten umschlang sie ihn noch inniger. Sie war gedankenleer. Wie eine Puppe, eine Marionette.

Als Ben sich von ihr löste, um den Koffer, Lydias Tasche und sein Reisegepäck aus dem Auto zu nehmen, versuchte sie ein paar Schritte in Richtung Eingang zu laufen.

»Du meine Güte, was ist das?«, rief sie erschrocken aus. »Meine Beine – ich kann nicht mehr richtig gehen!« Sie versuchte es Ben zu erklären, aber was sie hervorbrachte, war nur ein Stottern.

Er lächelte und nahm ihre Hand. »Dafür, dass du nicht mehr gehen kannst, siehst du immer noch fantastisch aus!«

Lydia musste laut lachen. »Das ist das Model in mir. Reine Fassade.« Immerhin hatte das Lachen sie wieder aufwachen lassen.

Als sie das Schloss betraten, wurde Lydia wohlig warm zumute. Sie liebte alte Gemäuer. Die Tapeten und Gemälde, das antike Holz. Den Mix aus Moderne und Geschichte. Sie nahm die Bilder und Gerüche der Räume viel sensibler wahr – so intensiv, so lebendig.

Ein freundlicher Rezeptionist begleitete Lydia und Ben auf ihr Zimmer und schloss ihnen auf. Einige Stufen führten hinunter in einen großzügigen Raum, hin zu einem Tisch mit Sesseln und einem großen Bett.

Lydia trat an eines der Fenster und eine weite Aussicht auf den See und den Park öffnete sich. Verträumt schaute sie hinaus.

»Willst du mich noch ein letztes Mal in den Arm nehmen, bevor ich mit dir spiele?« Seine Stimme wurde ernster und tiefer.

»Ja«, raunte sie, nahm Ben fest in den Arm und zitterte.

»Willst du noch ins Bad?«. Streng und bestimmt sah er ihr in die Augen. Lydia schaute zur Seite und spürte das wohlige nasse Strömen zwischen ihren Beinen. Sie wollte diesen üppigen, süßen Saft nicht verlieren, ohne dass Ben ihn wenigstens einmal schmeckte.

»Ich möchte nicht duschen.« Sie schlug die Augen nieder.

Ben nickte und wandte sich ab. »Zieh dich aus!«, befahl er.

Unsicherheit und Angst ergriffen augenblicklich Besitz von ihr. Manchmal hasste sie ihren Körper. Trotzdem gehorchte sie. Ben und seine Ausstrahlung zwangen sie dazu. Nackt und hilflos stand sie schließlich vor ihm. Statt ihn anzuschauen, fixierte sie einen Punkt am Boden. Im Augenwinkel sah sie, wie er auf sie zukam, langsam, beobachtend. Er berührte sie nicht, aber deutlich fühlte sie, wie seine Augen ihren Körper abtasteten. Er schlich um sie herum wie ein Raubtier um seine verängstigte Beute. Lydia konnte kaum noch atmen.

»Geht es dir gut?«, hauchte er ihr von hinten ins Ohr.

»Ja«, presste Lydia knapp heraus.

»Dann geh zum Bett und stell dich direkt davor.« Sein Tonfall machte deutlich, dass er keine Verweigerung duldete.

Leer im Kopf und plötzlich auch leer im Herzen setzte Lydia einen Fuß vor den anderen, bis sie vor dem Holzbett stehen blieb und sich zu ihm umdrehte.

»Spreiz die Beine!«, befahl Ben. »Nein, das reicht nicht. Weiter auseinander!«

Nicht ein einziges Mal hatte er seinen Blick von ihr abgewandt, während Lydia seinen Befehlen Folge leistete. Sie war voller Ehrfurcht und fühlte sich devot, wie schon lange nicht mehr.

Ben öffnete den silbernen Koffer. Langsam ging er auf sie zu. Jetzt sah sie zwei schwarze Seile in seinen Händen.

Er sank vor ihr auf die Knie, bewegte sich zu ihrem rechten Fuß, streichelte sanft über ihren Fußrücken. Dann legte er das Seil um den Sockel des Betts und schlang es gleichzeitig um ihren Knöchel. Mit einer ruckartigen Bewegung band er ihren Fuß am Holz fest.

»Zu fest?«

»Nein.« Sie hatte noch immer den Blick von ihm abgewandt.

Auf die gleiche Art und Weise verfuhr er mit ihrem linken Fuß und nun war Lydia stehend fixiert, mit weit gespreizten Beinen, während sie sich am Bettrahmen festhielt.

Ben ging erneut zu seinem Koffer und im nächsten Moment hörte Lydia den Klang von Metall. Seine Schritte kamen auf sie zu. Er zeigte ihr die schwarzen Ledermanschetten und griff nach ihren Handgelenken. Das Gefühl, dass er nicht mehr so sanftmütig war wie vor ein paar Minuten, als er ihr die Fußfesseln angelegt hatte, verunsicherte sie. Sein Griff war fest, seine Bewegungen hart und kontrolliert. Lydia erzitterte.

»Willst du dich am Bett festhalten können?«

»Ja.« Sie brauchte etwas Stabiles in ihren Händen, an dem sie Halt finden konnte. Ben spreizte ihre Arme auseinander und legte die Manschetten an. Festes und doch weiches Leder. Er justierte die Riemchen so, dass ihre Hand nicht hindurchgleiten konnte und plötzlich hörte sie ein metallisches Klicken. Die Karabiner.

Bewegungsunfähig.

Hilflos.

Machtlos.

Ihm ausgeliefert.

Lydia schloss seufzend die Augen.

Seine Fingerspitzen strichen über ihre Arme, über ihre Brust, die Innenseiten ihrer Oberschenkel. Überall, nur nicht zwischen ihre Beine. Schauer liefen über ihre Haut, ihre Erregung wurde immer größer. Die Feuchtigkeit ihres Schoßes vermehrte sich ins Unermessliche. Durch ihre geöffnete Scham fühlte sich die Nässe kalt an, das erregte Lydia zusätzlich. Schließlich ließ er sie los und blieb direkt vor ihr stehen.

»Geht es dir gut?«, raunte er ihr zu.

»Ja.« Lydia senkte voller Demut den Kopf in Richtung Boden, die Augen immer noch geschlossen.

Dann plötzlich ein Schlag zwischen ihre Beine, auf ihre nasse erregte Spalte. Sie öffnete die Augen und stöhnte auf. Ihre Handgelenke rissen an den Manschetten. Sie spürte ein leichtes Brennen. Er hatte sie mit der flachen Hand geschlagen. Was für eine Erlösung.

Ben legte seinen Zeigefinger unter ihr Kinn und hob ihr Gesicht, sodass sie ihm in seine vor Erregung glühenden Augen schauen musste. Der Anblick ließ sie erstarren.

»Gefällt dir das?«

»Ja«, seufzte Lydia.

Er ließ sie atmen, bis sie ruhiger wurde, und schaute ihr dabei tief in die Augen. Unerwartet ließ er ihren Kopf los und im gleichen Augenblick stieß er seinen Finger tief in ihre feuchte Scham. Ihr Körper sackte zusammen und sie stöhnte vor Lust auf. Das hier war ein erotisches Meisterwerk. Und sie war Teil dieser Komposition.

Er hob erneut mit der Spitze seines Zeigefingers ihren Kopf und begann ihr Gesicht zu streicheln. In seiner Hand lag jetzt ein schwarzer Satinschal. Ihr Herzschlag beschleunigte sich.

Sanft und hart, beides im Einklang, beides völlig unerwartet. Ben verstand es wie niemand sonst, sie in einen Ausnahmezustand atemloser Erregung zu versetzen.

»Schließ deine Augen!«

Lydia gehorchte. Sie fühlte die Kälte des Stoffs auf ihrem Gesicht. Zärtlich legte er den Schal über ihre geschlossenen Augen und band die Enden an ihrem Hinterkopf zusammen.

»Zu fest?«

»Nein.«

Sie hörte Ben erneut den Koffer öffnen. Als er zu ihr zurückkam, wurde es still um sie herum. Eine Ewigkeit schien zu vergehen.

Plötzlich eine sanfte Berührung an ihrem Busen. Keine Haut, kein Stoff.

»Eine Feder«, sagte Lydia in ihrem Rausch.

Ja, Ben ließ eine Feder über ihren Körper tanzen. Der Flaum berührte sie überall. Wie ein Hauch. Wie ein Knistern. Mal streifte die Feder ihre Haut intensiv, mal berührte ihre Spitze sie nur an einem Punkt ihrer Haut. Sie glitt über die harten Knospen ihrer Brüste, streichelte die Haut ihres Gesichtes, liebkoste ihre Lippen. Sie fuhr durch die Nässe zwischen ihren Beinen. Lydias Sehnsüchte lösten sich in Luft auf, ihr Körper wurde zu einem Traum lautloser Lust.

Die Sanftheit der Feder verließ Lydias Haut und immer noch gefangen in Trance spürte sie, wie Ben nun vorsichtig die Fußfesseln und die Manschetten am Bettrahmen löste. Dann gab er ihr mit einem festen Druck die Anweisung, die Beine zu schließen.

Er band ihr die Füße so zusammen, dass sie nur noch kurze Schritte gehen konnte. Sie hörte die Ledermanschetten klicken. Dieses Mal jedoch fixierte Ben ihre Hände hinter ihrem Rücken. Sie ließ alles willig über sich ergehen.

Lydia fühlte die Wärme seines Atems in ihrem Gesicht und seine Hände auf ihren Oberarmen, die sie ein Stück nach vorn zogen. Schritt für Schritt tastete sie sich vor, bis er sie mit einem heftigen Ruck auf die Knie zwang. Lydia wusste, was Ben von ihr erwartete. Er wies sie an, ihren Mund zu öffnen. Sie hörte den Reißverschluss seiner Hose und spürte, wie sein hartes Glied in ihr Gesicht sprang. Gierig tastete sie mit ihrem Mund nach seinem riesigen Schwanz, massierte ihn mit ihren Lippen und versuchte, ihn so weit wie möglich aufzunehmen. Beglückt hörte sie ihn stöhnen.

Er nahm ihren Kopf in beide Hände und hielt ihn fest. Er fickte ihren Mund, er fickte ihren Rachen. Nahm ihr mit seinem Schwanz den Atem.

»Schluck ihn ganz tief. Das gefällt dir doch, oder?«, stieß er hervor.

Lydia erstickte fast, aber sie wollte und musste ihm gehorchen.

»Steh auf und dreh dich um!«, herrschte er sie schließlich an.

Er hob sie hoch und Lydia drehte sich wie eine Geisha mit kleinen Schritten. Ben griff nach ihren Handgelenken und löste die Karabiner der Ledermanschetten – allerdings nur, um sie vor ihrem Bauch abermals klicken zu lassen. Schritt für Schritt schob er sie weiter an das Bett.

»Beug dich vor!« Bens Stimme klang immer dunkler.

Sie hob die Arme, weil sie sich an den hohen Bettrahmen erinnerte, und beugte sich so weit vor, dass sie sich mit den gefesselten Händen auf dem Bett abstützen konnte. Die Knospen ihrer nackten Brüste streiften das kalte Holz des Bettrahmens und dann spürte sie, wie Ben die Fußfesseln löste.

»Spreize die Beine weit auseinander!«, befahl er ihr und fixierte ihre Füße erneut links und rechts am Bett. Gleich darauf das dumpfe Geräusch, als seine Schuhe zu Boden fielen. Er zog sein Jackett aus. Sie hörte den metallischen Klang des Gürtels, wie die Hose zu Boden glitt und er sich das Hemd auszog. Als Nächstes spürte sie erneut einen heftigen Schlag auf ihre weit geöffnete Spalte und zwei Finger, die tief in sie eindrangen. Sie stöhnte laut auf.

»Keinen Ton mehr!« Ben sprach mit ernster und warnender Stimme zu ihr.

Sie schluckte und die Erregung brachte sie fast um den Verstand. Ben packte ihren Hintern mit festem Griff und spreizte ihn weit auseinander. Er kniete hinter ihr, spuckte auf ihre feuchte Spalte, in der gerade noch seine Finger gesteckt hatten, stand wieder auf und stieß seinen steinharten Schwanz mit einem Ruck tief in sie hinein.

Er fickte sie animalisch und erbarmungslos. Lydia hielt immer wieder die Luft an, um keinen Ton von sich zu geben, aber das steigerte ihre Erregung nur noch mehr. Schnell und fest waren die Bewegungen und kurz bevor er kam, hörte er auf, wurde langsamer, zog ihn raus. Sie war sein Sexobjekt. Und es war genau das, was sie brauchte.

Ben schrie seine Lust hemmungslos heraus und Lydia tat das Gleiche, nur tief und leise in sich hinein. Als er »Ich komme« rief, wurde sein Keuchen noch lauter und intensiver und Lydia spürte seinen Schwanz in ihrem Körper pulsieren. Danach sackte er über ihr zusammen und endlich konnte auch Lydia sich laut stöhnend von dem Druck befreien.

Ben streichelte zärtlich ihren Rücken. »Geht es dir gut?«

Sie richtete sich halb auf. »Ja, es geht mir gut.« Sie lächelte. »Sehr gut sogar.«

Daraufhin löste Ben die Fesseln, zog den Schal von ihren Augen und begann damit, liebevoll die geröteten Knöchel ihrer Füße und ihre Beine zu massieren.

»Setz dich aufs Bett. Du wirst morgen einen Muskelkater in den Oberschenkeln haben.« Ein freches Lächeln legte sich auf seine Lippen.

»Nein, das werde ich nicht. Ich treibe regelmäßig Sport.« Lydia schmunzelte selbstsicher.

Als sie sich hingelegt hatte, zog sie Ben an sich und schob ihn nach unten. Er wusste genau, was sie wollte und schon liebkoste er die Innenseiten ihrer Oberschenkel mit seiner Zunge.

Plötzlich hob er den Kopf. »Nicht so. Warte.«

Die schwarzen Seile in den Händen setzte er sich auf ihren Bauch und beugte sich über sie. Er hob ihre Arme, fesselte die Handgelenke erneut aneinander und band die Enden der Seile am Bett fest. Einen Moment betrachtete er sie, bis er sich wieder zwischen ihre Beine kniete und mit seinem Zungenspiel begann.

Endlich konnte Lydia ihre Lust herausschreien. Sie liebte es, wenn Ben sie leckte, ganz besonders, nachdem er in ihr gekommen war. Wenn er sie säuberte. Ihren und seinen Saft in sich aufnahm und schluckte.

Er spreizte mit seinen Fingern ihre Spalte und legte ihre kleine, harte Perle frei. Voller Genuss massierte er sie mit seiner Zungenspitze, erst sanft, dann fester, bis seine große, weiche Zunge immer und immer wieder über ihre ganze Scham strich, um sich dann mit ihrer Spitze stetig weiter in ihr seidiges Fleisch zu bohren. Es war perfekt und Lydia spürte, dass er liebte, was er hier tat.

Noch einmal hatten sie Sex und diesmal fickte Ben sie nicht. Diesmal schlief er mit ihr, sanft und langsam und dabei schaute er ihr tief in die Augen. Es war wundervoll. Ben war wundervoll. Seine Bewegungen wurden immer heftiger und nach einem lauten Stöhnen spürte Lydia erneut das von ihr so geliebte Pulsieren seines Schwanzes.

Als sie später nebeneinander kuschelnd im Bett lagen, schwieg Lydia lange.

»Warum ist es alles nur so perfekt und wir können trotzdem nicht zusammen sein?« Sie war fassungslos vor Glück.

Er wich ihrem Blick aus und räusperte sich. »Ich weiß es nicht.« Ein Unterton von Mitleid lag in seiner Stimme. »Mein Kinderwunsch und dein Alter. Das kann ich mir auf keinen Fall vorstellen.« Er schüttelte den Kopf, lachte in sich hinein und schmiegte sich wieder an sie, als wäre nichts gewesen.

Lydia lag erstarrt neben ihm. Tränen stiegen ihr in die Augen. Wie konnte er nur so abwertend zu ihr sprechen? Er war nur drei Jahre jünger als sie. Und kein Mensch schätzte sie auf vierzig Jahre. Natürlich war das ihr biologisches Alter, aber es kam doch auf ganz andere Dinge an. Wie sie sich gab, wie sie sich kleidete, wie sie sich fühlte. Wie sie aussah! Bis auf Florian und Lydias erste große Liebe mit Anfang zwanzig waren ihre Männer immer jünger gewesen als sie.

Sie schluckte ihr Entsetzen herunter. Ben sollte ihre Tränen nicht sehen.

»Wie spät ist es eigentlich?«, fragte sie so arglos wie möglich. »Ich habe wahnsinnigen Hunger.«

»Gleich halb neun.«

»Oh Gott!«, rief Lydia. »Wir haben über zwei Stunden hier im Zimmer zugebracht? Das Restaurant schließt um neun! Wo bekommen wir jetzt noch was zu essen her?«

»Dann müssen wir uns schnell anziehen und etwas in der Nähe suchen«, schlug Ben vor.

ᴖ∾ᴗ

Sie hatten das Gelände des Schlosshotels schon verlassen, als Bens Handy klingelte. Er schaute aufs Display.

»Entschuldige, ich muss zurückrufen. Das ist meine Mutter, sie sitzt sicher noch im Büro.«

Er hielt am Straßenrand, stieg aus dem Auto und Lydia hörte ihn diskutieren. Nach einer Weile kam er zurück und fuhr wortlos weiter. Lydia spürte seine Anspannung.

Irgendwann brach er sein Schweigen.

»Es wird leider morgen nichts mit dem Late Check-out. Der Drucker meiner Mutter ist kaputt. Sie kann den Fehler nicht finden und muss etwas ausdrucken, was nicht warten kann. Es ist für unsere Geschäftsreise nach Freiburg nächste Woche. Sie geht davon aus, dass ich in Hamburg bin. Gegen Mittag muss ich im Büro sein. Es wäre schön, wenn wir spätestens um zehn Uhr hier loskommen. Ich will dich auch noch nach Hause fahren.«

»Ist nicht so schlimm. Wirklich nicht«, sagte Lydia. »Dann stehen wir früh auf und gehen frühstücken.«

Was sollte sie auch anderes sagen? Natürlich war sie enttäuscht und ihr Bauchgefühl sagte ihr, dass es nicht bei zehn Uhr bleiben würde. Sie an seiner Stelle würde noch früher fahren, um das unliebsame Thema hinter sich zu bringen, und Ben war ihr ähnlich.

Sie verbrachten den Abend in einem griechischen Restaurant. Die Speisen waren köstlich und reichhaltig, die Bedienung schnell und schließlich waren sie satt und glücklich. Sie redeten über sich. Über ihre Vergangenheit, über ihre Erlebnisse. Was sie sich vom Leben wünschten und welche Hoffnungen sie hatten. Irgendwann zahlten sie und fuhren zurück zum Schloss.

Als sie ihr Zimmer betraten, zog Ben sie sofort zu sich und küsste sie.

Lydia zog sich aus und legte sich nackt ins Bett. Die Bettwäsche war weich und streichelte ihre Haut.

»Komm zu mir«, sagte sie und streckte ihre Hand nach ihm aus. Er legte sich zu ihr. Lydia fühlte sich zu schwach, um noch irgendeinen Gedanken zu fassen. Glücklich war sie, das war alles, was sie wusste. Es dauerte nicht lange und sie schliefen Arm in Arm ein.

Das erste Mal seit langer Zeit verbrachte Lydia die Nacht neben einem anderen Mann als Florian. Sie fühlte sich wohl, unendlich wohl, auch wenn die Stunden unruhig waren. Sie spürte, dass Ben kaum schlief. Ein früher Aufbruch schien unausweichlich.

Als sie erwachte, packte er bereits seine Tasche. Es war schon hell.

»Du willst los?«, flüsterte Lydia schlaftrunken.

Er kam zu ihr und küsste sie zärtlich. »Es tut mir leid, aber ich muss so schnell wie möglich ins Büro.«

»Das war mir schon gestern Abend klar. Es ist nicht schlimm. Setze mich bitte in der Innenstadt ab, damit ich noch etwas Zeit mit einem Frühstück überbrücken kann. Ich darf nicht zu früh zu Hause sein, das könnte auffallen. Offiziell bin ich in Berlin bei einer Freundin.«

»Es tut mir so leid, das musst du mir glauben. Ich habe extra einen Late Check-out gebucht und wir hätten das Frühstück auf der schönen Terrasse mit Blick auf den See genießen können. Aber es muss sein. Meine Mutter ist ein schwieriger Mensch und wir leiten nun einmal beide die Firma.« Ben sprach mit gesenktem Blick.

»Lass mich erstmal zu mir kommen, bitte. Wie spät ist es überhaupt?«

»Halb sieben.«

»Was?« Lydia war entsetzt. Sie waren vermutlich erst gegen drei Uhr morgens eingeschlafen. Hatte Ben überhaupt ein

Auge zugetan? Er war offenbar schon lange vor ihr wach gewesen.

Sie war unglaublich müde, aber es nützte nichts, also ging sie ins Bad, duschte und zog sich an. Während Ben noch beschäftigt war, trat Lydia an das große Fenster. Die Morgensonne schien hell durch die grünen Blätter der Baumkronen und blendete ihr Gesicht.

Lydia merkte, wie Ben sich näherte. Sie spannte ihren Körper an, setzte sich am Fenster absichtlich in Szene und streckte ihm wie zufällig ihren Po entgegen.

»Mmh, was für ein Anblick.« Er umfasste ihre Hüften mit beiden Händen und zog sie an sich. Anschließend nahm er sie von hinten in den Arm. Lydia liebte das. Er küsste ihren Hals und ihre Schultern.

»Es war wunderschön«, sagte er.

»Das war es«, hauchte Lydia.

Hand in Hand verließen sie das Zimmer. Sie checkten aus und Ben fuhr sie zurück nach Oldenburg. Die Straßen waren leer und die Fahrt verging wie im Flug. Sie sprachen kaum ein Wort miteinander, die Stimmung war traurig und wehmütig. Während der ganzen Zeit hielt Ben ihre Hand. In diesem Moment fühlte sich alles richtig an. Als wenn sie sich schon ein Leben lang kannten.

Ben hielt in einer Nebenstraße. Lydia verließ den Wagen und ging zur Ampel. Es war erst halb neun. Vor Mittag wollte sie nicht zu Hause sein, um einer unangenehmen Diskussion aus dem Weg zu gehen. Florian würde fragen, warum sie so früh zurück war. Sie ging ursprünglich davon aus, dass sie vor sechzehn Uhr nicht zu Hause sein würde, und hatte ihm das so gesagt. Lydia musste also noch wenigstens drei Stunden herumbringen, um diese unerwartet frühe Rückkehr glaubhaft zu begründen.

Zuerst dachte sie daran, bei einem Bäcker in der Innenstadt zu frühstücken. Aber das Wetter war herrlich und sie war noch so euphorisiert von den letzten Stunden, dass sie es vorzog, in den Schlossgarten zu gehen. Am Oldenburger Schloss gab es ein schönes Café, das sicher auch ein Frühstück anbot.

Lydia war tief in Gedanken versunken, als plötzlich das Riemchen ihrer Sandalette riss. Glücklicherweise hatte sie noch ihre Büro-Pumps in der Tasche. Schließlich wollte sie noch ein paar Kilometer laufen, um Zeit zu gewinnen, und nach Shopping stand ihr jetzt nicht der Sinn. Sie musste schmunzeln, griff zum Handy und schickte Ben ein Foto von ihrem kaputten Schuh.

Ben, 09:16 Uhr

Sandalette kaputt? Die Zeit ist so schnell vergangen!

Wehmut klang aus seinen Worten. Lydia versuchte das Gefühl zu verdrängen. In ihr tobten noch zu viele Glückshormone, die ihr die wenigen Stunden mit ihm beschert hatten.

Lydia, 09:42 Uhr

Ben, ich habe ein ganz eigenartiges Gefühl. Als wenn du einfach nur zur Arbeit gefahren bist und ich dich heute Abend wiedersehe … Irgendwie begreife ich nicht, dass ich woanders nach Hause muss. Ich mache jetzt einen Spaziergang. Mal schauen, wann ich heute in die Wohnung gehe.

Nach einiger Zeit erreichte sie das Schloss. Sie war es gewohnt, morgens als Erstes einen Kaffee zu trinken. Das war heute nicht möglich gewesen und langsam machte es sich bemerkbar. Doch als sie vor dem Café stand, war es noch geschlossen. Danke, dachte sie und machte sich enttäuscht auf den Weg zum Schlossgarten. Sie wollte wenigstens das schöne Wetter auskosten.

Sie suchte sich eine Bank am Schlossteich, blinzelte in das Licht der Sonne und genoss die Wärme. Dabei wurde ihr wieder bewusst, wie unglücklich sie sich in dieser Stadt fühlte. Sie konnte sich mit Oldenburg nicht anfreunden. Ihr fehlten der Glamour und Lifestyle einer Großstadt. Kein Vergleich mit Berlin, Köln oder München, den Städten, in denen sie viel Lebenszeit verbracht hatte. Nie hätte Lydia geahnt, dass ihr Schicksal sie einmal hierher verschlagen würde. Als sie damals aus Berlin wegzog und ihren Abschied feierte, hatten sie alle ihre Freunde bemitleidet. »Was willst du nur in dieser Stadt? Da gibt es nichts außer Tristesse und Langeweile!«

Aber Florian arbeitete nun einmal in Oldenburg und Lydia hasste Fernbeziehungen. Nach fünf oder sechs Monaten konnte sie noch nicht ahnen, wie diese Partnerschaft sich entwickeln würde und dass sie diesen Schritt einmal bereuen könnte. Bens Heimatstadt Hamburg passte viel besser zu ihr und zu ihrem Job als Model. Die Stadt hatte unendliche Möglichkeiten – Werbung, Mode, Film. Dort fand man alles und die entsprechenden Agenturen und Auftraggeber gleich dazu.

Lydia verscheuchte die düsteren Gedanken, griff zum Smartphone und schickte Ben ein Foto von ihrem Ausblick auf den Schlossteich. In diesem Moment musste sie zugeben, dass Oldenburg im Sommer einen gewissen Charme besaß.

Sie stand auf und ging noch ein wenig spazieren. Es gab unzählige verschlungene Wege und es war Samstagvormittag. Kaum ein Mensch kam Lydia entgegen. Das Zwitschern der Vögel und das Rauschen des Wassers gaben der Idylle aus warmen Sonnenstrahlen, blauem Himmel, dem üppigem Grün der Bäume und farbenprächtigen Blumen eine märchenhafte Atmosphäre.

Ben, 11:04 Uhr

Bin im Büro angekommen. Drucker zeigte die Fehlermeldung: Seitenklappe nicht geschlossen. Ich habe sie geschlossen, der Drucker geht wieder. Meine Mutter belegt mich mit saftigen Sanktionen (darunter Gehaltskürzung) und ich frage mich: Für was eigentlich? Genie und Wahnsinn liegen oft dicht beieinander.

Wie gerne wäre ich jetzt bei dir.

Lydia, 11:21 Uhr

Ich bin sprachlos. Das hätte sogar ich ohne Hilfe geschafft. Sie kann doch lesen und denken? Das grenzt an reines Demonstrieren von Macht! Aber das ähnelt dem Vater meines Ex-Mannes. Es ist schwer, mit solchen Menschen umzugehen.

Mein Ex-Schwiegervater ist mittlerweile seinem Sohn gegenüber ruhiger, das mag auch den neun Jahren geschuldet sein, die er mich als Schwiegertochter hatte. Ich habe mich immer wie eine Löwin vor meinen Mann gestellt und so hatte er keine Chance mehr, sich in unsere Beziehung einzumischen und die emotionalen Angriffe haben nachgelassen.

Ich glaube schon, dass deine Mutter weiß, was sie an dir hat. Meinst du, sie zieht diese Sanktionen wirklich durch?

Ich habe mich übrigens auf *longing4intimacy* abgemeldet. Nicht wundern.

Lydia war müde. Ben arbeitete und hatte wahrscheinlich keine Zeit, zu antworten. Sie kuschelte sich in die Decke auf der Couch und schloss die Augen, bis sie vom Klang ihres Smartphones geweckt wurde.

Ben, 15:31 Uhr

Der ganze Stress basiert lediglich auf einem einzigen Argument: Mir steht ein halber, geschweige denn ganzer Tag nicht zu. Bei Fahrzeugen nennt man das wohl Rückrufaktion. Um den Drucker ging es gar nicht. Sie ist das Zugpferd und jeder (gemeint bin ich) hätte sich zu hundert Prozent nach ihr zu richten. Ein Privatleben gäbe es für mich nicht.

Eine interessante Parallele zwischen meiner Mutter und deinem Ex-Schwiegervater. Diese Arroganz ist unglaublich. Mehr ist dazu wohl nicht zu sagen. Dumm ist nur, dass ich während des heftigen Streits vorhin mit voller Wucht barfuß gegen das Metalluntergestell meines Bürostuhls getreten bin. Ich war so wütend. Gebrochen ist zum Glück nichts, doch mein Fuß ist nun um das Doppelte angeschwollen.

Auf *longing4intimacy* abgemeldet? Interessant.

Wie kommt es denn dazu?

Wie konnte ein Mann wie er sich so etwas gefallen lassen? Wie konnte er so arbeiten? Wie konnte er mit seiner Mutter auf diese Art und Weise leben? Das war nicht der Ben, den Lydia kannte.

Gestern Abend im Restaurant erzählte er das erste Mal über sein Leben und seine Vergangenheit. Vor ein paar Jahren quittierte Ben seinen Dienst beim BKA. Nachdem er über den Aufbau eines eigenen Unternehmens nachgedacht hatte und zu keinem zufriedenstellenden Ergebnis gekommen war, wurde der Eintritt in das Familienunternehmen zu einer realen Alternative. Sein Stiefvater hatte vorher an seiner Stelle gearbeitet. Als er sich von seiner Mutter trennte, verließ er die Firma und so bekam Ben die Chance, als zweiter Geschäftsführer einzusteigen. Wie seine Mutter als Geschäftsfrau auftrat, wusste er damals noch nicht, das sollte sich allerdings schnell ändern. Trotz dieser Schwierigkeiten konnte Ben nicht mehr zurück und wollte es wohl auch nicht. Er wollte ein erfolgreiches Unternehmen weiterführen und seinen Traum von Erfolg und Reichtum verwirklichen. Er war zielstrebig und ehrgeizig und das achtete und schätzte Lydia. Dennoch war sie schockiert über das seelische Martyrium, dem er sich als Preis dafür aussetzen musste. Ben wusste, dass seine Mutter aus Altersgründen nicht mehr lange in dem Unternehmen arbeiten würde und es nur eine Frage der Zeit war, bis er die Fäden allein in der Hand halten konnte. Darauf spekulierte er. Lydia allerdings hegte Zweifel daran. Vermutlich war seine Mutter nicht in der Lage, loszulassen. Dieses Unternehmen war ihr Baby, sie hatte es aus eigener Kraft geschaffen. Selbst, wenn sie nur noch als Beraterin fungierte, würde sie ihm weiterhin Vorschriften machen wollen. Unerheblich, ob er als alleiniger Geschäftsführer auftrat oder nicht. Lydia wusste, wie es sich anfühlte, sein Ich nicht nur zu verbergen, sondern es mit den eigenen Füßen zu treten. Sie hatte viele Jahre unter einem machtbesessenen, rücksichtslosen Chef gearbeitet. Was er sagte, war Gesetz. Wenn sie es wagte, ihn auf Unstimmigkeiten anzusprechen, etwa seinen Umgang mit Mitarbeitern, gab es noch mehr Stress und Ärger, und zwar über Wochen. Ein Zustand, der sie fassungslos gemacht und oft zum Weinen gebracht hatte.

Lydia, 15:46 Uhr

Ich habe größten Respekt vor dir, dass du das ertragen kannst. Ich denke, deine Mutter will dich formen, etwas aus dir machen, was du nie werden wirst. Dazu hast du weder die Ambitionen noch die charakterlichen Voraussetzungen. Du bist zwar ihr Sohn, aber das bedeutet nicht zwangsläufig, dass du bist wie sie. Wenn du das Unternehmen irgendwann übernimmst, wirst du es nach deinen Visionen erfolgreich führen. Ich würde dich jetzt so gern in den Arm nehmen und küssen.

Und die Erotik-Community – wegen dir!

Übrigens, ich komme das nächste Mal in jedem Fall zu dir. Du kannst in Ruhe arbeiten und wir sind trotzdem zusammen.

Ben, 16:00 Uhr

Das musst du nicht, Liebes.

Stell dir vor, meine Mutter hat mir vorgeworfen, ich würde ihr nicht ausreichend helfen in dieser äußerst arbeitsreichen Projektphase und stattdessen lieber ins Grüne fahren. Ist da was dran? Vielleicht. Doch ihre arrogante Art macht mir schwer zu schaffen.

126

Der Gedanke an seine Mutter ließ Lydia nicht los. Sie wollte mehr über diese Person erfahren, setzte sich an den Laptop und suchte im Internet nach Informationen über sie.

»Interessant.« Lydia staunte anerkennend, als sie Fotos und Videosequenzen über die Geschäftsfrau fand, die Ben so dominierte. Die Firma war international erfolgreich und Bens Mutter war eine schöne, eloquente, intelligente Person. Sie hatte allen Grund, stolz zu sein. Der erfolgreiche Aufbau dieser Firma, das alles aus eigener Kraft und allein als Frau – was für ein beeindruckender Mensch.

»Ich würde sie gerne kennenlernen«, flüsterte Lydia fasziniert. Sie stellte sich vor, wie es wäre, wenn Ben sie als neue Schwiegertochter vorstellte. Selbstbewusst, älter, gutaussehend, gebildet, mit genügend Rückgrat, um sich vor seiner Mutter zu behaupten. Den Ehrgeiz besitzend, ihre Zuneigung zu gewinnen, ohne sich in den Hintergrund drängen zu lassen. Lydia empfand Respekt vor ihr und Achtung vor dem, was sie in ihrem Leben geleistet hatte. Auf eine kritische Haltung ihr gegenüber war sie vorbereitet, sie kannte das aus der Vergangenheit und wusste, wie sie die Sympathie eines schwierigen Menschen gewinnen konnte.

So präsent seine Mutter im Internet auch war, so wenig fand man über Ben. Außer Eintragungen im Handelsregister gab es nichts, keine Fotos, keine Hinweise.

Ben, 19:27 Uhr

So, Liebes, *longing4intimacy* ist nun auch für mich Geschichte.

Lydia, 20:33 Uhr

Wirklich? Das freut mich sehr.

Wie geht es deinem Fuß?

Ben, 20:41 Uhr

Gerade abgefallen. Nein. Zumindest nicht schlimmer. Ist wohl eine fette Prellung.

Lydia, 20:44 Uhr

Bist du ein Choleriker? Oder war das nur ein Ausrutscher?

Ben, 20:46 Uhr

Choleriker, nein. Ausrutscher, ja. Ich war so wütend. Und diese Wut wollte sich entladen.

Lydia, 20:49 Uhr

Ich kenne das Gefühl. Wenn man mich zu sehr provoziert, brennen bei mir die Sicherungen durch. Ich stand schon ein paar Mal kurz davor, Florian eine Ohrfeige zu geben. Und mich so zu reizen, dazu gehört schon einiges.

Ben, 20:56 Uhr

Es gibt wenig Schlimmeres als Unfairness, Arroganz, Manipulation, Machtspielchen und Neid.

Lydia, 21:02 Uhr

Das erinnert mich an mein Berufsleben. Leider. Da gehört es manchmal zur Normalität.

Aber, ein solches Verhalten privat und als Mutter dem eigenen Sohn gegenüber ist erschreckend. Ich hoffe, du wirst mir verzeihen, aber ich habe vorhin ein bisschen über dein Unternehmen und über deine Mutter recherchiert, um mir ein Bild von ihr als Karrierefrau machen zu können.

Ben, 21:13 Uhr

Kein Problem.

Lydia, 21:15 Uhr

Schaust du Fußball?

Ben, 21:21 Uhr

Ja.

Lydia, 21:27 Uhr

Mein Freund auch. Oben im Schlafzimmer. Eure erste und wohl auch einzige Gemeinsamkeit. Gibt es eine Möglichkeit, dich vom Fußball wegzulocken?

Ben, 21:34 Uhr

Klar. Telefonieren?

Lydia nahm das Handy und ging auf den Balkon. Sie musste ständig darauf achten, leise zu sprechen, weil sie unmittelbar unter dem Schlafzimmer telefonierte und Florian vermutlich bei geöffnetem Fenster vor dem Fernseher saß. Trotzdem war es schön, Bens warme und vertraute Stimme zu hören. Sie unterhielten sich über die angenehmen und unangenehmen Erlebnisse des Tags und lachten viel miteinander. Als sie Florians Schritte auf der Treppe hörte, verabschiedete sie sich schnell und legte auf.

Lydia, 23:15 Uhr

Ich vermisse dich. Es war schön, deine Stimme zu hören.

Ben, 23:23 Uhr

Das war es, Liebes.

Ich bin müde. Aber deinen süßen Mund und den Rest deines Körpers küssen, könnte ich jetzt trotzdem.

Es war Sonntag, Lydia hatte ungewöhnlich lange geschlafen. Gegen halb zehn holte sie sich einen Kaffee ans Bett, ein liebgewonnenes Ritual an ihrem freien Tag.

Nach dem Frühstück suchte sie Kleider für das Fotoshooting am nächsten Wochenende heraus. Sexy Kleider, passend zum Thema Bond-Girl. Sie machte Fotos, um später besser entscheiden zu können, welches Outfit für das Shooting infrage kam. Zwei davon schickte sie Ben. Es machte sie nervös, dass er sich noch nicht gemeldet hatte. Aber wahrscheinlich arbeitete er und bereitete alles für Freiburg vor.

Gegen Nachmittag schickte sie ihm ein weiteres Foto: der kleine Schwarze aus Silikon. Seit Jahren lag er ungenutzt in ihrem Schrank. Es war ein Vibrator mit einer Fernbedienung, oval geformt und mit verschiedenen Vibrationsvarianten. In der Hand des richtigen Mannes, der die nötige Sinnlichkeit mitbrachte, konnte dieses kleine Gerät ihr den Himmel auf Erden schenken.

Sie sah es vor sich. Ein besonderer Mann, dominant und sexy. Ein feines Restaurant. Sie im eleganten Abendkleid, er im Anzug. Sie sitzen an einem Tisch, das Restaurant ist gut besucht. Sie trägt den Vib in sich, er steuert ihn. Schaltet ihn an und aus. Erhöht die Vibration und lässt sie schwächer werden. Vor allem, wenn die Bedienung am Tisch steht und Lydia das Essen und den Wein bestellt oder wenn sie sich mit einer anderen Person unterhalten muss. Wenn sie den Wein kostet. Wenn er sie anweist, sich vom Stuhl zu erheben und ein paar Schritte zu gehen. Sie darf keine Regung zeigen, darf nicht stöhnen, nicht seufzen. Und dann, wenn sie es stundenlang ertragen hat, das Essen vorbei ist oder ihre Begleitung einfach nur spüren will, ob sie schon feucht genug ist, nimmt er ihre Hand, führt sie auf die Toilette, stellt sie an eine Wand, hebt ihr Bein, zieht ihr den Vibrator heraus und besorgt es ihr. Erbarmungslos und animalisch. Bis er in ihr kommt.

Je nachdem, wie er gelaunt ist, steckt er den Vib danach wieder in sie hinein und das Spiel beginnt erneut in der nächsten Bar. Oder er zeigt Mitleid, fährt mit ihr nach Hause, fesselt und benutzt sie, bis sie nicht mehr kann.

Lydia, 15:52 Uhr

Ich lade ihn gerade auf. Schnurr … Mein Spielzeug ist noch jungfräulich! Ich habe ihn für den Richtigen aufgehoben.

Ein erregender Gedanke. Zu Hause, bevor wir gehen, schiebst du mir den Vib zärtlich zwischen meine Beine und tief in meinen Körper.

Ben, 16:12 Uhr

Wow! Tolle Kleider. Tolle Frau. Und dieser Vibrator erst.

Rechne damit, dass er bald bis zum Anschlag summt.

Lydia, 16:16 Uhr

Das Silberne oder das Schwarze? In beiden trägt man keine Unterwäsche.

Der Vib summt, wann immer du willst. Geh mit mir aus. Und nimm ihn mit. Ich denke nicht, dass man unser Spiel im Restaurant bemerkt. Und selbst wenn, es stört mich nicht.

Ben, 17:39 Uhr

Das Silberglänzende finde ich verdammt sexy. Ich fürchte jedoch, dass wir gar nicht erst in die Nähe eines Restaurants kommen würden.

Lydia, 17:51 Uhr

Tut mir leid, Ben. Aber in meinem Kopf ist gerade kein Platz für erotische Gedanken.

Ich hatte in der Zwischenzeit einen bösen Streit mit Florian. Ähnlich wie du gestern mit deiner Mutter. Hatte sie heute bessere Laune?

Ben, 17:59 Uhr

Hatte sie. Allerdings bleibt sie trotzdem bei ihrer Meinung.

Ein Streit mit deinem Freund? Magst du mir davon berichten?

Lydia, 18:17 Uhr

Heute hat das Internet mal wieder nicht funktioniert. Ich habe ihn darum gebeten, endlich etwas dagegen zu unternehmen, ich brauche es für den Job. Von ihm kam nur zurück: »Ruf doch selbst in der Hotline an, ich habe keine Lust.«

Da bin ich ausgeflippt. Wehe, ich bitte ihn mal um etwas! Ich bin pro Tag acht bis neun Stunden im Büro, in den Mittagspausen gehe ich einkaufen. Wenn ich am Abend nach Hause komme, muss ich sofort mit dem Kochen anfangen, weil er nach halb acht keinen Appetit mehr hat. Es gibt Tage, an denen ich auch noch abends am Laptop sitze und für meinen Nebenjob Vorbereitungen treffe. Und zum

Sport oder zur Kosmetik muss ich auch. Aber das ist ihm egal.

Am Wochenende stehe ich grundsätzlich früher auf, um Brötchen, Kuchen und Croissants zu holen, weil Florian das gemeinsame Frühstück liebt. Bis er mit seinen morgendlichen Ritualen im Badezimmer fertig ist, hat der Bäcker schon zu. Also gehe ich selbst.

Fragt er mich jemals, ob ich auf das alles Lust habe? Nein. Es ist selbstverständlich. Und wenn ich mir dann auch noch anhören muss, dass ich immer nur jammere und er so hart arbeitet, weil er urlaubsbedingt mal länger in der Kanzlei bleibt, platze ich!

Unglaublich ist auch, dass er immer sagt, er macht genug in der Beziehung. Aber wenn ich nachfrage, was das sein soll, weiß er keine Antwort. Gut, er verdient das Sechsfache von mir. Nur spüre ich das kaum, denn er ist in vielen Dingen geizig. Echte Großzügigkeit, z.B. in Form von Geschenken kenne ich anders.

Zum Schluss bin ich hoch ins Schlafzimmer, weil ich weinen musste und ihm das nicht zeigen wollte. Er hat noch nicht mal wahrgenommen, wie unglücklich ich bin.

Versteh mich bitte nicht falsch. Prinzipiell mache ich das alles von Herzen gern. Ich erwarte nur, dass er mir etwas davon zurückgibt und das passiert schon seit langer Zeit nicht mehr. Er begreift nicht, dass er mir auch mal zeigen muss, dass er mich liebt. Körperlich, respektvoll, was auch immer. Ich fühle mich ausgenutzt.

Entschuldige. Das war jetzt ein Gefühlsausbruch.

Ben, 18:54 Uhr

Mir scheint, als ob ihr nur noch in einer Art Wohngemein-
schaft lebt. Aber was hält dich bei ihm? Nach aufrichtiger
Liebe klingt das nicht.

Lydia, 20:22 Uhr

Ich glaube, ich will einfach nicht allein sein. Schon gar
nicht in einer Stadt wie Oldenburg. Ich brauche die Nähe
eines Menschen. Ein Kindheitstrauma vielleicht. In Berlin
hätte ich wenigstens meine Freunde. Hier habe ich nichts.
Ich weiß, das ist konträr zu meinem restlichen Ich, aber so
ist es nun mal. Und aufrichtige Liebe? Wir waren von
Anfang an viel zu unterschiedlich. Ich habe ihn bewundert,
zu ihm aufgeschaut. Ich habe ihn als Herausforderung
betrachtet. Ein Fehler.

Ben, 20:41 Uhr

Hört sich jetzt oberschlau an, doch Fehler gibt es nicht. Nur
Erfahrungen. Und er ist ein ganz schöner Macho.

Lydia, 20:52 Uhr

Ich hasse Machos. Ich habe die Mädels nie verstanden, die
mit solchen Typen liiert sind. Jetzt bin ich das selbst.

Ben, 20:57 Uhr

Weiß er denn, dass du außerhalb des Betts einen gleich-
berechtigten Partner möchtest? Und was hat es mit deiner
Kindheit auf sich?

Lydia, 21:03 Uhr

Natürlich weiß er das. Ich habe ihm das schon eine Million Mal erzählt. Meine Kindheit ist ein kompliziertes Thema. Sie war sehr schwierig. Ich erzähle dir das alles später einmal.

Ben, 21:15 Uhr

Was du für deinen Partner machst, habe ich mir immer von meinen Freundinnen gewünscht. Die wenigsten von ihnen waren so.

Lydia, 21:33 Uhr

Tja, ich bin schon immer so gewesen. Ich liebe es auch, Gastgeberin zu sein und Partys zu organisieren. Es erfüllt mich, andere Menschen glücklich zu machen. Aber ich möchte das im Gegenzug auch für mich. Und er ist der erste Mann, der das nicht begreift.

Ich wusste übrigens gar nicht, dass fürsorgliche Frauen eine Seltenheit sind. Florian weiß wahrscheinlich erst, was er an mir hatte, wenn ich ihn irgendwann verlasse. Ich finde das traurig. Wieso können einige Menschen das, was ihnen wohltut, nicht ehren und versuchen, für immer festzuhalten? Ich versuche es doch auch.

Ben, 21:51 Uhr

Er sieht das offensichtlich nicht so. Im Gegenteil. Er macht nichts und zeigt null Interesse und du servierst ihm als Dank Kaffee und Kuchen. Für ihn ist alles in Ordnung.

Deine Schilderungen hören sich für mich nicht nach Liebe an. Weder bei ihm noch bei dir. Nicht bei ihm, weil er sich mit rein gar nichts revanchiert. Und nicht bei dir, weil du das alles machst und keinen Dank erhältst. Kälte spüre ich zwischen euch. Eure Trennung ist nur eine Frage der Zeit.

Lydia, 21:56 Uhr

Die Trennung, ja, das weiß ich. Ich brauche nur noch einen Auslöser. Der wird irgendwann kommen. Und in der Theorie steht er eigentlich schon vor mir.

Ben, 22:03 Uhr

Verflixter Kinderwunsch. Adoption wäre theoretisch auch eine Möglichkeit. Aber das kommt für mich niemals in Betracht. Ich möchte ein eigenes Kind, zusammen mit meiner Frau.

Du hast alles, was sich ein Mann wie ich nur wünschen kann. Du bist schön, kannst kochen, bist eine aufmerksame Gastgeberin. Du bist eine gute Geschäftsfrau und hältst deinem Mann in jeder Hinsicht den Rücken frei. Du stehst auf eigenen Füßen. Und du bist devot und stehst jederzeit zur Verfügung.

Das Leben erscheint für uns beide unlogisch, weil zwischen uns alles stimmt. Doch so, wie du deine Vorstellungen von einem Partner hast, habe ich nun einmal meine. Unbefriedigend, ich weiß.

Trotzdem würde ich jetzt liebend gerne mit dir schlafen. Ich freue mich, dass es dich gibt.

Lydia, 22:06 Uhr

Weil du nur meinen Körper willst.

Ben, 22:10 Uhr

Dann hätte ich geschrieben: Ich freue mich, dass es deinen Körper gibt.

Lydia, 22:31 Uhr

Ben, das ist Selbstzerstörung, was wir hier machen.

Ben, 22:33 Uhr

Vielleicht.

Lydia, 22:42 Uhr

Warum tun wir es dann?

Ben, 22:56 Uhr

Weil wir uns anziehen. Das meinte ich vorhin mit: Das Leben ist unlogisch.

Lydias Gedanken drehten sich im Kreis. Was für ein Unsinn! Das Leben war unlogisch, weil man sich gegenseitig anzog? In was für einer Welt lebte Ben? Er erkannte das Glück nicht einmal, wenn man es ihm auf dem Silbertablett servierte. Das, was zwischen ihnen beiden passierte, war reine Vollkommenheit und hatte nichts mit Logik oder der banalen Anziehung zweier Magnete zu tun.

Schon nach dem ersten Date war sie ihm verfallen. Sie redete sich ein, dass sie in der Lage war, die Gefühle zu bewältigen und einfach zu genießen. Insgeheim aber wusste sie, dass es die reine Folter werden würde. Wollte sie dieses Martyrium?

War das der Preis für ein paar Wochen des Glücks? Sie war gefangen. Gefangen in einer Welt aus Emotionen, aus der sie sich nicht befreien konnte.

Lydia saß auf ihrem Bürostuhl und starrte gelangweilt auf den Monitor. Das Telefon hat heute noch gar nicht geklingelt, stellte sie fest und drehte sich mit ihrem Stuhl in Richtung Fenster. Verträumt schaute sie in einen blauen Himmel mit schneeweißen Schäfchenwolken.

Dann fiel ihr die Erotik-Community ein. Hatte Ben sein Profil wirklich gelöscht? Lydia meldete sich wieder an und tatsächlich fand sie ihn nicht mehr. Es war für sie ein Beweis seiner Treue, obwohl sie scheinbar nichts anderes miteinander verband als eine Affäre.

Ben fuhr an diesem Tag sehr früh nach Freiburg und rief sie von unterwegs an. Lydia war glücklich – zumindest anfangs. Sie sprachen über ihre Arbeit, über das, was sie störte, was sie gern verbessern würde, über ihre berufliche Vergangenheit. Ben gab ihr Recht, widersprach ihr, redete ihr Mut zu, bestärkte sie in ihrem Denken. Ein gutes Gespräch. Bis hin zu dem Punkt, als erneut das Thema Alter und Partnerschaft zur Sprache kam. Ben erzählte von einer Statistik, die gezeigt hatte, dass selbst für Partneragenturen Frauen in Lydias Alter schwer vermittelbar seien. Männer bekämen irgendwann eine Midlife-Crisis und strebten danach, sich selbst noch einmal jung zu fühlen, besonders, wenn sie viele Jahre hart gearbeitet und sich einen gewissen Lebensstandard erwirtschaftet hätten. Dann wollten sie wieder eine junge Frau an ihrer Seite haben, die ihnen unter Umständen sogar noch Kinder schenkte. Sie wollten ihre Jugend nachholen. Frauen in Lydias Alter galten dann als zu alt und dabei spielte es leider gar keine Rolle, ob sie im Geist und im Körper jung geblieben waren.

Jedes einzelne seiner Worte traf Lydia ins Herz wie der Stich eines Messers. Sie hörte ihm zu, aber es war, als würden die Worte immer undeutlicher werden, immer leiser. Schwer vermittelbar, das war sie also. Sie war schön und intelligent, beliebt bei ihren Mitmenschen und trotzdem in der Männerwelt schwer vermittelbar? Das hatte noch nie jemand zu ihr gesagt. Und ausgerechnet der Mann, für den sie so viel empfand, tat es?

Sie konnte nichts darauf erwidern. Sie gab Ben nur zu verstehen, dass sie irritiert war. Wie tief er sie verletzt hatte, wollte sie sich jedoch nicht anmerken lassen und glücklicherweise fand sich ein beruflicher Grund, das Telefonat zu beenden.

Ben, 18:43 Uhr

Vergiss bitte meine Worte über die Vierziger. War zu negativ gesprochen und blöd.

Vergessen? Wie sollte sie das jemals vergessen?

Lydia hatte ihm nach dem Telefonat nicht mehr geschrieben. Sie putzte sich die Zähne und starrte ihr Spiegelbild an. Warum, warum, immer wieder warum? Wie ein Virus hatte sich dieses Wort in ihrem Kopf festgesetzt und ließ ihr einfach keine Ruhe. Die Gewissheit, dass dies alles keine Zukunft hatte, lag auf der Hand. Doch mit aller Kraft wollte sie dies ignorieren. Es waren die vielen Kleinigkeiten, diese winzigen Parallelen zwischen ihnen und Hinweise, die wie kleine Nadeln in ihr Herz und ihr Bewusstsein stachen. Dinge, über die andere Menschen lachen würden, weil sie deren Existenz als zufällig betrachteten. Aber Lydia glaubte nicht an Zufälle.

Sie nahm das Handy mit ins Bett und begann im Internet nach einer Antwort und über den Sinn von Seelenverwandtschaft zu recherchieren.

Lydia, 23:33 Uhr

Faszinierende Thesen, die ich hier gefunden habe! Sie passen zu meinem verborgenen Ich. Sex war für mich schon immer Kraft und magisches Zusammenspiel. Und ich besitze die ewig währende Sehnsucht nach dem Seelenverwandten, die in mir schlummert und mich unbewusst antreibt, ihn zu finden, zu besitzen und eine bedingungslose sexuelle Vereinigung mit ihm zu vollziehen, die hohe Energien freisetzt.

Ben, 23:45 Uhr

Ich bin jetzt wieder wach. Interessant.

Lydia, 23:49 Uhr

Das solltest du morgen früh lesen.

Ben, 23:51 Uhr

Ich bin von dem »Ping« meines Handys aufgewacht.

Lydia, 23:57 Uhr

Ich habe mich gefragt, warum wir uns so gleichen und uns gefunden haben. Und warum der Sex so gut ist. Ich suchte nach Antworten. Warum ich das Gefühl habe, dich schon ewig zu kennen. Und jetzt schlafe bitte gut.

28. JUNI

Lydia, 08:22 Uhr

Mich hat eine Londoner Modelagentur angeschrieben wegen eines Fotoshootings in New York. Wenigstens ein Grund, nicht mehr traurig zu sein. Ich wünsche dir einen schönen Tag!

Ben, 09:11 Uhr

Guten Morgen, Liebste. Das sind fantastische Neuigkeiten. Ein Fotoshooting in New York?

Du hast überhaupt keinen Grund, traurig zu sein, nur weil es mit mir nicht zu funktionieren scheint. Das bedeutet doch nur, dass ich nicht der Richtige bin, dass es den aber durchaus gibt. Fühl dich gedrückt und geküsst.

Wieder ein Schlag in den Magen. Lydia wurde schwindlig. Wie konnte Ehrlichkeit nur so wehtun? Wie konnte er sie Liebste nennen und im gleichen Atemzug ohne jedes Bedauern sagen, dass er nicht der Richtige war? Nur ein Mann, der sich nicht wirklich zu einer Frau hingezogen fühlte, war dazu in der Lage.

»Ich könnte das nie so zu dir sagen«, flüsterte sie mit leiser Stimme in den leeren Raum hinein. »Ich hätte Angst, dich zu verlieren.«

Kälte breitete sich in ihr aus. Emotionslos öffnete sie eine zweite Mail der Modelagentur, die als Anhang einen Blankovertrag zur Ansicht enthielt.

Ben, 14:28 Uhr

Ich habe Lust auf dich.

Das erste Mal fühlte Lydia sich von seinen Bedürfnissen und Worten genervt.

Lydia, 14:39 Uhr

Heute muss ich arbeiten.

Ben, 14:50 Uhr

Ich habe trotzdem Lust.

Lydia, 15:16 Uhr

Ich will nicht dein galaktisch großes Ego kränken, aber das, was du mir gestern gesagt hast, macht mich nachdenklich. Es verletzt mich so sehr, dass ich im Moment keine Lust auf dich habe.

Ben, 15:58 Uhr

Es tut mir sehr leid. Ich wusste noch im selben Moment, dass ich einen Fehler mache. Verzeih, dass ich dich gekränkt habe. Das war nicht meine Absicht.

Du warst ehrlich. Eine Eigenschaft, die ich an dir schätze. Es ist normal, dass eine Frau sich nach so einem Dialog minderwertig fühlt.

Ben, 16:21 Uhr

Trotzdem. Ein Charmeur hätte so etwas nie gesagt.

Lydia, 16:33 Uhr

Zum Glück bin ich wenigstens beim Modeln erfolgreich. Da zählen andere Vorzüge, wegen oder trotz meines Alters. Ich glaube, du hast mir die Augen geöffnet. Für Sex scheinen ältere Frauen bei jüngeren Männern beliebt zu sein. Dafür bin ich mir jedoch zu schade.

Den späten Nachmittag verbrachte sie im Fitnessstudio. Nach ihrer Rückkehr in die Wohnung verspürte sie im Gegensatz zu den vielen Abenden und Nächten davor nicht das Verlangen, ihm zu schreiben.

29. JUNI

Lydia war in den letzten beiden Tagen sehr unausgeglichen gewesen. Sie versuchte, sich von den stundenlangen Chats mit Ben zurückzuziehen. Doch nun spürte sie seit ihrer ersten Tasse Kaffee, wie sehr er ihr fehlte. Sie wollte wissen, was in ihm vorging und fühlte gleichzeitig den starken Drang, sich ihm mitzuteilen.

Lydia, 10:24 Uhr

Hey, geht es dir gut? Verstehst du dich mit deiner Mutter?

Das hat mich alles aus der Bahn geworfen. Bisher bewunderte mich jeder für meine Jugendlichkeit, sowohl innen als auch außen. Und ich glaube, dass ich bei Männern einen begehrenswerten Eindruck hinterlasse. Viele meinten, ich sei eine Traumfrau. Aus einer anderen Perspektive habe ich mich noch nie gesehen. Und ich weiß nicht, wie ich mit diesem unterschwelligen Gefühl der Minderwertigkeit umgehen soll – nur, weil ich vierzig Jahre alt bin. Ich bin momentan etwas orientierungslos.

Ben, 11:47 Uhr

Du bist wundervoll und du bist eine Traumfrau! Daran habe ich nie gezweifelt. Könnte ich dich doch jetzt umarmen und dir all das ins Ohr flüstern. Ich habe diese Dinge nicht über dich gesagt, sondern über andere Frauen, die ich kenne. Ihnen erging es so: Kinder großgezogen, eigenen Job dafür aufgegeben, vom Mann wegen einer Jüngeren verlassen worden. Karriere gemacht und nie Kinder und Familie gehabt und mit Ende dreißig, Anfang vierzig panisch auf die Uhr schauen. All das trifft auf dich nicht zu.

Du hast alle Trümpfe in der Hand, den Mann kennenzulernen, bei dem wirklich alles passt.

Lydia, 13:27 Uhr

Halte einfach deinen wunderschönen Mund. Du weißt, warum ich das sage.

Ben, 13:29 Uhr

Nein, weiß ich nicht. Dieser wunderschöne Mund würde jetzt übrigens liebend gerne zwischen deine Beine wandern und von dir kosten.

Lydia, 13:32 Uhr

Ganz tief im Inneren deines Herzens weißt du es.

Ich habe seit gestern keine Lust auf Sex. Kannst du dir das vorstellen?

Ben, 13:35 Uhr

Niemals! Warte ab, bis wir uns wiedersehen.

Lydia, 13:37 Uhr

Die Psyche macht bei mir viel aus. Und um die steht es im Moment nicht gut. Magst du mich trotzdem noch?

Das weißt du ganz genau.

Nein. Weiß ich nicht.

Doch, tief in deinem Herzen weißt du das.

Die tiefen Gefühle, die du in mir auslöst, kann ich mit Worten nicht beschreiben. Ich habe lange überlegt, wie ich es dir nach dem Desaster der letzten Tage sagen soll:

Lydia? Jetzt bitte nicht erschrecken. Ich liebe dich.

Ist es möglich, dass wir beide in einem früheren Leben ein Liebespaar waren? Genau das fühle ich nämlich. Eine unglaublich starke Verbundenheit.

Ben hatte es getan. Er hatte es ausgesprochen. Er hatte es tatsächlich zuerst ausgesprochen. Die Angst, die Lydia so viele Tage und Stunden begleitet hatte, war völlig umsonst gewesen.

Ja, sie hatte es gespürt. Sie hatte es gehofft, es sich gewünscht. Vielleicht sogar erwartet. Und dennoch war ihr die Idee, dass Ben es aussprechen würde, absurd vorgekommen.

Ein Hochgefühl der Glückseligkeit durchströmte ihr liebeshungriges Herz. Er gehörte ihr! Sein Herz, sein Verstand, sein Körper gehörten ihr! Diese tiefe Gewissheit war für sie mit nichts anderem vergleichbar. Sie bedeutete ihr mehr als alles andere, was es an Großartigem auf der Welt gab. Für diesen

Mann würde sie alles tun, solange sie sich seiner Liebe
gewiss war.

Vielleicht war es genau das? Vielleicht waren sie wirklich
schon einmal ein Liebespaar gewesen? Konnte es anders
sein? Das, was zwischen ihnen geschah, war mit dem Verstand nicht zu beschreiben. Ja, sie hatten sich begegnen
müssen; es war Vorsehung. Bestimmung. Nun lag es an
ihnen, den Weg zu beschreiten, den das Schicksal für sie vorbereitet hatte.

Lydia, 14:06 Uhr

Ben. Ich liebe dich auch. Ich hätte es niemals zuerst ausgesprochen, weil ich viel zu stolz bin.

Und was stellen wir jetzt mit unserer unglücklichen Liebe
an?

Ben, 14:50 Uhr

Beenden oder Weitermachen. Ich bin für Weitermachen.

Ich möchte dich nächste Woche Freitag wieder in meinen
Armen halten, Lydia. Kommst du zu mir?

Lydia, 14:55 Uhr

Ich bin mir sicher, dass ich es einrichten kann. Ich habe
mich so was von total in dich verliebt, Ben. Das sind noch
zehn Tage ohne dich.

Ich könnte mich jetzt glatt in den nächsten Zug setzen und
zu dir nach Freiburg fahren. Nur zum Kuscheln.

Ben, 15:00 Uhr

Beim Kuscheln würde es nicht bleiben.

Lydia, 15:15 Uhr

Mmh. Okay.

Ben, 15:22 Uhr

Bevor dein Okay kam, war ich schon längst in dir drin.

Lydia, 15:25 Uhr

Du Schuft! Sag mir, wie es gewesen wäre.

Ben, 15:38 Uhr

Leidenschaftlich. Dominant und zu jeder Zeit zärtlich. Uns in die Augen schauend. Voller Liebe und Hingabe.

Lydia, 15:42 Uhr

Ich stehe gerade nackt vor dem Spiegel zu Hause, während ich deine Nachricht lese.

Ben, 16:04 Uhr

Erregende Vorstellung. Ich könnte mich heute ununterbrochen selbst befriedigen. Du machst mich einfach immer wieder an. Bewusst. Unbewusst. Dazu kommt noch, dass es hier in Freiburg heiß ist, die Frauen entsprechend gekleidet sind.

Lydia, 16:17 Uhr

Die Frauen sind entsprechend gekleidet? Willst du mich provozieren?

Ben, 16:18 Uhr

Ein wenig?

Lydia wurde nervös. Das Gefühl der Eifersucht missfiel ihr und machte sie unsicher, als sie seine nächste Nachricht las.

Ben, 16:20 Uhr

Die eine hatte absolute Modelmaße und trug hautenge Lederhotpants. Ich liebe so etwas. Die hätte dir garantiert auch gefallen.

Gut, lieber Ben, du hast noch mal Glück gehabt, dachte Lydia, erregt von dieser Fantasie.

Lydia, 16:22 Uhr

Wenn du sagst, dass sie mir auch gefallen hätte, verzeihe ich dir diese Provokation.

Ben, 16:24 Uhr

Ich hätte sie beinahe angesprochen, sie hatte sich schon nach mir umgedreht.

Du Mistkerl, dachte Lydia. Du gehörst mir – nur mir! Keine andere Frau darf dich berühren und du darfst keine andere Frau berühren. Es sei denn, ich will es so.

Lydia, 16:26 Uhr

Flirtest du gern? Offensiv?

Ben, 16:27 Uhr

Eher selten. Doch wenn, dann offensiv.

Lydia, 16:34 Uhr

Es gibt einen Unterschied zwischen aufmerksam in die Augen schauen und tief in die Augen schauen. Und auf das Gegenüber eingehen oder nicht.

Ben, 16:38 Uhr

Ich bin treu. Das heißt, dass ich einer anderen Frau zwar in die Augen schaue oder ihr sage, dass sie attraktiv ist, doch mehr auch nicht. In einer Beziehung hat das eine klare Grenze.

Lydia, 16:43 Uhr

Kompliziert. Wir sind nicht in einer offiziellen Beziehung.

Ben, 16:49 Uhr

Ich fahre nicht mehrgleisig. Und dazu stehe ich.

Lydia, 16:53 Uhr

Ich auch nicht, niemals. Aber ich genieße die Blicke der Männer (und auch der Frauen, das ist nämlich noch viel mehr Wert) und stehe gerne im Mittelpunkt. Ich flirte nie, auch wenn mein sonniges, offenes, charmantes Gemüt oft falsch verstanden wird. Außerdem gibt es selten Männer, die für mich ein Eyecatcher sind.

Ben, 17:01 Uhr

Wenn ich in einer Beziehung bin, dreht sich alles, aber wirklich alles, nur um meine Freundin. Dass dich Männer anschauen, finde ich reizvoll.

Lydia, 17:03 Uhr

Das heißt, es dreht sich gerade alles um mich?

Ben, 17:05 Uhr

Es dreht sich gerade alles um dich.

Ich hätte überhaupt keine Lust, in deiner Abwesenheit mit einer anderen Frau zu flirten. Dessen kannst du dir absolut sicher sein. Auch nicht in deiner Anwesenheit.

Die Endorphine schossen wie Pfeile durch Lydias Blut. Er liebte sie wirklich! Nur sie! Und er dachte über sie wie über seine Freundin! Lydias Gedanken überschlugen sich.

Lydia, 17:07 Uhr

Hörst Du mein Herz klopfen? Jetzt will ich mit dir schlafen.

Ben, 17:09 Uhr

Eine erregende Vorstellung … ich bin bereit.

Lydia, 17:12 Uhr

Ich gehe jetzt gleich zur Massage. Meine Gedanken bleiben bei dir. Ich will zurück zum Schloss, Ben. Der Abend war unwahrscheinlich schön. Der Sex, der Zauber, das Gespräch im Restaurant. Es ist ein Gefühl, als wenn ich dich schon mein ganzes Leben kenne. Ich kann mich bei dir komplett fallenlassen.

Ben, 17:16 Uhr

Und wir werden noch einmal dorthin zurückkehren. Und ja, mir geht es ähnlich. Ich habe so eine unbändige Lust, dich zu führen.

Während sie auf der Massagebank lag und die Physiotherapeutin mit kräftigen Griffen ihre Schultern massierte, dachte Lydia nur an Ben. An sein Gesicht, seine Hände, seine Lippen, seine geheimnisvolle Stimme.

Lydia, 19:02 Uhr

Wir erwarten gleich Besuch. Ich muss mich für heute verabschieden. Aber ich werde unentwegt an dich denken. Du machst mich glücklich …

Schlaf später gut und träume süß von mir.

Ben, 19:14 Uhr

Viel Vergnügen mit deinen Gästen.

Ich werde jede Minute bei dir sein. Ganz nah. So nah, dass du mich fühlen kannst, wenn du die Augen schließt …

Ich wünsche dir später eine zauberhafte Nacht, liebste Ly.

Bis morgen.

30. JUNI

Lydia war dabei, ihren Koffer zu packen. Sie schickte ihm ein Foto, auf dem sie ein Oberteil aus schwarzem, dichtem Netz und einen Bleistiftrock aus dunklem Leder trug. Das Oberteil war fast durchsichtig; man konnte deutlich erkennen, dass der BH darunter fehlte. Sie wollte sehen, wie er reagierte, und sie wollte seine Eifersucht spüren. Es war kein normales Abendkleid, sondern erotische Provokation und Verführung zugleich.

Ben, 11:16 Uhr

Wow! Ist dieses Outfit für das Shooting? Das schwarze Netz ist schon sehr sexy. Vielleicht zu sexy? Wer ist der Auftraggeber?

Lydia, 11:20 Uhr

Ein freier Fotograf, der aus den Fotos mehrerer Models einen Kalender zu dem Thema James Bond erstellen will. Keine Angst, ich habe einen festen Vertrag über die Rechte. Aber wenn du sagst, es ist zu sexy, dann schlage ich es ihm lieber gar nicht erst vor. Ich denke nämlich nicht, dass er Nein zu dem Outfit sagen würde. Ich bin von allen Models mit Abstand die Anspruchsvollste. Der Arme muss schon mit so vielen Sanktionen leben.

Ben, 12:07 Uhr

Wenn das Ganze ein Kalender wird und die übrigen Models um einiges freizügiger sind, passt das Oberteil. Es ist sehr sexy, aber auch elegant.

Lydia, 12:11 Uhr

Okay, ich schau mal, was er sagt. Er bezahlt mich schließlich dafür. Ich bin eine schreckliche Diva. Er hat mir sogar ein Vetorecht eingeräumt, sodass ich entscheide, welche Fotos er auf keinen Fall veröffentlichen darf. Ich finde sein Verhalten sehr entgegenkommend.

Fährst du morgen weiter in die Schweiz?

Ben, 13:13 Uhr

Samstagfrüh.

Lydia, 13:26 Uhr

Ich bin heute und morgen tagsüber allein. Wenn du telefonieren möchtest …

Gerade kamen die Informationen. In dem Kieler Hotel habe ich ein Doppelzimmer ganz für mich allein.

Liebster, es ist so schade, dass du nicht bei mir sein kannst. Zumal ich jeweils nur einen halben Tag shoote. Einmal Samstag und einmal Sonntag.

Ben, 16:38 Uhr

Das ist wirklich schade. Außerdem ist Kiel eine sehr schöne Stadt.

Ich habe heute und morgen sehr wenig Zeit. Wenn ich die Möglichkeit für ein Telefonat finde, melde ich mich.

Lydia, 16:46 Uhr

Zumal ich offensichtlich dringend deine erotische Unterstützung gebrauchen könnte. Zitat vom Fotografen, bezüglich des Fahrers: »Du musst nach einem alten, silbernen Audi 100, gefahren von einem dicken Mann mit Brille und heller Jacke Ausschau halten.« Meine Libido ist sofort auf null gesunken.

Ben, 17:00 Uhr

Nun, es wird ihm eine Ehre sein, dich abzuholen und zum Set zu fahren. Ich könnte mir vorstellen, dass dich der Fahrer immer wieder anschauen wird. Über den Rückspiegel. Übrigens wäre es nicht nur in Kiel sehr schön, sondern auch unter deiner Bettdecke.

Lydia, 17:05 Uhr

Du müsstest leider relativ viel Zeit unter der Bettdecke verbringen. Ich muss ja arbeiten. Aber der Gedanke an dich und dass du auf mich wartest, würde mich motivieren.

Ich betrachte gerade ein Foto vom Kamerateam. Wenn ich ehrlich bin, hatte ich gehofft, der Fotograf schaut etwas besser aus. Ein wenig Inspiration hätte gutgetan.

Ben, 17:24 Uhr

Du sollst nicht mit dem Fotografen flirten, sondern mit der Kamera.

Ich bin jetzt geschäftlich essen. Nächstes Wochenende gehen wir wieder gemeinsam in ein Restaurant.

Lydia, 19:09 Uhr

Zu dritt, mit dem schwarzen Vib.

Dieser Gedanke macht mich nervös. Ich freue mich sehr!

Ben, 21:40 Uhr

Natürlich mit dem Vib. Es wird mir eine Freude sein, mit euch beiden den Abend zu genießen.

Schlaf schön. Ich küsse dich.

1 . Juli

Lydia saß beim Friseur, um ihre Locken für das Shooting in einer wunderschönen Frisur bändigen zu lassen. Sie schaute in den Spiegel und musste schmunzeln. Wie sexy, mit diesen großen Lockenwicklern und dem Haarnetz unter der Trockenhaube! Sie schickte Ben ein Foto. Allerdings nicht von sich, sondern ein Bild aus dem Internet von einer uralten Frau, die ebenfalls mit Lockenwicklern unter der Trockenhaube saß.

Lydia, 13:22 Uhr

So wunderschön bin ich in diesem Moment. Wärst du hier, würdest du dich sofort noch mal in mich verlieben.

Ben, 13:26 Uhr

Ach du Schreck! Wie alt bist du wirklich? Bei mir zieht sich alles nach innen. Alles!

Lydia lachte. Genau das hatte sie gehofft. Sie wollte ihn provozieren. Lydia wusste, dass sie damit seinen wunden Punkt getroffen hatte.

Lydia, 13:30 Uhr

Ich dachte, es geht dir um meine inneren Werte. Liebst du mich jetzt nicht mehr?

Ben, 13:36 Uhr

Wäre ich ein Schuft, würde ich sagen: Deine inneren Werte lutschen mir nicht den Schwanz. Bin ich aber zum Glück nicht.

Lydia, 13:40 Uhr

Meinst du, wir haben keinen Sex mehr, wenn wir alt sind?

Ben, 13:52 Uhr

Doch. Nur kann ich dann nicht mehr gut sehen. So relativiert sich das Äußere.

Lydia, 14:01 Uhr

War diese Erklärung die Begründung dafür, dass sich Frauen in meinem Alter mit Männern höheren Alters zufriedengeben müssen? Du Chauvinist!

Ben, 14:07 Uhr

Nein, keine Sorge. Mit deinem Aussehen wirst du immer Männer kennenlernen, die ebenso bezaubernd sind wie du. Ganz gleich, in welchem Alter. Und sofern ein Mann attraktiv und erfolgreich im Beruf ist und Spaß am Sex hat, kommt es auf fünf oder zehn Jahre nicht an.

Ich stelle mir vor, wie du in meinem Bett liegst und schläfst. Und ich unter deiner Decke von unten langsam hoch robbe, bis ich in deinem Schritt angekommen bin.

Lydia, 14:18 Uhr

Mmh … Baby, ich brauche meinen Schönheitsschlaf.

Ben, 14:29 Uhr

Ich sage nicht, dass du aufwachen sollst. Geschweige denn aufstehen.

Lydia, 14:43 Uhr

Du kannst mich immer haben, egal, wo wir uns befinden. Ich genieße das. Ich genieße dich.

Ich bin zurück vom Friseur. Florian ist unterwegs und ich muss jetzt noch ein wenig Homeoffice machen. Übrigens: Ich bin heute Nacht ganz allein.

Ben, 15:08 Uhr

Da könnte ich doch glatt bei dir einbrechen. Ich würde dein dunkles Schlafzimmer betreten und langsam auf dein Bett zukommen. Mich zu dir runterbeugen, bis ich dich fast berühre. Sachte die Bettdecke zurückziehen und vorsichtig deine Beine spreizen. Und genauso vorsichtig in dich eindringen.

Lydia, 16:09 Uhr

Eine herrliche Vorstellung. Ich weiß, so ein sanfter Sex turnt dich nicht wirklich an, aber mich umso mehr.

Sanfter Sex turnt mich sehr wohl an. Mal so und mal so.

Wollen wir in einer halben Stunde telefonieren? Es ist schön zu wissen, dass du heute Nacht allein bist.

Bens Stimme war Balsam für Lydias Seele. Ein harmonisches Telefonat voller Sehnsucht entwickelte sich. Kein Wort zum Thema Kinderwunsch, keines darüber, dass er nicht für sie bestimmt war. Kein Schmerz begleitete sie in diesen Stunden, nur Zuneigung und Vollkommenheit. Ben liebte sie am Telefon und es war, als würde er neben ihr liegen. Sogar seinen Atem konnte sie spüren. Es war ein Rausch der Sinne, dem sich Lydia hingab. Stundenlang. Bis sie erschöpft mit dem Handy in der Hand einschlief.

2. JULI

Lydia war kurz davor, die Wohnung zu verlassen, um zum Hauptbahnhof zu fahren. Sie betrachtete ihr Spiegelbild und fühlte sich aus tiefstem Herzen heraus schön. Innen wie außen. Sie strahlte. Eine glänzende, sorglose Aura umgab sie, leicht wie der Hauch des Winds. Sie griff zu ihrem Smartphone und machte ein Selfie von sich. Mit Kussmund.

Ben, 08:39 Uhr

Du siehst atemberaubend aus. Ich küsse dich. Du könntest das Fotoshooting getrost allein stemmen. Ich fahre jetzt in Richtung Schweiz.

Lydia, 08:49 Uhr

Fahr vorsichtig, ich brauche dich noch. Wünsch mir Glück für das Shooting heute Nachmittag.

Ben, 08:58 Uhr

Im Vergleich zu dir werden die anderen blass aussehen.

Lydia, 09:05 Uhr

Ich liebe dich, Ben.

Ben, 09:11 Uhr

Und ich dich.

Lydia, 09:16 Uhr

Ist das auch ein Spiel?

Ben, 09:19 Uhr

Was ich für dich fühle, ist alles andere als ein Spiel.

Lydia, 10:05 Uhr

Im Zugabteil schräg gegenüber von mir sitzt ein Mann und schaut mich die ganze Zeit an. Ich bin genervt.

Ben, 10:32 Uhr

Weil du einfach traumhaft aussiehst.

Ich wünschte, du würdest jetzt so zu mir fahren.

Du bist einfach unglaublich heiß.

Ein Dessert, das entsprechend angerichtet ist, schmeckt einfach noch besser.

Lydia, 10:51 Uhr

Mein Gourmet.

Der Fotograf will heute Abend mit mir essen gehen. Ich weiß nicht, ob ich mich darüber freuen soll. Das ist wahrscheinlich die Sorte Fotograf, wie ich sie liebe …

Ben, 10:56 Uhr

Hat da jemand einen neuen Verehrer?

Lydia, 10:59:19

Ich hoffe nicht. Ich will zu meinem schönen Mann, der jetzt
so weit von mir weg ist. Lass uns irgendwann eine Foto-
ausstellung besuchen. Ich möchte mich mit dir über Kunst
unterhalten. Ich möchte wissen, was dir gefällt.

Lydia schaute sich das Storyboard an. Sie schickte Ben die
Beschreibung der ersten Shootingszene. Es ging um Verführung. Eine Frau in einer Bar. Ein Mann. Ein offensiver Flirt.

Lydia, 11:53 Uhr

Das ist meine erste Szene. Wie eines unserer Spiele …

Und ich denke dabei an dich, meinen wahren Freund und
Partner. Dich als meine Affäre zu bezeichnen, würde dem,
was zwischen uns ist, nicht gerecht werden.

»Ende!«

Lydia liebte den Klang dieses Wortes am Set. Durchatmen,
etwas trinken, etwas essen. Das Hotel, in dem sie übernach-
tete, war Teil der Fotolocation.

Sie ging auf ihr Zimmer. Eine junge Assistentin begleitete sie.
Die beiden Frauen hatten sich von Anfang an gut verstanden
und vertrieben sich zusammen die Zeit. In der Minibar fand
Lydia Sekt und öffnete ihn. Es gab einen großen Spiegel in
ihrem Zimmer. Sie betrachtete sich darin. Das Kleid aus sil-
bern glänzendem Stoff umschmeichelte ihre Figur. Es war
bodenlang und komplett rückenfrei. Über ihrem Po war der
Stoff sexy gerafft. An den Seiten war das Kleid so filigran
geschnitten, dass es nur knapp den Busen bedeckte. Es
wurde durch zwei dünne Bänder gehalten, die über die

Schultern liefen und sich in der Mitte des Rückens kreuzten. Lydia machte ein Foto von ihrem Spiegelbild und schickte es Ben.

Lydia, 16:54 Uhr

So hättest du mich jetzt gerne, oder?

Lydia dachte über den Tag nach. Die entspannte Anfahrt zum Shooting. Die Augenblicke, in denen sie sich nur auf sich selbst konzentrierte. Sie ging in Gedanken Posen und Szenen durch, versuchte, sich in das Thema des Shootings einzufühlen, um ein Gespür für die Figur des Bond-Girls zu entwickeln, dass sie darstellen sollte. Eine heiße, verführerische Lady, die zugleich unschuldig und klug wirkte, mit Esprit und Charme. Es war ein Unterschied, ob eine ganze Filmsequenz zur Verfügung stand, um einen Charakter zu zeigen, oder ob nur der kurze Augenblick zählte, in der die Fotokamera klick machte, um ihn für immer festzuhalten.

Sie war professionell vorbereitet gewesen, pünktlich und hatte versucht, gut gelaunt am Set zu erscheinen. Deshalb war sie auch schon gestern zum Friseur gegangen, um den Stylisten ihre Arbeit etwas zu erleichtern. Je entspannter sie war, umso entspannter waren auch die Kollegen und dieses Gefühl tat ihr gut.

Dennoch beherrschte Stress den Arbeitsablauf. Schuld daran war der Fotograf. Er war nicht richtig in der Lage, seine Wünsche bezüglich Posen und Styling zu kommunizieren. Manchmal hatte Lydia den Eindruck, dass er die einzige Person am Set war, die keinen konkreten Ablaufplan im Kopf hatte. Es wurde chaotisch gehortet, sie musste sich ständig umziehen, oft mussten Haare und Make-up geändert werden und die Arbeitszeit wurde dadurch immer begrenzter. Die Assistenten liefen ziellos durch die Gegend und versuchten, den wirren Anweisungen des Fotografen zu folgen. Sie zupften nervös an Lydias Kleidern herum, sprangen zu den Scheinwerfern, um sie vor der Kamera perfekt in Szene zu setzen, aber der Fotograf schien nie zufrieden und seine Laune wurde durch den Zeitmangel immer schlechter. Das merkte Lydia daran, dass er begann, ihre Leistung ungerecht zu kritisieren.

Manchmal zog sich ein solches Shooting über zehn Stunden hin. Zehn Stunden kräftezehrendes Posing, nach dem sie jeden Muskel ihres Körpers spürte. Die Kopfhaut tat ihr weh von dem ständigen Reißen an den Haaren und ihre schöne Naturkrause ließ sich durch das Toupieren und Glätten kaum mehr kämmen, wenn sie zu Hause war. Die Haut in ihrem Gesicht brannte durch den ständigen Make-up-Wechsel. Lydia war oft erschöpft.

Heute kam die Erlösung schon nach fünf Stunden, aber morgen würde sich alles noch einmal wiederholen. Manchmal wusste sie nicht, ob sie ihren Job lieben oder hassen sollte.

Inzwischen waren Lydia und die junge Assistentin in dem Restaurant angekommen, wo der Fotograf und der Rest der Crew schon auf sie warteten.

Ben, 17:40 Uhr

Oh, verdammt! Oh Liebste, wenn du jetzt so bei mir wärst!

Lydia, 17:51 Uhr

Übrigens wurde ich gerade auf Anfang dreißig geschätzt. Ben, du alter Mann, sei froh, dass ich mit dir gehe.

Ben, 17:55 Uhr

Ist das dein Hotelzimmer?

Diese Frage ...

Sie spürte eine gewisse Kritik in seinen Worten. Ein unbehagliches Gefühl. Lydia schaute sich das Foto erneut an und jetzt sah sie etwas auf dem Tisch. Oh nein, dachte sie, die beiden Gläser!

Ben, 18:01 Uhr

Bist du nicht allein im Raum gewesen?

Lydia, 18:04 Uhr

Ich habe mit der Assistentin einen Sekt zur Entspannung getrunken, weil das ein sehr anstrengendes Shooting war.

Ben, 18:11 Uhr

Entschuldige. Mir geht es im Moment, wie soll ich sagen, nicht gut. Du siehst wunderschön aus, auch mit diesem sexy Dress. Ich wünschte, ich hätte dich jetzt bei mir. Alles andere tut mir irgendwie weh. Wie dem auch sei. Nur weil ich mich so fühle, solltest du nicht auch so fühlen.

Lydia las betroffen seine Zeilen. Am liebsten hätte sie ihn sofort angerufen, aber sie war mitten in einem Geschäftsessen.

Lydia, 19:24 Uhr

Baby, ich würde nirgendwo auf der Welt lieber sein als bei dir. Das weißt du doch. Ich liebe dich, Ben.

Ben, 19:39 Uhr

Ich habe eine unglaubliche Sehnsucht nach dir. Es war noch nie so schlimm wie heute Abend. Wäre ich Songwriter, könnte ich jetzt einen richtig guten Lovesong schreiben. Die Gewissheit, dass du so sexy bist, du dich damit während eines Fotoshootings anderen Männern präsentierst, dich jemand auf Anfang dreißig geschätzt hat, all das dreht sich in meinem Kopf wie in einem Karussell. Eifersucht. Sehnsucht. Lust. Ich möchte mit dir kuscheln, dich küssen, dich lieben.

Hab einen schönen Abend, Ly. Beim Essen mit dem Fotografen und beim Amüsieren in der einen oder anderen Bar. Ich kenne dich doch …

Lydia, 19:51 Uhr

Oh mein Gott. Das ist mit Abstand das Schönste, was du mir bisher geschrieben hast. Ich will jetzt so gerne in deinen Armen liegen!

Um den anschließenden Gang in die Cocktailbar zu verhindern, redete Lydia sich damit raus, dass sie morgen zum zweiten Fotoshooting frisch und ausgeschlafen sein wollte.

Charmant verabschiedete sie sich so früh wie möglich und verließ das Restaurant.

Möchtest du reden? Soll ich dich anrufen? Ich bin jetzt auf dem Zimmer.

Ja. Wir essen in zehn Minuten. Ich melde mich danach.

Ich gehe runter, noch ein Glas Wein trinken. Ich nehme mein Handy mit.

Lydia betrat die voll besetzte Bar. Sie konnte keinen freien Platz mehr finden. Natürlich hätte sie das Glas Wein mit auf das Zimmer nehmen können, aber sie fühlte sich wie eingesperrt in dem kleinen Raum.

Sie setzte sich auf einen Sessel in der Lobby. Nicht gerade gemütlich, aber es war ruhig und sie hatte einen Bereich für sich. Sie las Bens Nachrichten, viele davon. Lydia spürte in sich hinein und dachte über die Zukunft nach. Darüber, wie es wäre, einfach alles aufzugeben – ihr gewohntes Umfeld, ihren Job, Florian. Nach Hamburg zu ziehen. Seit sie modelte, war sie ohnehin oft dort. Und in Hamburg hätte sie sicher auch die Chance, in einem der großen Modeunternehmen unterzukommen, vielleicht auch am Schreibtisch.

Sie liebte Ben so sehr – und sie quälten sich beide. Wie würde es weitergehen? Und was wäre, wenn es endete? Lydia konnte den Gedanken nicht ertragen, Ben zu verlieren. Sie würde nicht nur ihn, sondern auch sich selbst verlieren. Ihre Seele würde für immer ruhelos bleiben, immer auf der Suche nach einem Mann wie ihm. Ihr Leben lang. Egal, wie viele Jahre vergehen und welche Männer sie kennenlernen würde. Jede dieser Bekanntschaften würde sie immer mit der Beziehung zu Ben vergleichen: mit der mentalen Übereinstimmung, der sexuellen Intensität, dem Grad an Seelenverwandtschaft.

Nur mit einem Mann wie ihm, dessen Gefühle, Erwartungen und Bedürfnisse mit ihren identisch waren, konnte sie glücklich werden bis ans Ende ihrer Tage. Mit Ben an ihrer Seite würde Lydia nie wieder fremdgehen, nie wieder einen anderen Mann anschauen müssen. Endlich ankommen, endlich ihren Seelenfrieden finden. Das war ihr nach seinen sehnsuchtsvollen und melancholischen Zeilen klar geworden, klarer als je zuvor. Es gab nur eine Bedingung: Sie musste sich seiner Liebe vollkommen sicher sein.

Eine Stunde war vergangen. Lydia saß immer noch in dem Sessel. Sie trank bereits das zweite Glas Wein und lauschte dem Wind, der durch die undichte Eingangstür zog. Er war kühl. Langsam begann sie zu frieren. Sie fühlte sich einsam und war besorgt. Dass sie so lange nichts von Ben hörte, verunsicherte Lydia. Nach weiteren dreißig Minuten schrieb sie ihm erneut.

Lydia, 22:40 Uhr

Ben? Alles in Ordnung?

Weitere zehn Minuten vergingen, bis sie den langersehnten Ton ihres Smartphones vernahm.

Ben, 22:50 Uhr

Keine Ahnung. Sag du es mir.

Lydia war irritiert. Entsetzt erkannte sie einen gefährlichen und provokanten Unterton in Bens Nachricht. Nachdem sie sich wieder gefangen hatte, wählte sie seine Nummer. Aber er nahm das Telefongespräch nicht an.

Ihr Herz begann zu rasen. Sie spürte das Blut durch ihre Adern jagen. Die dunkle Vorahnung der letzten Minuten war real geworden. Lydia stand auf und lief vor die Tür. Die Sonne war bereits untergegangen. Der Mond schien hell am Himmel. In seinem Schein nahm sie schwarze Wolken wahr, die sich zu einer Wand formten und drohten, jegliches Licht zu ersticken. Ähnlich der Mauer, die Ben ihr gegenüber errichtete. Lydia spürte sie deutlich. Sein ablehnendes Verhalten war ein untrügliches Zeichen dafür. Das Gefühl der Kälte verschwand von ihrer Haut. Plötzlich wurde ihr heiß. Das Blut stieg in ihren Kopf und ihr Gesicht brannte. Ihr Körper glühte, doch Lydia zitterte, als sie unaufhörlich Bens Nummer wählte und immer wieder die Ansage seines Anrufbeantworters hörte.

Sie konnte an nichts anderes mehr denken. Was war passiert? Was hatte sie getan? Was warf Ben ihr vor? Was dachte er in diesem Moment über sie? Sie spürte einen bohrenden Schmerz in ihrem Herzen. Wie ein gehetztes Tier lief sie den Eingangsbereich vor dem Hotel auf und ab.

174

Ben! Bitte melde dich! Was ist passiert? Wie meinst du das: »Sag du es mir.« Was habe ich getan? Bitte nimm doch endlich den Hörer ab! Bitte!

Lydia verzweifelte zunehmend. Sie sprach Ben auf seinen Anrufbeantworter. Sie schrieb ihm und flehte ihn an.

»Bitte melde dich!«

»Bitte schreibe mir!«

Aber Ben antwortete nicht. Sie wusste, dass er ihre Nachrichten las – sie trugen alle den Vermerk: Gelesen.

Irgendwann resignierte Lydia. Sie merkte, dass ihre Bemühungen sinnlos waren, und aus Verzweiflung wurde Zorn. Ihr Verstand meldete sich und mahnte sie, über diesen Zustand nachzudenken. Eine Situation, die sie verabscheute – das Spiel mit der Psyche. Genau dieses Spielchen inszenierte Ben in diesem Moment. Er ignorierte sie absichtlich und nutze ihre Verletzlichkeit, ihre Unsicherheit und ihre Liebe zu ihm, um seine sadistische Gier nach Macht zu befriedigen. Sein Gefühl von Triumph wuchs mit ihrem Leid und Lydia ließ es zu. Wie dumm sie doch war. Schließlich gab es nichts auf dieser Welt, das Bens Verhalten rechtfertigte. Sie hatte nichts getan, außer erfolglos auf seinen Anruf zu warten.

Sie wurde müde. Ein paar Schritte von dem Eingang entfernt bemerkte sie eine Parkbank. Erschöpft ging Lydia auf sie zu, setzte sich und schloss die Augen. Ihre Gefühle und Gedanken drehten sich im Kreis. Warum tat Ben ihr das an? Vor ein paar Stunden teilte er ihr noch seine Gefühle mit. Leidenschaftliche Nachrichten über Liebe, Sehnsucht und Hoffnung. Er schrieb sogar von einem Lovesong. Und jetzt? Stille. Keine Antworten. Als wäre sie plötzlich lästig und unwichtig. Natürlich bemerkte sie in seinen Zeilen auch Eifersucht. Ob das der Grund war? Vor einiger Zeit warnte sie ihn vor dem Zusammenleben mit einem Model. Davor, dass diese Beziehung für einen Mann schwierig werden kann und ein hohes Maß an Vertrauen bedarf. Lydia wusste, dass Ben sehr besitzergreifend war, und sie kannte seine Schwierigkeiten mit der Rivalität unter Männern. Aber sie tat alles, um ihm mögliche Zweifel zu nehmen. Sie berichtete von der Unattraktivität des Fotografen, klärte ihn detailliert über das Shootingthema auf, schickte Fotos der Kleider. Alles sollte für ihn transparent sein, als würde er das Shooting selbst miterleben. Plötzlich plagten sie Selbstzweifel und Schuldgefühle. Sie musste sich eingestehen, dass sie nicht nur daran interessiert war, ihre Arbeit zu zeigen. Sie wollte auch seine Eifersucht herausfordern. Lydia wollte ihm beweisen, wie schön und begehrenswert sie war und was er verpasste, wenn er sich nicht in ihrer Nähe aufhielt. Ihr Ziel war es, Bens Besessenheit nach ihr zu festigen. Vielleicht hatte sie diese Provokation übertrieben? Trotzdem gab dieses Verhalten Ben nicht das Recht, ihre Bitten und Fragen zu missachten.

Sie öffnete die Augen, schaute auf die Uhr ihres Handys und erschrak. Es war bereits Mitternacht. In ein paar Stunden musste sie wieder arbeiten. Ben hatte nicht mehr reagiert.

Lydia, 00:10 Uhr

Ich habe bis zu dieser Minute vor dem Hotel gesessen und auf eine Nachricht von dir gewartet. Ich muss morgen arbeiten und gehe jetzt auf mein Zimmer. Bitte lass mich nicht so einschlafen, Ben. Du hast mir vorhin wunderbare Zeilen der Liebe gesandt. Ich weiß nicht, womit ich dich verletzt habe. Bitte treibe kein Spielchen mit mir. Du weißt, dass es mich unglücklich macht, wenn du mich ignorierst.

Sie stand auf, ging zur Eingangstür des Hotels und aktivierte mit ihrer Karte den Türöffner. Die Flügeltüren öffneten sich. Das Licht in dem Raum war dezent. Durch diese ruhige Atmosphäre fühlte sie sich geborgen. Die warme Luft legte sich wie eine Decke auf ihre eiskalte Haut.

Lydia setzte sich noch einen Augenblick auf den Sessel in der Lobby. Der Abend begann so schön. Seine sehnsuchtsvollen Zeilen. Sie waren übersät mit Romantik und Zuneigung. Lydia hatte gehofft, dass nun der Moment gekommen wäre, der ihr Leben verändert. Sie wollte ihm so viel sagen und sie wollte so viel von ihm hören. Nun schien alles Positive weit entfernt.

Ben, 00:29 Uhr

Lüge mich nicht an, Lydia. Ich weiß, dass du nicht allein bist. Die Assistentin, mit der du auf deinem Hotelzimmer ein Glas Sekt getrunken hast - wo ist sie jetzt? Oder ist es vielleicht doch eher ein Assistent? Oder der Fotograf selbst? Warum sollte irgendjemand mit dir auf deinem privaten Hotelzimmer ein Glas Sekt trinken? Warum begleitet dich eine fremde Person, die du überhaupt nicht kennst auf dein Zimmer? Dafür bietet das Hotel doch eine Bar. Hast du dort nicht selbst Wein getrunken? Und wer hat diesen Sekt für das doch eher private Vergnügen gekauft?

Lydia war schockiert. Der haltlose Vorwurf der Lüge und seine misstrauischen Fragen lähmten sie. Das Foto mit den beiden Gläsern - das war es. Sie konnte nicht glauben, dass dieses simple Detail so viele Zweifel hervorrief. Er steigerte sich in eine fiktive Geschichte hinein, die nichts mit der Wahrheit zu tun hatte.

Lydia, 00:34 Uhr

Ben, Liebster. Bitte lass uns telefonieren. Bitte glaube mir doch, ich habe dir die Wahrheit gesagt! Warum sollte ich dich betrügen? Du weißt, dass ich dich liebe und dass ich alles dafür geben würde, jetzt bei dir zu sein. Ich wollte dich sogar in dieses Hotel mitnehmen. Bitte erinnere dich an unser Gespräch!

Die Erschöpfung wich aus Lydias Körper und sie fühlte sich wieder vollkommen wach. Sie war nervös. In weniger als sechs Stunden klingelte ihr Wecker und sie wollte für den kommenden Arbeitstag fit sein. Aber sie musste auch dieses Missverständnis aufklären. Nur wusste sie nicht wie. Ihr waren die Hände gebunden. Lydia konnte sich mit dem Wissen, dass Ben ihr Betrug vorwarf, nicht schlafen legen. Es musste eine Lösung geben.

Lydia, 00:38 Uhr

Bitte lass uns telefonieren. Ich gehe jetzt auf mein Zimmer. In fünf Minuten rufe ich dich an, okay?

Ben, 00:42 Uhr

Ich frage mich gerade ernsthaft, wer hier mit wem Spielchen spielt.

Bens Nachrichten klangen unterschwellig aggressiv und machten Lydia unruhig. Ihre Finger zitterten. Vor dem Hotelzimmer angekommen, durchsuchte sie fieberhaft ihre Hosentaschen nach der Zimmerkarte. In ihrer Panik vermutete sie, diese verloren zu haben. Lydia war schon wieder auf dem Rückweg in die Lobby, als sie noch mal ihre Kleidung abtastete und die Karte endlich fand. Unbewusst hatte sie den Zimmerschlüssel in die Brusttasche ihrer Bluse gesteckt. Fassungslos rollte sie mit den Augen und schüttelte den Kopf. Sie stand offensichtlich vollkommen neben sich.

Lydia öffnete ihr Zimmer. Der Schein des Monds erhellte den Raum. Sie setzte sich auf das Bett und wählte Bens Telefonnummer. Er nahm nicht ab.

Lydia, 00:58 Uhr

Bitte nimm ab. Lass uns nicht über den Messenger diskutieren. Ich möchte deine Stimme hören. Ich möchte dir sagen, was ich empfinde. Du bist in der Schweiz, auch noch in den nächsten Tagen. Ich kann morgen nicht einfach zu dir fahren, um das Missverständnis zu klären.

Tausend Kilometer trennten Lydia von Ben. Der Gedanke, dass sie hilflos seinen Vorwürfen ausgeliefert war und ihm ihre Treue und Loyalität nicht beweisen konnte, quälte sie entsetzlich.

Ben, 01:03 Uhr

Du hast dir ziemlich viel Zeit gelassen. Fünf Minuten? Musstest du dir erst Freiraum schaffen? Ich weiß nicht, was es da noch zu klären gibt. Es war einfach dumm von dir, auf so ein Detail nicht zu achten.

Lydia, 01:07 Uhr

Du weißt nicht, was es noch zu klären gibt? Ben, das meinst du nicht ernst. Das glaube ich dir nicht! Du hast vorhin noch davon gesprochen, einen Lovesong zu schreiben, so stark empfindest du für mich. Und jetzt nimmst du so ein lächerliches Missverständnis zum Anlass, mir Betrug zu unterstellen, ohne dass ich mich verteidigen darf? Und was meinst du mit: »Musstest du dir erst Freiraum schaffen?«

Ich kann nicht sagen, was in deinem Kopf vorgeht, aber eines weiß ich mit Sicherheit: Ich schwöre bei Gott, ich war und bin allein in meinem Zimmer. Kein Mensch ist hier. Ich habe die Wahrheit gesagt! Ich habe den Sekt vorhin mit der Assistentin getrunken. Sie war vielleicht zwanzig Minuten in diesem Raum, bevor wir zum Restaurant und zu den anderen Crewmitgliedern gegangen sind.

In ihrer Verzweiflung schickte Lydia Ben Fotos von ihrem Bett. Das Doppelbett war ungenutzt, so wie es das Zimmermädchen hinterlassen hatte.

Lydia konnte es nicht fassen. Sie war vollkommen überwältigt von diesen haltlosen Unterstellungen und ihrer Machtlosigkeit. Sie fühlte sich wie die bemitleidenswerte Hauptperson in einem Liebesdrama. Das alles konnte nicht real sein.

Hier sind Fotos von meinem Bett. Du siehst, es hat niemand darin geschlafen!

Ben, bitte. Wenn du tief in dein Herz hineinfühlst, erkennst du, dass ich dich viel zu sehr liebe, um auch nur annähernd an einen anderen Mann zu denken. Geschweige denn, mit einer anderen Person zu schlafen. Sei es eine Frau oder ein Mann. Warum sollte ich? Unser Sex macht mich süchtig nach dir. Es ist vollkommen lächerlich, mir so etwas zu unterstellen! Ich habe mit der Assistentin diesen Sekt zum Abschluss getrunken. Sie war freundlich und hat mir geholfen, meine Taschen hochzubringen. Deshalb war sie auf meinem Zimmer. Ich habe die Flasche aus der Minibar genommen. Als Dankeschön für ihre Hilfe und ihre Motivation bei diesem anstrengenden Shooting. Ben, du steigerst dich in etwas hinein, dass nicht der Realität entspricht. Lass uns doch vernünftig miteinander reden. Sag mir, was ich tun kann, damit du mir glaubst!

Bitte Ben!

Lydia wurde wütend über sein Desinteresse. Darüber, dass er sie um Liebe betteln ließ, wie einen geprügelten Hund. Wut und Verzweiflung wechselten sich ab und sie rief Ben immer wieder an. Aber er reagierte nicht.

Was soll ich tun? Diese Frage hämmerte in ihrem Kopf.

»Ich rufe die Assistentin an! Sie muss Ben telefonisch bestätigen, dass sie bei mir war. Sofort!«, flüsterte sie. Es war bereits 01:16 Uhr, aber das war Lydia egal. Gefangen in ihrer Angst, Ben zu verlieren, wurden ihr eigener Stolz und der mögliche Konflikt mit anderen Menschen vollkommen nebensächlich.

Sie wählte die Nummer, doch das Smartphone der Mitarbeiterin war ausgeschaltet.

Lydia, 01:19 Uhr

Ich habe versucht, die Assistentin anzurufen. Das Handy ist ausgeschaltet. Ich wollte, dass sie dir bestätigt, dass ich die Wahrheit sage.

Ben, 01:22 Uhr

Ein Telefonat, um dein Alibi zu bestätigen?

Lydia, 01:24 Uhr

Kein Alibi, Ben. DIE WAHRHEIT!

Ben, 01:43 Uhr

Du hast vorhin gar nicht darauf reagiert, als ich schrieb: »Ich frage mich gerade ernsthaft, wer hier mit wem Spielchen spielt.« Warum nicht? Weil du vielleicht eine gute Schauspielerin bist? Immerhin belügst und betrügst du Florian ständig. Vielleicht ist es tatsächlich dein Job als Model, der dich dazu verführt, mit Männern zu spielen. Andauernd neue, attraktive Kollegen am Set. Das unterschwellige Flirten miteinander. Die Verlockung. Die Abwechslung.

Du hast mir geschrieben, dass du süchtig bist nach dem Sex mit mir. Und ich glaube, das ist es! Es geht dir gar nicht um mich als Mann an deiner Seite. Es geht dir um mich als Toy Boy für Sex, den du bei Florian nicht bekommst. Den du vielleicht von keinem anderen Mann so bekommst, wie von mir. Du manipulierst mich. Ständig.

Natürlich hast du mir angeboten, mich mit in das Hotel zu nehmen. Ich musste es leider ablehnen und nun nutzt du diese Gelegenheit schamlos aus und lässt mich über ein Foto auch noch daran teilhaben.

Ich habe dir so oft gesagt, dass ich nicht der Richtige für dich bin, dass ich noch Kinder will. Dass du zu alt für mich bist und es auf die Dauer zwischen uns nicht gut gehen wird. Trotzdem beendest du diese Affäre nicht, sondern verführst mich immer wieder mit deiner Hingabe. Du gibst mir das Gefühl, dass du ohne mich nicht leben kannst. Du sagst mir, was ich hören will, gibst mir, was ich brauche, zeigst mir, was ich sehen will. Damit förderst du bewusst, dass ich mich immer mehr in dich verliebe, obwohl ich diese Beziehung nicht will. Warum? Weil es dir gefällt!

Vielleicht war es auch dein Plan, die beiden Gläser auf dem Tisch sichtbar auf dem Bild zu platzieren? Du kennst meinen Zwiespalt bezüglich der Konkurrenzsituation zu anderen Männern. Ich habe dir vorhin von meiner Sehnsucht und meinem Leid geschrieben. Und dass ich mich einsam fühle. Vermutlich nutzt du dieses Foto, um mich auf sadistische Weise zu quälen.

Dieses Foto mit den zwei Gläsern hat mich aufwachen lassen. Es ist ein Sinnbild für dein Spielchen, Lydia.

Sie las diese Nachricht immer und immer wieder. Lydia folgte Wort für Wort seinen Gedanken. Ben wollte den Spieß umdrehen. Das war eindeutig. Ihr die Schuld an allem geben. Seine Weste reinwaschen. Das war feige und ungerecht. Er nutze einen einzigen Fehler von ihr und wandelte sich vom Täter zum Opfer. Er unterstellte ihr auf geschickte Art und Weise Boshaftigkeit und Niedertracht. Aber nichts davon entsprach der Wahrheit. Ihr ganzes Leid der letzten Wochen, das ständige Hoch und Tief ihrer Gefühle, die vielen Tränen. Ben hat sie vom ersten Tag an verführt. Ihren Körper, ihren Geist und ihren Verstand.

Anfangs verlangte eine Stimme in ihrem Kopf, dass sie sich verteidigt, dass sie seine lächerliche sadistische Methode erkennt und ihm ihre Wahrnehmung der letzten Wochen mitteilt.

Nun verunsicherten sie Gedanken über das eigene Verhalten. Schließlich war es tatsächlich ihr Ziel gewesen, mit diesem Foto seine Eifersucht zu provozieren, und seine Sucht nach ihr zu steigern. Zwar nicht mit Sichtbarkeit der beiden Gläser im Hintergrund, aber mit ihrem verführerischen Outfit. Hatte er vielleicht doch recht? Wollte sie ihn rücksichtslos und mit allen Mitteln an sich binden?

Lydia, 02:15 Uhr

Du kannst so verletzend sein in deiner Verletzlichkeit, lieber Ben. Es tut mir leid, dass du so empfindest. Dass du auf diese Art über mich denkst. Aber jede Münze hat immer zwei Seiten. Denke mal darüber nach, was du mir alles in den vergangenen Tagen geschrieben und gesagt hast!

Ich finde es seltsam und feige, dass du mir die Schuld an deinen inneren Konflikten gibst.

Natürlich möchte ich, dass du bei mir bleibst. Und das meine ich aufrichtig. Du weißt, wie sehr ich dich liebe.

Ich würde alles für dich tun. Ich würde mich sogar von Florian trennen und nach Hamburg ziehen. Ich brauche nur eine gewisse Sicherheit von dir. Die Sicherheit, dass du wirklich mir gehörst und zu mir stehst. Ich wollte heute mit dir am Telefon darüber sprechen. Als ich in der Lobby auf deinen Anruf gewartet habe.

Ich weiß nicht, was ich auf deine Worte erwidern soll. Macht es überhaupt noch Sinn, mich zu rechtfertigen?

Ich frage mich außerdem, warum du mir das alles geschrieben hast. Willst du mir Schuldgefühle einreden? Dein eigenes schlechtes Gewissen beruhigen? Immerhin wirfst du mir vor, dass ich deine Liebe verrate, dich betrüge, sogar manipuliere. Das ist nicht wahr und das weißt du.

Ich weiß nicht mehr, was ich sagen soll. Ich bin so erschöpft.

Tränen der Verzweiflung liefen über ihr Gesicht. Sie drückte auf Senden und schaute auf die Uhr ihres Smartphones. »Nur noch vier Stunden. Dann muss ich ins Badezimmer«, flüsterte Lydia schwermütig. Sie legte ihr Handy beiseite und ging ins Bett. Aber der Versuch einzuschlafen war zwecklos. Nach diesem sinnlosen Streit drehten sich ihre Gedanken im Kreis. Ben war unkontrollierbar. Noch nie hatte er sie derart angegriffen. Wollte er sie auf diese Art aus seinem Leben vertreiben? Sie dazu bewegen, diesen ewigen Kampf namens Affäre endlich zu beenden? War das Absicht? Sie war ratlos. Es gab nichts, mit dem sie sein Verhalten rational erklären konnte. Mit offenen Augen starrte sie in die Dunkelheit des Zimmers und wartete, bis der Wecker klingelte.

4 . JULI

Am Montagmorgen wurde Lydia von ihrem Handy geweckt. Benommen von der unruhigen Nacht brauchte sie eine Weile, bis ihr klar wurde, dass sie in ihrem eigenen Bett aufwachte.

Ben, 07:21 Uhr

Guten Morgen, Liebes. Können wir reden?

Das Shooting gestern war ein Kraftakt. Lydia war unausgeschlafen und kam zu spät. Sie hatte sich ihre Haare nicht gewaschen und ihr Gesicht war vom Weinen geschwollen. Die Stylistin war entsetzt über ihr Aussehen und der Fotograf enttäuscht von ihrer mangelhaften Vorbereitung und Leistung. Er warf ihr Unprofessionalität vor und leider musste sie ihm recht geben. Lydia war unkonzentriert, schlecht gelaunt und wurde den ganzen Tag kritisiert.

Es war der schlimmste Tag in ihrer Karriere.

Dieses Fiasko hatte sie einzig und allein dem Streit mit Ben zu verdanken. Und jetzt meldete er sich mit dem Wort »Liebes« und tat, als wenn nichts gewesen wäre?

Lydia war viel zu erschöpft, um darüber nachzudenken, wie es nun zwischen ihnen weitergehen sollte.

Worüber wollte er sprechen? Was wollte er ihr sagen?

»Ich habe heute keine Lust, mit dir zu telefonieren«, flüsterte sie leise, stellte das Handy auf lautlos und schlief wieder ein.

5. JULI

Lydia hatte sich von dem schrecklichen Wochenende erholt. Die Sehnsucht verdrängte zunehmend ihre Wut über seine grundlose Eifersucht und die Vorwürfe. Sie war immer noch verunsichert und ihr Verstand warnte sie eindringlich davor, sich wieder derart intensiv auf Ben einzulassen. Aber Lydia vermisste seine Nähe und Aufmerksamkeit. Das Verlangen war wie ein bohrender Schmerz und ließ sie nicht zur Ruhe kommen. Sie hatte heute Nacht von ihm geträumt. Von seinem Gesicht. Von dem ersten Date. Von seinen Berührungen.

Lydia dachte an das kommende Wochenende und konnte den Gedanken nicht ertragen, Ben nicht wiederzusehen. Ihn nicht mehr im Arm zu halten. Nicht mehr seine körperliche Zuwendung zu spüren. Der Schmerz, den sie bei diesem Gedanken empfand, war stärker als ihre Vernunft.

Ben wollte sie immer noch. Das konnte sie spüren.

Sie musste ihm schreiben. Die Angst, ihn zu verlieren, ließ ihr keine Wahl.

Lydia, 20:01 Uhr

Hallo Ben. Was willst du mir sagen?

Ben, 20:45 Uhr

Können wir telefonieren?

Nein. Das ist ungünstig. Schreib mir bitte einfach.

Ben, 21:14 Uhr

Lydia, Liebling. Ich möchte dich um Verzeihung bitten. Ich finde keine Worte dafür, um dir zu sagen, wie aufrichtig leid es mir tut und wie sehr du mir fehlst. Ja, ich habe mich in dich verliebt. Wie sehr, das ist mir nach unserem Streit klar geworden. Dieses Foto, das du mir geschickt hast und dein Job. Ich dachte, ich schaffe es, meine Eifersucht zu zügeln. Aber ich habe Probleme damit. Dass du dich absichtlich den Blicken anderer Männer aussetzt, wunderschön und begehrenswert. Ohne meine Anwesenheit. Das war in diesem Moment zu viel für mich. Ich habe die Kontrolle verloren, war gemein und unfair zu dir. Nach deiner letzten Nachricht hatte ich die Befürchtung, dass du dich nie wieder melden würdest.

Lydia, 21:45 Uhr

Ben. Du hast mir sehr weh getan. Du hast mich wahnsinnig gemacht! Ich habe tatsächlich darüber nachgedacht, dir nicht mehr zu schreiben.

Ben, 21:51 Uhr

Ich bin mir dessen bewusst. Ich kann mich für meine Worte und mein Verhalten nur entschuldigen. Ich würde diesen Streit gerne ungeschehen machen. Und ich verspreche dir, dass ich dich nie wieder so schlecht behandeln werde!

Bitte lass uns den Kontakt nicht beenden. Ich will noch mehr von dir. Viel mehr.

Lydia, 21:57 Uhr

Aber warum? Gib mir nur eine einzige greifbare Begründung. Bitte!

Ben, 22:09 Uhr

Greifbar. Wenn ich an dich denke, mit dir telefoniere. Wenn ich dich berühre … Kurz, wenn ich dich in meiner Nähe habe, spüre ich einen leisen Strom. Eine Verbindung. Ein Gefühl. Genau das sorgt dafür, dass ich nicht genug von dir bekommen kann. In jeder Hinsicht. Es gibt nichts Greifbares, was das alles erklärt.

Lydia war mittlerweile nicht mehr sie selbst. Was war aus ihr geworden? Im tiefsten Inneren ihres Herzens wusste sie, dass es ihr nicht guttat. Und ob er dieses Versprechen einhalten würde, war fraglich. Trotzdem konnte sie kaum noch etwas davon abhalten, ihm zu folgen. Die Abhängigkeit, die sich entwickelt hatte, bestand gegenseitig. Er hatte ihr bewiesen, dass er litt. Diese Situation mit dem Foto – sie war an seinem Leid nicht unschuldig.

Lydia, 22:21 Uhr

Ich habe Angst vor dem, was kommt, wenn wir uns trennen. Wenn ich mich von dir trennen muss, weil es Florian herausfindet. Wenn du dich von mir trennst, weil du eine andere Frau kennengelernt hast. Beschäftigt dich das gar nicht?

Ben, 22:35 Uhr

Lydia, mich beschäftigt das permanent. Ich gehe damit zu Bett und ich wache damit auf. Und auch ich versuche ständig, die Angst zu verdrängen.

Ich weiß nur, ich will dich am Freitag sehen.

Lydia, 22:47 Uhr

Ich kann nicht versprechen, dass ich den Streit vergessen kann, aber ich werde versuchen, dir zu verzeihen. Ich begehre dich genauso sehr, wie du mich.

Am Freitag werde ich wieder in deinen Armen liegen.

Schlaf gut, liebster Ben.

Ben, 22:58 Uhr

Du machst mich so glücklich, Lydia.

Die vergangenen Tage waren eine Bewährungsprobe. Unsere starke Bindung hat die Feuertaufe überstanden. Keiner hat den anderen aufgegeben. Das ist alles, was zählt. Bitte vergiss das nicht.

Gute Nacht. Ich küsse dich!

6. JULI

Ben, 08:51 Uhr

Du fehlst mir.

Lydia, 08:58 Uhr

Ich mag es, zu wissen, dass ich dir fehle.

Ben, 09:05 Uhr

Spüre ich da einen Hauch Dominanz?

Davon hatte ich heute früh im Büro bereits genug. Meine Mutter möchte noch ein Projekt angehen. Und nun rate mal, wer dafür verantwortlich sein wird. O-Ton: »Du hast keine Familie, also kannst du doch wohl auch am Wochenende arbeiten.« Ihre ganze Art zu reden, diese Arroganz, diese Machtspielchen … ich will ungern ins Detail gehen. Schlimm genug, dass du überhaupt davon weißt.

Lydia, 09:11 Uhr

Dass ich es mag, wenn ich dir fehle, hat nichts mit Dominanz zu tun, sondern nur damit, dass es ein Zeichen von Zuneigung ist. Es wird wohl mal Zeit für eine Freundin. Dann hast du nämlich plötzlich Familie!

Warum ist das schlimm, dass ich das weiß?

Ben, 09:16 Uhr

Weil es einen Mann wohl nicht gerade attraktiver macht, wenn er mit der eigenen Mutter Probleme hat.

Wenn die Mutter Geschäftsführerin des Unternehmens ist, in dem er arbeitet, lässt sich das manchmal nicht vermeiden. Irgendwann wird sich das ändern. So lange wird dir aber wahrscheinlich nichts anderes übrig bleiben, als ihre Launen zu ertragen. Ich weiß, wie es dir geht. Ich würde das Gleiche fühlen. Außerdem kannst du mir immer alles erzählen. Ich werde nie über dich urteilen.

Ben, 09:26 Uhr

Weißt du, ich bin ein Mensch, der durchaus kritikfähig ist. Der sich andere Sichtweisen anhört, sehr gern sogar. Allerdings mit vernünftigen, respektvollen Worten. Genau das scheint meiner Mutter unbekannt zu sein. Zwei dominante Welten prallen da regelmäßig aufeinander. Von mir erwartet sie Dankbarkeit und Demut, schließlich bin ich in dem Unternehmen tätig, das sie aufgebaut hat. Wenn ich nicht pariere, schmeißt sie mich raus. Ich spüre dann nur noch rasende Wut.

Schreibe mir bitte, wann du in Hamburg ankommst. Dann hole ich dich ab. Mir scheint, als ob wir uns am Wochenende auf einer einsamen Insel treffen. Nur wir beide. Mit viel Liebe. Leckerem Essen, wieder viel Liebe. Der Schampus ist übrigens schon kaltgestellt.

Lydia, 10:06 Uhr

Verdammt, Ben.

Ich muss arbeiten. Und kann doch nur an dich denken.

Ben, 10:16 Uhr

Dann hast du spätestens jetzt eine Vorstellung, wie es mir geht. Und das, seit ich dich kenne.

Lydia, 10:22 Uhr

Auch wenn ich mir von dir kein Halsband anlegen lasse?

Alleine der Gedanke, dass andere Frauen vor mir dieses Halsband getragen haben …

Wie viele waren es?

Ben, 10:27 Uhr

Das spielt keine Rolle. Für diese Frauen war es lediglich ein Spielzeug. Sie gaben ihm keine tiefere Bedeutung.

Für dich würde ich ein Neues kaufen. Ein Unbenutztes. Jungfräuliches. Ein viel Edleres. Und es gibt wirklich sehr schöne.

Lydia, 10:32 Uhr

Warum suchst du dir unter allen Frauen ausgerechnet die Diva heraus?

Ben, 10:40 Uhr

Du bist eine Frau, die sich zwar unterwerfen will und kann, doch einzig und allein bei dem Richtigen. Das macht dich nicht zu einer Diva, sondern zu einer Kaiserin.

Die Symbolik Halsband und Ehering turnt mich wahnsinnig an. Die Vorstellung, dich auf beide Arten zu heiraten. Beide Zeremonien. Der Ring. Das Halsband.

Der Gedanke erregt mich …

Lydia, 10:51 Uhr

Du bist unmöglich. Das ist ein ernsthaftes Thema! Ich bin trotzdem traurig, dass ich dir diesen Wunsch nicht einfach so erfüllen kann. Ich spüre, wie wichtig es dir ist. Aber wenn ich nur dir zuliebe einwillige, heuchle ich und würde es nie ernsthaft tragen. Und das ist weder in deinem noch in meinem Sinn und hätte nicht den gleichen Zauber.

Ben, 10:56 Uhr

Ich bin mit vollem Ernst und Respekt bei der Sache.

Okay … und mit Lust.

Lydia, 11:01 Uhr

Und mit Sehnsucht …

Ben, 11:04 Uhr

Und genau das ist das größte Problem. Diese riesengroße Sehnsucht. Ich könnte dich jetzt küssen. Nimmst du dir bitte Urlaub und bleibst die ganze nächste Woche bei mir?

Lydia, 11:13 Uhr

Liebling, du weißt, dass ich das sehr gerne möchte.

Im Herzen bin ich ständig bei dir.

Aber ich werde mich nicht frei machen, um deine Geliebte zu bleiben, bis du die Frau fürs Leben gefunden hast. Es

194

tut mir leid, wenn das selbstsüchtig klingt, aber andersherum ist dein Verhalten genauso egoistisch.

Es war einfach so aus ihr herausgesprudelt. Wollte sie ihm mit diesen Worten wehtun? Ja, vielleicht. Eine Rache für all die Schmerzen, die er ihr zugefügt hatte. Er verzauberte sie, er unterwarf sie, auch und vor allem ihre Gefühle.

Ben, 11:29 Uhr

Ich bin der weitaus größere Egoist von uns beiden. Weil ich so an meinem Kinderwunsch festhalte. Weil ich dich bitten würde, nur mit mir zusammen zu sein, wenn ich diesen Wunsch nicht hätte. Bitte verzeih.

Lydia, 11:42 Uhr

Hör auf, das tut mir weh. Ich will das nicht hören, Ben. Ich weiß das. Und ich verdränge es. Ich versuche es zumindest. Sonst würde das alles nicht funktionieren.

Ben, 11:46 Uhr

Tut mir leid.

Lydia, 11:50 Uhr

Ist schon gut. Ich erwarte nichts von dir.

Aber genau das tat Lydia und sie wusste es auch. Sie wollte von ihm gebeten werden, bei ihm zu bleiben. Aber ihm das zu sagen, wäre der falsche Weg. Diese Entscheidung musste von Ben selbst kommen, nur dann würde es echt sein.

Lydia, 12:13 Uhr

Sag endlich irgendwas!

Ich wehre mich so sehr gegen das Halsband. Dabei trage ich es schon längst, tief in meiner Seele. Und es fühlt sich manchmal an wie ein Gefängnis.

Ben, 12:24 Uhr

Liebes, ich möchte mich nicht mit dir streiten. Ich werde versuchen, das Thema Halsband so gut es geht, außen vor zulassen. Ein Gefängnis ist nicht der Ort, an dem ich dich wissen möchte.

Lydia, 14:29 Uhr

Wir streiten uns nicht, Ben.

Es geht nicht um das Halsband. Ich würde es sehr gerne tragen. Nur anders. Mit Hingabe und Glück.

Es ist ein mentales Gefängnis. Warum können wir nicht zusammen sein? Andere Menschen würden Millionenbeträge dafür zahlen, um ihr Gegenstück zu finden. Wir haben es gefunden.

Lydia war froh, dass sie sich an diesem Abend mit Sport ablenken konnte. Sie war innerlich leer, fühlte sich wie tot, als sie sich in der Kabine umzog. Die Stimmen der anderen Frauen, die versuchten mit ihr zu reden, hörte sie nur aus der Ferne. Sie befand sich im Niemandsland. Als sie Stunden später wieder zu Hause war, ging es ihr etwas besser. Sie hatte das Gefühl, wieder klarer denken zu können.

Ben, 19:22 Uhr

Ich habe Respekt davor, dass du beginnen könntest, mich zu verabscheuen. Deine Worte heute zeigen, dass du sehr glücklich, aber auch sehr traurig bist. Das Letzte, was ich möchte, ist dich kaputtzumachen.

Lydia, 21:28 Uhr

Dir geht es doch genauso.

Ben, 21:35 Uhr

Ja, aber verabscheuen würde ich dich nie. Niemals.

Lydia, 21:42 Uhr

Warum sollte ich dich verabscheuen … Ich kann nichts anderes tun, als es weiterlaufen zu lassen. Ich bin zu gefangen.

Ach, Ben. Irgendwie kann ich dich nicht verstehen. Stell dir mal vor, du lernst eine Fünfundzwanzigjährige kennen und lieben. Ihr seid ein paar Jahre zusammen, heiratet und dann fängt es an, das Basteln. Ewig, ständig, immer. Und plötzlich stellt sich heraus, sie ist unfruchtbar. Was tust du dann? Sie verlassen? Oder du bist unfruchtbar. Dann möchtest du von deiner Partnerin doch trotzdem geliebt werden!

Ich wollte mich zu dem Thema nicht mehr äußern, aber
das Schicksal hat sich etwas dabei gedacht, uns zusammen-
zubringen.

Ben, 22:22 Uhr

Ich hatte gerade noch einen Anruf. Entschuldige. Jetzt bin
ich wieder bei dir.

Lydia, 22:24 Uhr

Ich möchte darüber sowieso nicht mehr reden. Danke dem
Anrufer. Alles gut?

Ben, 22:30 Uhr

Keine Ahnung.

Lydia, 22:31 Uhr

Hat das mit mir zu tun oder liegt es am Anrufer?

Ben, 22:37 Uhr

An den Themen, die mit dir und dem Anrufer zusammen-
hängen. Das private Thema. Das berufliche Thema. Ich verliebe mich in eine Frau, die in einer Beziehung lebt. Ich
arbeite mit einer Frau zusammen, die mir kaum Luft zum
Atmen lässt.

Lydia, 22:41 Uhr

Die Frau in der Beziehung ist allerdings die Frau, die dir
das Glück und den Atem gibt, den dir die andere Frau im

Beruf nimmt. Insofern ist das Yin und Yang wieder im Einklang.

Ben, 22:43 Uhr

Das hast du sehr schön gesagt.

Lydia, 22:45 Uhr

Und auch so gemeint. Bitte mach mir nie zum Vorwurf, dass ich in einer Beziehung lebe. Du willst mich nicht, also muss ich sehen, dass mein Leben bestehen bleibt.

Ben, 22:47 Uhr

Ich habe auch nicht vor, dir einen Vorwurf zu machen. Es war, wie gesagt, nur eine Feststellung und eine Frage an das Leben.

Lydia, 22:50 Uhr

Du stellst dem Leben so viele Fragen, irgendwann ist es von dir genervt.

Ben, 22:57 Uhr

Das Leben kann von dem, der es lebt, überhaupt nicht genervt sein. Beide sind unzertrennlich und gehören zusammen.

Habe seit einer Stunde Feierabend. Ich würde dich jetzt gern in den Arm nehmen und küssen …

Lydia, 23:03 Uhr

Du klingst schwermütig. Ich würde jetzt gern mit dir kuscheln, deine Haare kraulen und so lange mit dir schmusen, bis du ganz müde bist.

Darf ich dich etwas fragen? Hat nichts mit Sex zu tun.

Ben, 23:07 Uhr

Dann nicht.

Lydia, 23:09 Uhr

Ich frage trotzdem.

Spielt die Tatsache für dich eine große Rolle, dass ich kein Single bin?

Ben, 23:17 Uhr

Wärst du Single, wäre es in gewisser Weise leichter. Dann würde keine Beziehung auf dem Spiel stehen. Wir könnten uns sehen und hören, wann immer wir wollten, ohne Rücksicht auf einen Dritten. Wir könnten frei entscheiden und zuschauen, wohin uns das Leben treibt. Wärst du frei, würden wir nicht Gefahr laufen, deinen Partner zu verletzen. Niemand möchte betrogen werden. Wir könnten unbefangener miteinander umgehen, uns besser kennenlernen. So habe ich das Gefühl, dass wir mit angezogener Handbremse fahren, immer Gefahr laufen, dass wir zu schnell sind und von der Polizei erwischt werden.

Lydia, 23:32 Uhr

Besser kennenlernen. Wofür?

Ben, 23:34 Uhr

Ich denke, es würde mit der Zeit eine Beziehung entstehen. Durchaus. Ist eine Beziehung nicht ein Prozess? Man lernt sich kennen, trifft sich, unterhält sich, liebt sich. Das ist doch schon eine Form von Beziehung. Mit der Zeit spürt man, dass man nur noch einander sehen möchte.

Lydia, 23:39 Uhr

Du hast mir das letzte Mal im Schlosshotel, als wir zusammen im Bett lagen, auf eindeutige Art und Weise zu verstehen gegeben, dass du dir eine Beziehung mit einer älteren Frau und ohne Kinder nicht vorstellen kannst.

Und jetzt wünschst du dir, ich wäre Single?

Ich bin mal ganz realistisch. Wir sind beide unglaublich ineinander verliebt. Wir haben diese erste Phase schon hinter uns. Wenn ich mich jetzt trenne, würde ich alles daransetzen, zu dir nach Hamburg zu kommen. Dann würden wir uns jeden Tag sehen, jeden Tag zusammen schlafen, zusammen essen und kuscheln. Du liebst das genauso sehr wie ich. Das wird gleich ein Learning by Doing. Und eine ernsthafte Beziehung.

Ben, 23:49 Uhr

Und was passiert, wenn wir beide herausfinden, dass das mit uns beiden doch nicht funktioniert? Wenn ich den Kinderwunsch nicht auflösen kann? Dann habe ich eine Beziehung auf dem Gewissen und dich aus deinem Leben gerissen. Versteh mich bitte nicht falsch, das hört sich alles wunderschön an. Dich jeden Tag zu sehen, zu spüren, zu lieben. Mein Gefühl will genau das. Doch mein Verstand sagt: Was wäre wenn.

Lydia, 23:54 Uhr

Ich bin der festen Überzeugung, dass wir uns nicht trennen würden. Wir sind uns so unfassbar ähnlich und Schwachstellen hat jeder. Wenn die Harmonie überwiegt, sind kleine Fehler und Macken sogar süß. Ich glaube, wir beide wären fabelhaft füreinander geschaffen.

Lydia hatte eine ganz konkrete Vorstellung von ihrem perfekten Leben und dem Mann an ihrer Seite. Wenn eine Situation oder ein Mensch diesem Ideal sehr nahekam oder es im besten Fall sogar verkörperte, hielt sie daran fest. Sie ließ sich ungern auf Kompromisse ein und die Vergangenheit hatte ihr immer wieder gezeigt, dass ihr Streben nach Vollkommenheit nicht unrealistisch war. Warum also sollte sie sich mit weniger zufriedengeben?

Was Bens Sichtweise auf ihre Beziehung betraf, war Lydia mit großem Bedauern bewusst geworden, dass er zu viel nachdachte und damit unüberwindbare Mauern errichtete. Hatte er sich etwas in den Kopf gesetzt, ließ es ihn nicht los, eine erneute Gemeinsamkeit zwischen ihnen. Und genau deshalb würde er sie nie bitten, bei ihm zu bleiben.

Bens kritische Einstellung beruhte wahrscheinlich auch auf negative Erfahrungen aus früheren Liebesbeziehungen. Lydia dagegen wäre nie auf den Gedanken gekommen, dass sie als Paar nicht harmonieren könnten. Für sie war einzig und allein der Kinderwunsch das Risiko.

7. JULI

Lydia, 07:08 Uhr

Ich bin heute früh ganz durcheinander. Ich will dich so sehr. Dieser Drahtseilakt zwischen zwei Männern, das macht mich fertig. Ich würde am liebsten sofort nach Hamburg kommen. Es geht mir heute überhaupt nicht gut.

Ben, 08:12 Uhr

Versuche, ruhig zu bleiben und dich auf das Wochenende zu konzentrieren. Ich kann dich verstehen. Für mich ist es auch ein Drahtseilakt. Auch, wenn mein Seil anders gestrickt ist.

Wenn wir regelmäßiger Sex hätten, wären wir ausgeglichener.

Ich kann heute nur gelegentlich antworten. Ich habe sehr viel zu tun und Geschäftspartner zu Gast.

Lydia, 11:13 Uhr

Du hast recht. Nach einem anstrengenden Tag entspannt mich Sex total. Damit meine ich leidenschaftlichen, sinnlichen Sex und keine Rein-raus-Geschichte.

Ben, 11:26 Uhr

Genaugenommen meine ich noch nicht einmal nur Sex. Aufmerksamkeit. Miteinander reden. Streicheln. Küssen. Kuscheln. Alles zusammen oder einzeln.

Ben, ich hasse es, wenn ich feststelle, wie gleich wir uns sind. So etwas wie reden, streicheln, küssen und kuscheln ist eine Selbstverständlichkeit für mich, immer und jederzeit. Deswegen habe ich dir gestern Abend auch geschrieben, dass ich dich jetzt gerne in den Arm nehmen und in den Schlaf kraulen würde. Übrigens, der echte Vorteil einer kinderlosen Frau - mein Mann ist auch gleichzeitig »mein Kind«. Das bedeutet, meine gesamte Liebe und Fürsorge gehören ganz ihm.

Ben, 22:14 Uhr

Liebling. Ich weiß nicht, ob ich dich am Sonntag wieder fahren lasse.

Lydia, 22:22 Uhr

Und ich nicht, ob ich fahren will. Ich freue mich riesig auf dich. Ich kann es kaum glauben, dass wir jetzt ein ganzes Wochenende miteinander verbringen.

Ben, 22:32 Uhr

Zweimal mit dir einschlafen und zweimal mit dir aufwachen. Und wenn ich an das Vergnügen zu dritt im Restaurant denke ... Vergiss nicht, dein Spielzeug einzupacken. Es wird mir ein großes Vergnügen sein, dich damit um den Verstand zu bringen.

8. JULI

Bereits während der Einfahrt in den Bahnhof schaute Lydia nervös aus dem Fenster, in der Hoffnung, Ben irgendwo zu entdecken. Sie nahm ihre Taschen. Ihr Herz klopfte bis zum Hals. Atmen, atmen!

Ihre Knie zitterten, als sie auf dem Bahnsteig stand. Sie war so aufgeregt, dass sie es kaum wagte, den Kopf zu heben. Und als sie dann endlich ihren Blick hob, blieb für Sekunden die Welt stehen. Da war es, das strahlende Gesicht dieses zauberhaften Mannes. Seine Augen glänzten wie der Himmel, wenn er sich wolkenlos über die Erde spannt.

»Endlich bist du da«, sagte Ben mit seiner warmen Stimme. Die vielen anderen Menschen nahm Lydia in diesem Augenblick gar nicht mehr wahr. Sie spürte unendliche Erleichterung. Und die innige Umarmung zeigte ihr, dass es Ben ebenso erging.

Kurz darauf saßen sie im Auto. Die Aufregung war plötzlich verflogen, ihr Herz war leicht wie eine Feder. Sie atmete ruhig und leuchtete von innen heraus. Frei von allen Gedanken, schwebend und erfüllt von reinem Glück. So mussten sich die Engel im Himmel fühlen.

Sie sprachen kaum ein Wort. Mit der Linken steuerte Ben das Auto und mit der Rechten streichelte er Lydia. Er schaute sie während der Fahrt ständig an. Wenn die Ampel auf Rot schaltete und das Auto stehen blieb, beugte er sich zu ihr und küsste sie.

»Wollen wir uns Tapas holen?«, fragte er mit einem unwiderstehlichen Lächeln auf seinen weichen Lippen.

»Eine gute Idee, dann haben wir zu Hause mehr Zeit für uns.« Sie sehnte sich danach, endlich ungestört in seinen Armen liegen zu dürfen.

Ben hielt auf dem großen Parkplatz des Supermarkts. Hand in Hand gingen sie hinein. Wie gut sich das anfühlte.

»Was isst du gerne?«, fragte er, als sie am Verkaufsstand für Feinkost standen.

»Ich esse alles«, erwiderte sie. »So wie du.«

Ben bestellte mit Mandeln gefüllte Oliven, getrocknete Tomaten, verschiedene köstliche Salate und exquisiten Käse.

Lydia umfasste seine Taille von hinten und schmiegte sich an seinen Rücken, als er die Tapas bezahlte.

Auf dem Weg durch den Supermarkt spürte sie unentwegt seine Blicke auf ihrem Po und ihren Beinen. Lüsterne Blicke. Blicke der Versuchung. Symbole der Vorahnung auf das, was später geschehen würde. Bereits jetzt pulsierte ihr Unterleib und sie spürte ein feuchtes Rinnsal zwischen ihren Beinen.

Als sie in der Tiefgarage seines Wohnhauses angekommen waren, zog Ben Lydia erneut an sich und küsste sie hingebungsvoll. Seine Hände fuhren zwischen ihre Schenkel.

»Mein Gott, bist du feucht! Willst du, dass ich es dir gleich hier besorge?«, fragte er provokant.

»Hier in der Tiefgarage? Was ist, wenn jemand kommt?«, fragte sie irritiert.

»Es kommt keiner, vertrau mir. Steig aus«, sagte er bestimmend.

Lydia stieg aus dem Auto und gleich darauf sank er vor ihr auf die Knie, hob ihren Rock, schob ihren Slip zur Seite und stieß seine Zunge tief in ihre Spalte. Sie hatte Mühe, sich auf den Beinen zu halten. Ein ekstatisches Gefühl durchzuckte ihren Unterleib. Ben grub seine Hände immer mehr in ihre Hüfte, sodass es ihr unmöglich wurde, seinen Liebkosungen auszuweichen.

Nach einer Weile stand er auf.

»Dreh dich um.«

Ohne Widerworte folgte sie seiner Anweisung und beugte sich vor. Sie hielt sich an dem Betonpfeiler neben dem Wagen fest. Ben zog ihren Slip noch einmal zur Seite und schob seinen Schwanz bis zum Anschlag in ihre feuchte Grotte. Lydia stöhnte auf.

»Leise«, sagte Ben, lehnte sich vor und hielt ihr den Mund zu. Er stieß ein paar Mal zu, ließ dann von ihr ab und steckte sein Glied wieder in die Hose. Er half ihr, sich aufzurichten, drehte sie zu sich um und küsste sie innig.

»So Liebes, jetzt lass uns nach oben gehen und da weitermachen«, raunte er ihr zärtlich zu.

Lydia nahm die Einkaufstasche und Ben ihren Koffer. Sie gingen die Treppen hinauf und Lydia bestand darauf, dass er vor ihr ging. Sie konnte sich nicht erinnern, in welcher Etage er wohnte. Und sie wollte ihn provozieren, indem sie sich seiner Bitte, die Treppe vor ihm hinaufzusteigen, widersetzte.

Ben schloss die Tür auf, ging hinein und betätigte den Lichtschalter. Das Licht im Flur war dämmrig. Lydia schaute auf die Lampe an der Decke mit dem schwarzen Schirm, der aus glänzendem Stoff bestand und hörte, wie die Tür hinter ihr ins Schloss fiel. Fast gleichzeitig mit diesem Geräusch spürte sie seine Hände auf ihrer Hüfte und den leichten Druck, mit dem sie über ihren erregten, zitternden Körper wanderten. Ihr Puls und ihre Atmung beschleunigten sich. Sie fühlte das Pulsieren ihrer großen, harten Perle. Überall gleichzeitig schien Ben sie zu berühren; es war, als versetzten mehr als zwei Hände ihren Körper in diesen ekstatischen Rausch. Sie spürte seinen Atem und seine zarten Küsse an ihrem Hals und auf ihren Schultern. Absichtlich hatte sie ein Oberteil gewählt, das nur von leichten Trägern gehalten wurde und viel Haut zeigte. Der Hals und die Schultern, das waren ihre erogenen Zonen und sie hatte sich gewünscht, dass Ben sie mit seinen Lippen entdeckte. Sie griff nach seinem Kopf, versuchte ihn zu fixieren und presste seine Lippen auf ihre Haut. Er wehrte sich kaum.

»Gefällt dir das?«, hörte sie ihn fragen. Mystisch, erotisierend, berauschend war seine Stimme. Lydia war ihr längst verfallen.

»Ja«, raunte sie zurück.

Seine rechte Hand wanderte auf ihren Oberschenkel, schob ihren Rock sanft nach oben und berührte den Slip zwischen ihren Beinen. Sanft streichelte er ihre Scham.

»Mein Gott, du bist so nass«, murmelte er. Er umklammerte wieder Lydias Körper und sie spürte durch den dünnen Stoff ihres Rockes seinen harten Schwanz. Während er immer noch ihren Hals und ihre Schultern liebkoste, schob er sie sanft vom Flur in das Schlafzimmer. Vor dem Bett drehte er sie um, sodass er ihr in die Augen schauen konnte.

»Zieh dich aus, bis auf den Slip«, hauchte er ihr auf seine hypnotisierende Art zu.

Lydia befand sich bereits in der gleichen Trance wie damals vor dem Schlosshotel. Sie senkte den Blick zu Boden und entledigte sich ihrer Kleidung. Als sie aufschaute, stand Ben nackt vor ihr.

Er nahm ihren Kopf in die Hände und drängte sie küssend auf das Bett. Als sie endlich lag, schob er ihre Arme über den Kopf und erhob sich wieder.

»Bleib so und spreiz die Beine!«, herrschte er sie an.

Lydia spreizte ihre Beine, soweit sie konnte. Der nasse Stoff versank in ihrer Spalte. Ben betrachtete sie von oben, ihren Körper, ihre Scham. Während er das tat, massierte er seinen Schwanz, der sich offenbar im Harter-Sex-Modus befand und bedrohlich in seiner Hand lag.

Lydia lag vor ihm, unfähig, sich zu bewegen. Seine Augen fixierten jeden Zentimeter ihres Körpers. Dann kniete er sich zwischen ihre Beine und begann, die Innenseiten ihrer Oberschenkel zu streicheln. Sie stöhnte und wünschte sich nichts mehr, als dass er endlich ihren Schritt berührte und sie nahm. Dass er sie von diesen Qualen erlöste.

Es dauerte ewig, bis seine Fingerspitzen sich der Nässe zwischen ihren Beinen näherten. Ihr Unterleib zuckte seinen Fingern entgegen und dann, endlich, spürte sie es, das befreiende Streicheln. Ben spielte mit dem Stoff ihres Slips und zog ihn hoch, sodass er leicht in das Fleisch schnitt. Wohlwollend betrachtete er sein Werk im Schein des Lichts, das aus dem Flur auf das Bett fiel und bald streichelte er die glänzenden, prallen Lippen nicht nur mit den Fingern, sondern mit seiner warmen Zunge. Er bewegte den Stoff des Slips hoch und runter. Wie ein stumpfes Messer rieb das Material auf ihrem Kitzler. Lydia wurde all ihrer Sinne beraubt, während Ben langsam und voller Genuss sein Zungenspiel vollendete. Manchmal schaute er auf, um zu beobachten, wie sich ihr Körper lustvoll bewegte.

»Das gefällt dir, oder?«, flüsterte er ihr zu, wohlwissend, dass er sie in diesem Moment uneingeschränkt beherrschte.

Ohne Vorwarnung griff er nach dem Slip, zog ihn herunter und stemmte mit den Händen ihre Beine erneut weit auseinander. Er kniete sich zwischen ihre Schenkel, rieb seinen Schwanz. Und während er ihr in die Augen schaute, stieß er ihn komplett in sie hinein.

Lydia bäumte sich auf und Ben griff nach ihren Armen und hielt sie über ihrem Kopf fest. Sie hatte sich so nach diesem Gefühl gesehnt! Er stemmte sich gegen ihre Lenden, schnell, animalisch, wild. Er war ausgehungert. Überraschend zog er ihn heraus und stand auf.

»Ich wäre fast gekommen«, sagte er atemlos, während er wie ein ruheloses Raubtier vor dem Bett auf und ab schlich. Dabei würdigte er Lydia keines Blicks. Auch nicht, als er sich wieder zwischen ihre Beine schob und mit einem mächtigen Stoß abermals in sie eindrang. Ben fickte sie, als wäre er von Sinnen. Mit den Armen stützte er sich auf ihren Oberschenkeln ab, sodass ihre Beine bis zum Endpunkt auseinandergespreizt waren und sie ihren Unterleib nicht mehr bewegen konnte. Während er zustieß, schaute er genau zu, wie sein harter Schwanz in ihre blankrasierte Scham hinein- und wieder aus ihr herausglitt.

»Jetzt wirst du gefickt«, sagte er. »Richtig gut gefickt. Das ist es doch, was du willst, oder?«

Nichts wollte sie in diesem Moment mehr als das: animalischen, triebhaften, rücksichtslosen Sex.

Ben zog sein Glied heraus. Mit einer schnellen Bewegung drehte er sie um und hob sie hoch, sodass sie nun auf allen vieren vor ihm hockte. Ihre Schenkel schmerzten. Er drückte ihren Oberkörper nach unten auf das Bett, zog ihren Po und ihre Spalte mit den Fingern weit auseinander und drang erneut ihn sie ein. Er fickte sie mit einer Geschwindigkeit, die sie noch nie erlebt hatte. Lydia spürte nur noch ihren Unterleib, als bestünde ihr Körper nur aus dieser einen Öffnung, dafür geschaffen, von ihm benutzt zu werden.

Plötzlich hörte sie Bens lautes Stöhnen und fühlte seinen Schwanz tief in ihrer engen Spalte pulsieren. Sein Sperma strömte in sie hinein. Sie genoss jede einzelne Kontraktion. Wärme breitete sich in ihr aus. Ben sank über ihr zusammen.

»Geht es dir gut?«, fragte er sanft, während er sie in den Arm nahm und liebevoll streichelte.

»Ja«, sagte Lydia leise mit einem Lächeln. »Es geht mir sehr gut.«

Ben ließ sich zur Seite fallen, zog sie mit sich und nahm sie von hinten in den Arm. Er schaltete eine kleine Nachttischlampe an.

»Ben?«, flüsterte Lydia, als sie ineinander verschlungen auf dem Bett lagen.

»Ja, Liebes?«

»Würdest du mich jetzt mit deiner Zunge verwöhnen? Nachdem du in mir gekommen bist?« Sie traute sich nicht, ihm bei diesen Worten in die Augen zu schauen.

Er griff sanft nach ihrem Gesicht und drehte es zu sich um.

»Willst du das?«, fragte er eindringlich.

»Ja«, sagte Lydia erregt von der Art, wie er sie dabei ansah.

Ohne weiteres Wort zog er ihre Beine auseinander, legte seinen Kopf zwischen ihre Schenkel und begann sie zu liebkosen, erst sanft, dann immer fordernder. Er stieß seine Zunge in die Öffnung und holte den weißen Honig heraus. Es schien ihm zu gefallen und Lydia war wie von Sinnen. Sie nahm seinen Kopf und hielt ihn zwischen ihren Beinen fest. Gezielt schob sie die Finger zwischen ihre Schenkel und begann, ihre immer noch harte Perle zu reiben, in kreisenden schnellen Bewegungen, um ihm durch den Orgasmus noch mehr von ihrer süßen Flüssigkeit zu schenken.

Nachdem Lydia gekommen war, gab er ihr die Mischung ihrer beiden Säfte mit einem langen Kuss zurück in ihren Mund. Erst in diesem Moment bemerkte sie, dass er gar nicht geschluckt hatte. Überrascht schaute sie ihn an, während er lächelte.

»Hat es dir geschmeckt, Liebes?«, flüsterte er überlegen.

»Ich hätte mir gewünscht, dass du trinkst.«

»Ich weiß. Das hast du nicht erwartet«, entgegnete er mit einem triumphierenden Strahlen. »Vielleicht das nächste Mal?«

Er streichelte ihr Gesicht.

»Wollen wir etwas essen? Ich habe Hunger. Übrigens stehe ich darauf, wenn du es dir vor meinen Augen besorgst«, erwähnte er beiläufig, während er aufstand und in Richtung Küche ging.

Lydia wollte sich noch nicht bewegen. Es war zu schön, in der dezent duftenden Bettwäsche zu liegen. Ihr Körper fühlte sich fantastisch an. Sie war glücklich und befriedigt wie schon lange nicht mehr. Nach einer Uhr suchend, schaute sie sich im Schlafzimmer um und sah Bens Handy auf dem Boden. Sicher war es herausgefallen, als er sich die Hose ausgezogen hatte. Sie tippte auf den Knopf an der Seite und die Zeit erschien auf dem Display.

»Es ist fast halb zwölf! Wir hatten über zwei Stunden ununterbrochen Sex!«, rief sie entsetzt aus.

Ben schaute verschmitzt um die Ecke. »Ja, Schatz, ich weiß. Und jetzt lass uns essen.«

Er kam zu ihr und küsste sie liebevoll. Lydia krabbelte vergnügt wie ein kleines Kind aus dem Bett, fasste ihn an die Hand und folgte ihm in die Küche.

Ausgelassen alberten sie herum, während sie die Tapas auf einem Teller arrangierten, den Champagner in Gläser füllten und schließlich all die Köstlichkeiten ins Wohnzimmer brachten. Lydia fühlte sich so unbeschwert an seiner Seite, grenzenlos wohl und geborgen. Es gab keine Diskussionen, kein Nein, kein Wenn, kein Aber. Sie verstanden sich, als hätten sie nie etwas anderes getan, als ihre Zeit gemeinsam zu verbringen.

Schließlich entschied Ben, dass es an der Zeit war, schlafen zu gehen. Lydia hätte noch Stunden so mit ihm verweilen können, aber er hatte recht: Im Gegensatz zu ihr musste er morgen arbeiten.

Kaum lag sie neben ihm im Bett, beugte er sich zu ihr und küsste sie. Seine Finger wanderten wieder über ihren Bauch zwischen ihre Beine. Lydia hielt seine Hand fest.

»Ben, ich bin total wund von den zwei Stunden«, sagte sie leise.

Schon auf dem Sofa hatte sie bemerkt, wie unangenehm das Sitzen war. Alles war geschwollen und schmerzte. Sie wollte heute Nacht nicht noch so eine Runde bestehen müssen.

»Keine Angst. Ich bin ganz vorsichtig. Du wirst mich kaum bemerken«, flüsterte er. Im selben Moment glitt seine Hand zwischen ihre Schenkel, massierte ihre Spalte und die Feuchtigkeit bahnte sich erneut ihren Weg.

»Und du willst mir sagen, dass du es heute Nacht nicht mehr brauchst?«, hauchte er ihr ins Ohr.

Lydia gab sich ihm hin, ohne Widerstand. Er drehte sie mit dem Rücken zu sich und drang von der Seite in sie ein, dieses Mal jedoch sanft und vorsichtig. Stück für Stück grub er sich in ihren Körper. Sie genoss jeden Augenblick, jede seiner Bewegungen, bis sie überwältigt wurde von der Lust.

»Schneller!«, stöhnte sie und Ben ließ sich kein zweites Mal bitten. Er erhöhte stetig die Frequenz, bis er unter einem lauten Stöhnen kam. Anschließend zog er sie an sich, nahm sie zärtlich in den Arm und umklammerte sie von hinten.

»Jetzt wird geschlafen«, befahl er sanft.

Lydia schloss die Augen.

9. JULI

Als sie erwachte, war die Seite neben ihr leer. Es war noch früh. Lydia konnte sich denken, wo Ben war.

Sie stand auf, wickelte sich in die Bettdecke und schlich in den Flur. Und richtig, er saß vor seinem Computer und arbeitete. Sie lehnte sich an den Türrahmen und lächelte ihn an. Schelmisch wie ein kleiner Junge, den man in einer unangenehmen Situation erwischt hatte, schaute er hinter seinem Monitor hervor.

»Ich bin erst seit zehn Minuten aus dem Zimmer. Du hast doch gerade noch fest geschlafen«, sagte er mit einem Lächeln auf den Lippen.

»Ja, Schatz, aber ich merke sofort, wenn du nicht mehr an meiner Seite bist«, erwiderte sie liebevoll.

»Ich schreibe diese Mail hier nur schnell zu Ende und dann bin ich sofort wieder bei dir. Versprochen.«

Sie tippelte mit der Bettdecke um den Körper schnell wieder ins Bett. Nicht lange danach schaute Ben um die Ecke der Tür.

»Möchtest du einen Kaffee? Mit frisch aufgeschäumter Milch?«

»Oh ja, das wäre wunderbar.«

Mit einem zärtlichen Kuss servierte er ihr den Kaffee.

Er brachte einen Bildband und eine Sammlung von Fotografien in einem Ordner mit ins Bett und gemeinsam schauen sie sich *Diamonds & Pearls* an, den Katalogband einer Amsterdamer Ausstellung des Fotografen Marc Lagrange. Eine sinnliche Bildwelt, aufgeladen von einer geheimnisvollen Atmosphäre, die erotischer nicht hätte sein können. Faszinierend und voller Anmut.

Lydia war beeindruckt von Bens Interesse für Fotografie. Und noch überwältigter war sie, als er ihr seine eigenen Werke zeigte. Früher hatte er häufig fotografiert und dabei waren sehr interessante Aufnahmen zum Thema Streetfotografie entstanden. Ben bevorzugte Menschen, Gebäude und Straßen. Er erzählte Geschichten mit seinen Bildern. Ben hatte Talent und das sah sie mit dem Blick des professionellen Models, nicht mit dem einer verliebten Frau.

Ben sprach davon, dass er sie gern fotografieren würde. Vor allem erotisch. Lydia hielt nicht viel von erotischer Fotografie, wenn es ihren Körper betraf. Es war eine Sache des Vertrauens. Sie wollte sicher sein, dass ein Fotograf das Gespür dafür besaß und sie entsprechend in Szene setzen konnte. Doch nachdem sie Bens Fotos gesehen und seinen Geschmack erkannt hatte, war sie überzeugt, dass er der geeignete Mann dafür war.

Während sie das Buch und seine Werke betrachtete, sah er ihr zu. Irgendwann nahm er ihr alles aus den Händen und zog sie behutsam in seinen Arm. Er begann sie zu liebkosen, zu verführen, und sie schliefen erneut miteinander. Doch an diesem Morgen liebte er sie zärtlich und hingebungsvoll, und damit gab er ihr unmissverständlich zu verstehen, dass sie von ihm geliebt und begehrt wurde. Genauso, wie er es ihr in den Tagen zuvor geschrieben hatte.

Lydia war beflügelt vor Glück. Selbst die Schmerzen, die sie noch aus der Nacht begleiteten, fühlte sie nicht mehr. Sie lag in Bens Armen und beide sagten lange kein Wort. Ineinander verschlungen genossen sie die Anwesenheit des anderen.

Den Geruch der Haut und der Haare. Die Wärme und Geborgenheit, die sie einander gaben.

Die wenigen Morgenstunden vergingen wie im Flug. Ben musste aufstehen und zur Arbeit.

Zum ersten Mal schaute sich Lydia bewusst in seiner Wohnung um und war begeistert. Die dominierenden Farben – beige, braun, schwarz, grau und weiß – entsprachen ihren ästhetischen Vorstellungen. Auch die Dekoration, er arbeitete mit exotischen Elementen, war beeindruckend. Im Wohnzimmer entdeckte sie einen Buddha und auf dem eleganten weißen Lacktisch einen mit Dekorationselementen gefüllten Weinballon. Kerzen standen daneben und Räucherstäbchen lagen bereit. Ben hatte viele schöne Bildmotive an der Wand hängen, aber keines dieser Bilder war einfach nur gekauft. Es waren Fotografien, die er in Zeitschriften oder Büchern entdeckt hatte. Er hatte sie gescannt, kopiert und gedruckt. Alle Bilderrahmen waren in Größe und Farbe passend aufeinander abgestimmt. Und mit jedem dieser Motive verband er eine persönliche Passion, eine bestimmte Vorstellung, eine Sehnsucht oder ein Ziel, das er sich in seinem Leben gesetzt hatte.

Da war die Frau am Strand. Sie trug einen großen cremefarbenen Hut und genoss die Sonnenstrahlen am wolkenlosen Himmel und das blaue Meer. Es war ein Sinnbild für Entspannung – und vielleicht auch für Ibiza, die Insel, die er so liebte.

Oder das Abbild eines Mannes, von dem man nur den Oberkörper sah, gekleidet in einen edlen schwarzen Anzug und ein weißes Hemd, mit silbergrau gemusterter Krawatte und passendem Einstecktuch. Er verschränkte die Arme leicht vor der Brust und deutlich konnte man eine wertvolle Uhr erkennen. Das stand eindeutig für Bens Hang zur klassischen Eleganz, zu Reichtum und sicher auch für sein Business. Ebenfalls ein eindeutiges Zeichen für seinen unternehmerischen Ehrgeiz war eine Hand, die ein Bündel grüner Dollarscheine präsentierte.

Lydia fühlte sich in der Wohnung sehr wohl. Sie schaltete den Fernseher ein und wartete geduldig darauf, dass der Tag vorüberging. Unruhig schaute sie auf ihr Handy. Ben hatte sie gebeten, ihm heute nicht zu schreiben, damit er seine Arbeit schneller erledigen konnte. Die ständige virtuelle Kommunikation war bereits zu einer liebgewonnenen Routine geworden. Diese zu durchbrechen fiel ihr schwer.

Gegen Abend kam er endlich nach Hause.

Rasch nahm Lydia ihr Schminktäschchen aus dem Koffer, lief ins Schlafzimmer und schloss die Tür hinter sich, damit Ben sie nicht sah. Sie wollte vorher noch ein perfektes Make-up auflegen. Lydia betrachtete sich im Spiegel: Ein schlichtes, schwarzes Etuikleid bedeckte ihren Körper. Ihre langen Haare saßen perfekt, der mit dunklen Steinen besetze Schmuck glänzte. Ein verführerischer Duft umgab sie. Als Lydia fertig war, zwinkerte sie ihrem Spiegelbild noch einmal vergnügt zu und ging in den Flur.

Ben erwartete sie dort bereits, lächelte ihr entgegen und sein Anblick verschlug ihr den Atem. Der leicht glänzende schwarze Maßanzug, der weiche Stoff, der seine maskuline Silhouette betonte. Die obersten drei Knöpfe seines Hemds waren offen. Seine blauen Augen funkelten wie zwei Saphire und seine gestylten Haare trugen einen feinen Schimmer.

Wortlos kam er auf sie zu. Sie spürte jeden einzelnen seiner Blicke auf ihrem Körper. Augenblicke wie diese machten

Lydia fast ohnmächtig. Starr stand sie da und fühlte sich ihm ausgeliefert.

»Ich bin überwältigt«, flüsterte er und schaute ihr tief in die Augen. Dann drehte er sich unvermittelt um und ging ins Wohnzimmer.

»Wir müssen uns noch den Vibrator anschauen. Du musst mir erklären, wie ich ihn bediene. Danach gehen wir runter«, sagte er nüchtern, als er Lydias Objekt der Begierde in die Hand nahm.

Das Spiel hatte also bereits begonnen. Sein Spiel. Lydia war schon jetzt zu seiner Marionette geworden. Ein Gefühl, gegen das sie sich weder wehren konnte noch wollte. Sie riss sich zusammen und ging zu ihm. Kurz besprachen sie die Funktionen des Vibs, dann verschwanden die Fernbedienung und der Vibrator in der Tasche seines Jacketts.

»Du wirst ihn selbst anlegen, wenn wir im Restaurant sind. Hast du verstanden?«

»Ja«, erwiderte sie und schlüpfte in ihre schwarzen High Heels.

Als sie Seite an Seite die Treppen zur Tiefgarage hinuntergingen, begegnete ihnen ein Nachbar. Der Mann fixierte Lydia von oben bis unten und lächelte Ben zu. In diesem Augenblick stellte sie sich die Frage, wie oft dieser Mann Ben schon in Begleitung attraktiver Frauen begegnet war. Sicher waren auch seine anderen Gespielinnen Grazien gewesen. Ben hatte einen erlesenen Geschmack, in allen Bereichen des Lebens. Lydia fühlte sich wie ein hübsches Accessoire an der Seite eines geheimnisvollen Mannes. Hilflos. Ängstlich. Doch dieses Gefühl machte sie nur noch mehr an. Sie folgte Ben und ertappte sich dabei, wie sie den Kopf senkte, wenn er mit ihr sprach. Sein Spiel funktionierte gut. Fast zu gut.

Sie fuhren in Richtung Innenstadt. Bislang hatte Ben ihr noch nicht verraten, welches Restaurant er für den Abend ausgewählt hatte. Er war sicher, dass es ihr gefallen würde, mehr wusste sie nicht. Sie hielten in einer Nebenstraße. Die Gegend sah nicht sonderlich einladend aus. Dass sich hier ein edles Restaurant befinden würde, war auf den ersten Blick kaum zu vermuten.

Hand in Hand kamen sie zu einem Gebäude, dessen Eingang von brennenden Fackeln umrahmt war. Sie gingen hinein. Lydia war sofort überwältigt von der Atmosphäre. Das gesamte Ambiente war asiatisch geprägt und sie atmete den geliebten Geruch von Sandelholz.

Lydia hatte den Eindruck, wegen ihrer Eleganz von allen Gästen angestarrt zu werden. Kaum hatten sie nebeneinander Platz genommen, griff Ben nach seinem Handy, nahm Lydia in den Arm und machte ein Selfie. Sie war erstaunt. Fotos von sich selbst, das war sonst nicht seine Art.

»Schick es mir bitte«, sagte sie, als er es ihr zeigte und küsste ihn.

Sie mussten zwanzig Minuten warten, bis die Bedienung ihre Bestellung entgegennahm. Obwohl Lydia versuchte, ihn auf andere Gedanken zu bringen, wurde Bens Laune von Minute zu Minute schlechter. Die Situation spitzte sich zu, als sich hinter ihnen eine Familie mit Kindern platzierte. Seine Unruhe war mittlerweile abgelöst worden von einem eisigen Schweigen. Wahrscheinlich hatte er Probleme, in Gegenwart dieser Kinder mit Lydia sein Spiel zu spielen, obwohl es inzwischen so laut war, dass es ohnehin niemand bemerkt hätte.

Auf einmal begann Ben zu reden.

»Lydia«, räusperte er sich angestrengt und schaute ihr entschlossen in die Augen. »Ich habe heute auf Arbeit sehr viel nachgedacht. Immer, wenn jemand fremdgeht oder sich jemand auf einen gebundenen Menschen einlässt, spielt das Ego eine Rolle. Was bei beiden auch immer der Auslöser sein mag. Insofern sitzen unsere beiden Egos im selben Boot. Ein Teil von mir möchte mit dir für den Rest meines Lebens zusammenbleiben. Möchte für dich da sein, in guten wie in schlechten Zeiten. Deine Freunde kennenlernen. Mit dir den Weihnachtsbaum schmücken. Und zwar so lange, bis der Baum überhaupt nicht mehr zu sehen ist. Dich zur Frau nehmen und die Verbundenheit weiterleben, die ganz offensichtlich bereits in einem früheren Leben ihren Anfang nahm. Viel arbeiten, entweder gemeinsam oder jeder für sich, um sich anschließend mit den Annehmlichkeiten des Lebens zu belohnen.«

Lydia erstarrte.

»Ben, bitte tue das nicht. Nicht jetzt«, fiel sie ihm verzweifelt ins Wort.

»Höre mir bitte zu. Es ist wichtig«, entgegnete er mit einem unterkühlten Ton, ohne auf ihre Gefühle Rücksicht zu nehmen. Sein Gesichtsausdruck war ernst und ließ keinen Protest zu.

»Du hast viele Gefühle für mich, doch diese Gefühle habe ich auch für dich. Und jetzt kommt der andere Teil von mir ins Spiel. Der, der die Zweifel schürt, der mir immer wieder zuflüstert: Und was ist mit deinem Kinderwunsch? Meinst du wirklich, dass du ihn auflösen oder verdrängen kannst? Dass du die Entscheidung, mit Lydia zusammen geblieben zu sein, nie bereuen wirst? Ich versuche, so ehrlich wie möglich zu sein. Dir und mir gegenüber. Das bin ich uns beiden schuldig. Ich möchte mit dir zusammen sein und bleiben.

Meine Zweifel beziehen sich auf die Zukunft. Was bringt es uns, wenn wir zusammenziehen und meine Zweifel bestehen bleiben oder mit der Zeit sogar schlimmer werden? Es gäbe immer eine latente Unsicherheit, Ungewissheit. Ich möchte, dass du weißt, woran du bei mir bist, um aus tiefstem Herzen und tiefster Überzeugung entscheiden zu können.«

Regungslos saß Lydia neben ihm. Was sollte das? Er liebte sie, aber die Fortpflanzung war ihm wichtiger? Er würde es irgendwann bereuen, sich auf sie eingelassen zu haben? Sie vielleicht sogar verlassen und eine jüngere Frau nehmen, weil er diese schwängern konnte? Gut, das hatte er nicht wortwörtlich geäußert. Aber darauf lief es doch letztendlich hinaus. Mit der Liebe intelligenter, moderner Menschen hatte das in ihren Augen nichts zu tun, eher mit einem animalisch-biologischen Drang. Wie unter Tieren, deren innerer Antrieb darin besteht, sich zu vermehren.

Wütend sah Lydia ihn an. Ihre Augen funkelten. Sie suchte nach einer Antwort.

»Das elende Thema Kinderkriegen. Daran sind auch bei Florian zwei Beziehungen gescheitert. Die erste Frau, die ihn verlassen hat, weil ihre biologische Uhr tickte, hat bis heute keine Kinder. Sie schreibt ihm immer noch und fragt öfter nach, ob er glücklich in einer Beziehung ist. Sie bereut die Trennung. Und Florians letzte Freundin hat gleich den Nächstbesten geheiratet, ist sofort schwanger geworden und ist nun unglückliche Mutter von zwei Kindern. Unglücklich, weil ihr Mann kaum Zeit für die Familie hat, nur für seinen Job und Erfolg lebt und sie mit dem Nachwuchs ständig alleine lässt. Und? Was hat es ihnen gebracht, sich unbedingt fortpflanzen zu wollen? Gar nichts. Frustriert und einsam sind sie trotzdem«, entgegnete sie trocken.

Zwischen ihnen herrschte eisige Stille. Ben stütze seine Ellenbogen auf dem Tisch und schaute teilnahmslos aus dem Fenster. Sein desinteressiertes Verhalten steigerte Lydias Empörung noch mehr. Das Herz schlug ihr bis zum Hals. Um ihn zu einer Reaktion zu bewegen, fragte Lydia ihn mit einem fast zynischen Unterton: »Hast du dir eigentlich eine Deadline gesetzt, bis wann du Vater werden willst?«

»Eine Deadline habe ich nicht. Das Thema Nachwuchs ist eben ein elementares Thema.« Nicht einen Augenblick löste er seinen Blick vom Fenster. Er redete mit ihr, aber sah sie nicht an.

»Interessant. Und jetzt möchtest du, dass ich eine Entscheidung darüber fälle, ob ich das Risiko eingehe und mich für dich entscheide, obwohl du dich sowieso irgendwann von mir trennen wirst.«

Ben drehte sich um und musterte sie mit einem rätselhaften Blick, der sie irritierte.

Das Klappern von Geschirr lenkte Lydia ab. Ihr Essen wurde serviert. Ein sehr unpassender Moment. Das kurze Gespräch mit der Bedienung entschärfte die angespannte Atmosphäre am Tisch. Ein gezwungenes Lächeln stand beiden ins Gesicht geschrieben.

Wie konnte er sie ausgerechnet jetzt mit diesem Thema konfrontieren? Ben trug den Vibrator und die Fernbedienung in der Jacketttasche, der Abend sollte ein amouröses Abenteuer werden und nun das! Ein nicht enden wollender Monolog über unglückliche Liebe und das verhasste Thema Kinderkriegen.

An Erotik konnte sie nicht mehr denken und ihr Wunsch nach dem Spiel rückte in weite Ferne. Ihr Herz wurde zu Stein. Auf das Essen, das vermutlich mehr als köstlich war, hatte sie keinen Appetit mehr und ließ es, kaum angerührt, zurückgehen. Lydia trank ihren Wein, ohne Ben einmal anzublicken. Sie schwiegen sich am Tisch nur noch an und er fühlte sich sichtlich unwohl.

»Wollen wir zurück nach Hause? Ich finde die Situation unangenehm«, sagte er und stand auf, um die Rechnung zu begleichen. Lydia nickte und folgte ihm wortlos. Der Abend endete in einem Fiasko.

Die Stimmung blieb unterkühlt, auch, als sie wieder in der Wohnung angekommen waren. Schließlich hielt sie es nicht mehr aus, ging zu Ben in die Küche, nahm sich ein Glas Wein aus dem Kühlschrank und versuchte, ihn zum Reden zu bewegen. Zwar war sie verletzt und unglücklich, dass Ben ihr den Abend verdorben hatte, aber die Kälte zwischen ihnen belastete sie noch mehr.

Als er sie küssen wollte, wies sie ihn zurück.

»Warum«, wollte sie wissen, »warum tust du das? Warum musst du ausgerechnet an diesem Abend über das verhasste Thema sprechen?«

Offensichtlich wollte er kein Wort über die Angelegenheit verlieren. Resigniert setzte Lydia sich mit dem Glas Wein in der Hand auf die Arbeitsplatte, während er gegenüber mit dem Rücken an der Wand lehnte, den Blick zu Boden gerichtet. Reglos harrten sie aus.

Schließlich stellte Lydia das Glas neben sich ab und beugte sich zu ihm. Ben schaute auf, als sie nach seiner Hand griff und ließ sich ohne Widerstand näher zu ihr ziehen. Sie spreizte ihre Beine, zog seinen Körper dazwischen und sah ihm tief in die Augen. Mit den Fingern fuhr sie durch seine Haare und zog sein Gesicht an ihres heran.

Ben erwiderte ihren Kuss nicht nur, sondern schien plötzlich seine Leidenschaft wiederzuentdecken. Er nahm ihre Hände und zog sie nach unten, um sie auf seinen Schritt zu legen, dessen Größe sich deutlich unter dem Stoff seiner Hose abzeichnete. Lydia begann zu stöhnen.

»Mach es mir, hier auf der Arbeitsplatte«, forderte sie ihn auf. »Die Platte hat genau die richtige Höhe, dein Schwanz dringt tief in mich ein.«

Sie war heiß, erregt, sie war nass. In diesem Moment dachte sie nicht mehr an das, was geschehen war.

»Willst du das, ja?«, sagte er heiser. »Willst du, dass ich es dir hier besorge? Dass ich dich hier nehme?«

Der Klang seiner Stimme turnte sie noch mehr an. Sie lockerte ihren Slip, bis er zu Boden fiel, zog ihr Kleid hoch und öffnete seine Hose. Sein Glied lag wie ein harter Stock in ihrer Hand und sie schob ihm seufzend ihr Becken entgegen. Genussvoll rieb sie ihre nasse Spalte an ihm, schaute dabei genau zu, wie sich seine feste Spitze in ihrem Fleisch hin- und herbewegte.

Als sie anhielt und Ben dabei provozierend in die Augen blickte, stieß er zu, sanft zunächst. Er nahm ihr Gesicht in seine Hände und küsste sie so intensiv, dass sie kaum noch atmen konnte.

Immer tiefer und immer schneller stieß er zu. Lydia musste sich mit den Händen am Rand der Arbeitsplatte festhalten. Ben hatte inzwischen von ihrem Gesicht abgelassen und sich ihren Schamlippen zugewandt. Er zog sie weit auseinander und straffte sie so, dass sie die Reibung seines Glieds noch intensiver spürte.

»Sieh mir ohne Unterbrechung in die Augen. Hast du verstanden?«, herrschte er sie an. Ohne eine Antwort abzuwarten, drang er erneut tief in sie ein und fickte sie heftig und schnell, bis sein Körper sich aufbäumte und er laut stöhnend in ihr kam.

Seine Hände fuhren unter ihren Po. Er hob sie hoch und während sein Schwanz immer noch tief in ihr steckte, trug er sie ins Schlafzimmer und legte sie auf das Bett. Kurz ließ er von ihr ab.

Sie bemerkte einen triumphierenden Gesichtsausdruck. Er berührte ihren Oberschenkel und streichelte sie. Langsam wurde der Ausdruck seines Gesichts wärmer und seine Blicke sanfter. Als er ihr zwischen die Beine griff, bohrten sich seine Finger behutsam in ihre Spalte.

»Mein Gott bist du feucht«, sagte er und legte seinen Kopf zwischen ihre Schenkel. Seine Zunge spielte sacht in ihrer Scham. Seine Bewegungen waren sinnlich, nicht fordernd. Er führte sie in einen sanften Rausch, nicht in sexuelle Ekstase.

Ben griff ihr ins Gesicht und zwang ihren Kopf zur Seite.

»Ich lecke dich gern, nachdem ich in dir gekommen bin«, raunte er ihr hypnotisierend ins Ohr. »Unsere Säfte harmonieren so miteinander wie wir selbst. Du schmeckst und riechst sogar noch gut, wenn wir Sex hatten und ich dich später verwöhne. Es schmeckt wahnsinnig gut.«

Lydia wand sich stöhnend unter ihm, doch er hielt sie fest.

»Du wirst jetzt aufstehen und dich vor mir ausziehen. Du behältst nur deine High Heels an. Ich werde sie dir holen. Hast du mich verstanden?«, flüsterte er.

Als Lydia nicht sofort antwortete, drückte er seine Finger noch fester in ihr Gesicht und sah ihr tief in die Augen.

»Ich habe nichts gehört. Ich will wissen, ob du mich verstanden hast!«

»Ja«, presste sie heraus.

Er ließ sie los, stand auf und lehnte sich gegen den Türrahmen.

Lydia stellte sich willenlos vor das Bett und zog den Reißverschluss an ihrem Rücken auf. Das Geräusch ließ sie frösteln. Ihr Kleid fiel an ihr herunter. Zögernd öffnete sie den BH, ließ ihn ebenfalls zu Boden fallen. Dann stieg sie in ihre schwarzen High Heels, die Ben an das Bett gestellt hatte. Sie legte ihre Kette ab, ihren Ring, ihren Armreif und ihre Ohrringe. Schließlich stand sie nackt vor ihm. Ihr war schwindlig, ihr Atem ging stoßweise und ihr Blick war zu Boden gesenkt. Sie spürte die Feuchtigkeit zwischen ihren Beinen.

Sie war sich seiner Blicke die ganze Zeit bewusst gewesen. Wahrscheinlich genoss er ihre Unsicherheit und dehnte die Betrachtung noch aus – sie an seiner Stelle hätte es getan. Ein Zittern stieg in ihr empor. Schüchtern, fast unschuldig stand sie vor ihm und ertrug seine Begutachtung, bis Ben endlich auf sie zukam. Er legte den Zeigefinger unter ihr Kinn und hob ihren Blick in Richtung Decke. Jetzt sah sie ihn: den Ring aus Metall. Direkt vor dem Bett hatte er ihn angebracht.

Er streichelte ihr Gesicht. Dann bewegte er sich langsam um sie herum, glitt mit seinen Fingerspitzen sanft über ihre Haut.

»Spreize deine Beine«, ordnete er an.

Sie gehorchte ohne Widerstand.

Ben streichelte die Innenseiten ihrer Schenkel. Lydias Blick war gesenkt. Sie spürte ein Knistern in der Luft und seine Berührungen waren wie kleine Stromschläge. Sie fühlte den sanften Wind, der durch das geöffnete Fenster kam und die Kälte, die dieser Hauch auf ihre geöffnete, nasse Spalte legte. Alle ihre Sinne waren geschärft. In diesem Augenblick wusste sie, was sie brauchte: Unterwerfung mit all ihren verborgenen Reizen. Aber auch bedingungslose Liebe, gepaart mit tiefem Vertrauen und der Gewissheit, dass Ben ihre Auslieferung nicht ausnutzte, sondern Lydia dafür wie eine Königin liebte.

Ben ging zu seinem silbernen Koffer. Mit Ledermanschetten, schwarzen Seilen und den Karabinerhaken kam er zurück und als er wieder vor ihr stand, hob sie automatisch die Hände und präsentierte ihm die Innenseiten ihrer Handgelenke.

Nacheinander legte er ihr die Ledermanschetten an.

»Heb deine Arme!«, befahl er.

Er befestigte ein Seil an dem Ring und daran die Karabinerhaken. Anschließend sicherte er die Manschetten an den Haken. Lydia hing an der Decke. Weder körperlich noch mental war sie fähig, sich auch nur einen Zentimeter zu bewegen. Ben hob ihr Gesicht, sodass sie ihm in die Augen schauen musste.

»Geht es dir gut?«, fragte er sanft.

»Ja«, brachte Lydia mit Mühe heraus.

Er strich sanft über die harten Knospen ihrer Brüste und küsste sie. Seine Zunge umspielte den empfindsamen Bereich. Lydia schloss die Augen und meinte, ohnmächtig zu werden. Auf einmal spürte sie einen intensiven Schmerz. Ben kniff in ihre festen Nippel. Nach ein paar Sekunden ließ er los und streichelte die geschundene Stelle mit der Spitze seiner Zunge. Die Feuchtigkeit und die leichte Massage ließen das Leid sofort vergehen. Noch mehrere Male wiederholte er die Folter und während er sich an ihren Nippeln verging, griff er immer wieder zwischen ihre Beine und schlug auf ihre nasse Scham.

Ein Rausch widersprüchlicher Empfindungen ergriff Lydia. Der süße Honig floss immer üppiger aus ihrer Spalte und lief die Innenschenkel hinunter. Ben ging vor ihr auf die Knie und sie hoffte inständig, seine Zunge gleich in ihrem Fleisch zu spüren, um die Qual zu beenden.

»Spreize deine Schenkel weiter«, wies er sie an.

Dann fühlte sie endlich seinen warmen Atem auf ihrem Venushügel und streckte sich ihm entgegen, soweit es die Fesseln zuließen.

Ben schaute ihr von unten in die Augen und je gieriger sie ihm ihren Unterleib anbot, umso mehr entfernte er sein Gesicht. Ihre verzweifelten Blicke amüsierten ihn. Dann stand er ruckartig auf, griff in ihre Haare und zog ihren Kopf nach hinten.

»Du willst also geleckt werden?«, fragte er.

»Ja!«, schrie sie.

Er ließ sie los, nahm den schwarzen Seidenschal und verband ihr die Augen. Seine beiden Enden legte er über ihre Brüste. Lydia spürte mit Wollust die Kälte der Seide auf ihren nun so empfindsamen Knospen. Ihre langen Haare band er zu einem Zopf.

Leise wie ein Schatten bewegte sich Ben um ihren Körper. Plötzlich spürte sie die Seile. Er streichelte mit ihnen ihren Leib. Ihren Bauch, ihren Rücken, ihren Po, dann weiter über die Wölbung ihrer Vulva und über die Seiten ihrer Innenschenkel bis zu ihrem linken Fuß. Unvermittelt packte er ihn und fixierte ihn mit dem Strick an dem Pfosten des Betts. Das Gleiche tat er mit ihrem rechten Fuß. Lydias Beine waren nun gespreizt bis zum Anschlag. Sie stand auf ihren High Heels und war bewegungsunfähig.

Stille umgab sie. Eine süße Stille. Sie dachte nicht mehr. Sie hörte nichts mehr. Ihre Beine zitterten. Nicht, weil sie schmerzten, sondern weil ihr Körper überwältigt war von Lust. Und von der Ungewissheit, was als Nächstes folgen würde. Nach einer Weile hörte sie, wie Ben auf sie zukam und das Fenster hinter ihr schloss.

»Wie fühlst du dich?«, flüsterte er nah an ihrem Ohr.

»Gut«, hauchte sie.

Im gleichen Augenblick spürte sie an ihren Armen die weichen Lederstreifen des Floggers. Ihr Mund öffnete sich zu einem hingebungsvollen Seufzen.

»Willst du ihn?«, fragte Ben kaum hörbar.

»Ja«, gab sie kurz und bestimmt zurück.

Er streichelte mit dem Flogger ihren gesamten Körper. Er wechselte von ihren Brüsten zu ihren Hüften, von ihren Beinen zu ihrem Rücken. Ewig schien es zu dauern und sie wand sich in ihren Fesseln und genoss ihre Trance, bis sie einen Schlag zwischen ihren Beinen spürte. Es brannte nur leicht und sie stöhnte ihre Lust heraus. Der nächste Schlag traf ihre linke Hüfte, der nächste ihren Oberschenkel.

»Mehr, stärker!«, schrie Lydia.

»Stärker?«, wiederholte Ben und ließ einen Augenblick später den Flogger über ihren Rücken sausen. Einmal von links, dann von rechts, in deutlich gesteigerter Intensität. Lydia schrie vor Schmerz und sie schrie vor Lust. Und wieder spürte sie das sanfte Streicheln des Leders auf ihrem geschundenen Rücken.

»Ich werde dich zehnmal schlagen«, verkündete Ben gelassen. »So, wie du es brauchst. Und nach jedem Schlag wirst du laut die Zahl nennen. Hast du das verstanden?«

Sie erstarrte und ihr Atem stockte. »Ja«, sagte sie.

Nun war der Augenblick gekommen, in dem sie alles über sich ergehen ließ. Das war Bens Moment. Und sie war ihm ausgeliefert.

Der erste Schlag traf sie auf den Po. »Eins«, rief sie.

»Lauter!«, befahl er. »Das reicht mir nicht.«

Sie wiederholte die Ziffer so laut, wie sie es vermochte.

»So ist es gut, so will ich es hören«, sagte Ben zufrieden.

Der zweite Schlag ging auf ihre Hüfte.

»Zwei«, schrie sie.

Die Oberschenkel folgten, dann der Bauch. Instinktiv schlug Ben mit dem richtigen Grad an Intensität zu. Ihre Haut brannte, doch dieser Schmerz war nichts gegen die Lust, die sie durchströmte. Nachdem der zehnte Schlag verklungen war, griff Ben brutal zwischen ihre Beine und steckte seine Finger ruckartig und tief in sie hinein. Er bewegte sie hin und her, schnell und immer schneller. Lydia hörte das schmatzende Geräusch.

»Du bist so nass. Nass von deinem Saft und meinem Saft. Du bist gierig – das bist du doch oder?«, sagte er.

»Ja«, antwortete Lydia erregt, wenn auch allmählich erschöpft.

Er zog sie an sich, streichelte und küsste sie, während sie schwer atmend in seinen Armen lag, dankbar für die kurze Pause.

»Geht es dir gut?«, fragte er sanft.

»Ja«, flüsterte sie und fühlte sich unsichtbar und schwebend.

Er band den Seidenschal von ihren Augen, löste die Seile an ihren Füßen und massierte ihre Fesseln, die von der Reibung rot gefärbt waren. Lydia hatte Schwierigkeiten, ihre Beine wieder zusammenzustellen, ihre Leisten schmerzten. Ben gab ihr Halt und half ihr. Zum Schluss löste er die Seile an dem Ring. Er entfernte jedoch nicht die Ledermanschetten.

»Leg dich hin«, sagte er mit einem liebevollen Blick in ihre Augen.

Lydias Körper war schwer und sie spürte kaum noch ihre Beine. Ben zog seine Hose und den Slip aus und legte sich zu ihr. Er schmiegte sich an ihren Rücken, nahm sie fest in den Arm und legte sein Bein auf ihres. Lydia umfasste seinen Oberschenkel und zog ihn höher zu sich. Die Manschetten an ihren Handgelenken fühlten sich gut an.

»Möchtest du noch ein Glas Wein?«, raunte Ben ihr ins Ohr.

Lydia schrak hoch. Sie musste eingeschlafen sein, während er in der Küche gewesen war.

»Gern«, sagte sie und rieb sich die Augen. »Hast du mich etwa beim Schlafen beobachtet?«

Statt zu antworten, strich er liebevoll über ihr Gesicht.

Lydia setzte sich auf, nahm einen Schluck Wein und kam allmählich wieder zu sich.

»Warum hast du dich im Restaurant so verhalten?«

Er saß neben ihr auf dem Bett.

»Tja«, sagte er mit einem Lächeln, »ich habe wohl zwei Seiten. Das vorhin war die kalte, gefühllose. Aber ich wusste, dass wir heute noch Sex haben werden.«

Lydia stellte das Glas auf den Nachttisch und schaute betroffen auf den Boden. »Ist Sex für dich das Wichtigste? Wie kannst du so kaltherzig, fast distanziert über Liebe sprechen, Ben? In meinem Leben hatte die Liebe zu einem Mann schon immer oberste Priorität. Völlig egal, wie toll ich meinen Job fand oder wie erfolgreich ich war. Ich habe immer alles aufgegeben, um bei meiner Liebe zu sein. So bin ich gepolt. Sehnsucht macht mich wahnsinnig. Das geborene Opfer, wie man Frauen manchmal bezeichnet – nur auf einer anderen Ebene.«

Ben räusperte sich und setzte sich aufrecht. »Das geborene Opfer. Zu einem Opfer gehört allerdings auch ein Täter. Ohne Täter kein Opfer. Ich will kein Täter sein. Und ich möchte nicht, dass du ein Opfer bist. Ich habe ein Gewissen. Und dieses Gewissen sagt: Lydia leidet. Ich leide. Wenn man leidet, ist es keine Liebe. Wenn ich eins gelernt habe in meinem Leben, dann das.«

Lydia hob ihren Kopf und sah Ben an. »Doch, gerade dann ist es Liebe. Würden wir uns nicht lieben, dann würden wir nicht leiden.«

»Wenn es wehtut, ist es keine Liebe, Lydia. Ich weiß nicht genau, was es ist und wie ich es bezeichnen soll. Ich weiß nur, dass wir nicht für immer so weitermachen können. Und dass ich es nicht beenden möchte. Das ist alles.«

Ben legte sich hin und zog Lydia zu sich herunter. Er drehte sie auf die Seite, liebkoste ihren Nacken und klammerte sich an ihr fest. Es dauerte nicht lange und sie merkte, wie sich Bens Körper entspannte. Er schlief ein.

Lydia lag noch lange wach. Sie dachte über seine Worte nach. Doch ihre Gedanken führten zu keinem Ergebnis. Sie sah in ihre trostlose Zukunft, wie in ein schwarzes Loch. Die Tränen liefen über ihr Gesicht, bis sie vor Erschöpfung einschlief.

10. JULI

Der Wecker klingelte. Lydia schaltete ihn aus und drehte sich zu Ben. Wider Erwarten lag er noch schlummernd neben ihr.

»Möchtest du einen Kaffee?«, hauchte sie ihm zärtlich in den Nacken.

Er schüttelte sich. »Ich bekomme Gänsehaut, wenn du das tust«, murmelte er verschlafen. Flink drehte er sich um und mit ein paar geschickten Handgriffen lag sie wieder rücklings in seinem Arm. Er umschlang sie so sehr, dass Lydia sich nicht bewegen konnte.

»Du bleibst jetzt hier, bei mir«, sagte er und vergrub sein Gesicht in ihrem Haar.

»Hm, das ist schön«, stimmte Lydia zu und wehrte sich nicht.

Als Ben begann, ihren Körper zu streicheln, spreizte sie wie von selbst ihre Beine. Er küsste sie, zog ihren Unterleib an seinen und drang behutsam seitlich in sie ein. Nach ein paar zärtlichen Stößen drehte er Lydia auf den Rücken, legte sich zwischen ihre Beine und hob ihre Arme über den Kopf. Er hielt ihre Hände fest, sodass sie ihn nicht berühren konnte, und schaute ihr tief in die Augen.

»Dieser Blick, wenn ich in dich eintauche. Voller Liebe und Hingabe«, sagte er und versank Stück für Stück tiefer in ihr.

An diesem Morgen liebte er sie zärtlich. Mit dem dominanten Ben hatte dieser Mann hier keinerlei Gemeinsamkeit. Lydia war überwältigt von seiner Sinnlichkeit und der Zuneigung, die er ihr schenkte.

Später holte er für Lydia und sich Kaffee. Sie hatte sich in Bens Abwesenheit quer über sein Bett gelegt, mit dem Kopf am Fußende. Sie wollte ihn ärgern und ihn nicht mehr hineinlassen. Aber ihr war auch warm und der untere Teil des Betts war so herrlich kühl. Es war entspannend, so auf dem Bauch zu liegen, und sie schloss die Augen.

Ben war an ihr vorbeigeschlichen, um den Kaffee an ihrer Seite des Betts abzustellen. Lydia war zu faul, sich zu bewegen, bis sie das Klicken einer Kamera hörte. Sie blickte erstaunt auf. Ben stand im Eingang zum Schlafzimmer und hielt sein Handy in der Hand.

»Hast du mich gerade fotografiert?«, fragte sie entsetzt.

»Ja, habe ich. Warte, ich zeige es dir gleich.«

»Ben, was soll das? Ich sehe furchtbar aus«, rief sie und schaute ihn böse an.

»Nein, du bist wunderschön. Schau«, sagte er und hielt ihr sein Handy hin.

Sie setzte sich auf die Bettkante. Er hatte das Foto schnell bearbeitet und tatsächlich sah es gar nicht so schlecht aus. Ihr entblößter Rücken, die geschlossenen Augen, die Haarsträhnen in ihrem Gesicht und die Art, wie sie mit ihrer Hand den Bettrahmen umklammerte – irgendwie war es sogar eine sehr sinnliche Pose.

»Schickst du es mir? Es sieht tatsächlich gar nicht so schlecht aus«, sagte sie erstaunt.

Ben lachte. »Na siehst du. Sag ich doch.«

Sie krabbelte zurück ins Bett zu ihrem Kaffee und bald lagen sie wieder Arm in Arm, lachten und sprachen über Gott und die Welt. Das Drama aus dem Restaurant war zwar noch präsent, aber keiner von beiden hatte Lust, darüber zu reden. Es war viel zu schön so, wie es gerade war.

Sie holten die restlichen Tapas aus dem Kühlschrank und
aßen sie, bevor Ben Lydia gegen Mittag zum Bahnhof brachte.

Während Ben fuhr, hielt er Lydias Hand und küsste sie. Es
war furchtbar, ihn zu verlassen. Tränen stiegen ihr in die
Augen und sie versuchte zu vermeiden, dass er es sah.

Am Bahnhof angekommen, begleitete er sie zum Bahnsteig.
Sie standen vor Lydias Zug und hielten sich fest. In ihrem
Inneren tobte ein Kampf. Auf der einen Seite empfand sie es
als unendlich schön, so von ihm verabschiedet zu werden.
Auf der anderen Seite gab es diese tiefe Trauer, war ihre
Zukunft mit diesem Mann doch so ungewiss, obwohl sie
alles an ihm liebte und verehrte. Obwohl er ihr Traummann
war, trotz seiner manchmal komplizierten Art, die sie als
Herausforderung betrachtete. War sie nicht genauso? Zumindest beruflich, wenn sie die Chance zum Erfolg sah? Stand sie
nicht auch immer unter Strom, wenn sie ein Ziel vor Augen
hatte und nahm dann wenig Rücksicht auf ihr Gegenüber?

Lydia stieg in den Zug und winkte Ben zum Abschied zu. Es
war ein strahlender Sommertag und trotzdem liefen ihr die
Tränen an den Wangen hinunter, sobald sie sein Gesicht nicht
mehr sah. Kaum hatte sie den Bahnhof verlassen, meldete
sich Lydias Handy. Ben hatte ihr ein Foto geschickt.

Ben, 13:13 Uhr

> Du hast deinen Blazer im Auto vergessen. Nun gibt es ganz
> sicher ein Wiedersehen.

Vielleicht schon nächste Woche Freitag?

Lydia betrat mit einem gut gelaunten »Hallo« die Wohnung. Florian lag auf der Couch und sah fern. Sie hatte sich auf Stress eingerichtet, aber nein, es war alles ruhig. Sie hörte nur ein kurzes »Hallo« aus dem Wohnzimmer. Er war völlig in einen Film vertieft und beachtete sie nicht.

So sehr sie seine Ignoranz früher zur Verzweiflung getrieben hatte, so froh war sie nun, kein Wort mit ihm wechseln zu müssen.

Sie packte ihre Reisetasche aus, zog sich um und setzte sich still zu ihm. Nachdem der Film zu Ende war, erhob er sich und ging die Treppe hinauf. Lydia nahm an, dass er ins Arbeitszimmer ging, um sich auf die Termine am Montag vorzubereiten. Das war seine sonntägliche Routine. Ihr fiel ein, dass Ben noch gar nicht auf ihren Vorschlag reagiert hatte, sie am nächsten Freitag wiederzusehen. Mit diesem Gedanken wählte sie seine Nummer. Sie wollte unbedingt mit ihm telefonieren.

Ben freute sich über ihren Anruf und darüber, dass sie so bald wieder bei ihm sein würde. Das Telefonat entwickelte sich jedoch nach kurzer Zeit zu einem Fehler, denn keine zehn Minuten später kam Florian die Treppe unbemerkt wieder herunter.

Die Gefahr, dass er gehört hatte, dass sie telefonierte, war hoch und so sprach sie Ben plötzlich mit einem weiblichen Vornamen an, lachte und scherzte. Florian lauschte ihren Worten, schaute sie an und setzte sich neben sie. Was für eine Situation! Also verabschiedete Lydia sich am Telefon schnell von ihrer fiktiven Freundin, legte auf und lächelte ihn arglos an. Sie lehnte sich wieder zurück, kuschelte sich auf der Couch in die Decke und war starr vor Schreck. Sie musste durchatmen.

Florian wich den ganzen Abend nicht mehr von ihrer Seite. Sie fühlte sich beobachtet und legte das Handy in die Kommode.

❧❦

Als Lydia zu Bett gehen wollte und vergebens in der Handtasche nach ihren Augentropfen suchte, dachte sie plötzlich an den Spiegel in Bens Bad. Dort hatte sie die Tropfen hingestellt und dort standen sie wohl noch immer.

Lydia, 23:46 Uhr

Meine Augentropfen stehen noch an deinem Spiegel ...

Es ist wohl nicht nur unser gemeinsamer Wunsch, dass ich zu dir zurückkehre. Es ist auch Schicksal.

11. J U L I

Lydia, 08:07 Uhr

Guten Morgen Schatz, ich musste gestern einfach deine Stimme hören. Bitte verzeih. Ich mache das nicht wieder.

Ben, 08:22 Uhr

Gut. Das war nämlich wirklich blöd.

Ich möchte, dass so etwas nicht noch einmal vorkommt. Wir telefonieren nur, wenn du allein bist.

Lydia, 08:31 Uhr

Das ist ja das Problem: Ich bin es nie. Nur bei der Arbeit und dann arbeitest du ebenfalls.

Ben, 08:45 Uhr

Im Büro kann ich mich schon für ein paar Minuten freimachen. So fühle ich mich jedenfalls unwohl.

Lydia, 08:52 Uhr

In Ordnung. Meldest du dich, wenn du heute telefonieren kannst? Ich buche gleich das Ticket für Freitag.

Ben, 09:02 Uhr

Bin gerade auf dem Weg nach Freiburg. Für drei Tage. Mit meiner Mutter. Es hat sich gestern Abend ergeben. Lass uns die nächsten Tage möglichst wenig bis gar nicht schreiben und auch nicht telefonieren. Ich bin von morgens bis abends unter Dauerstress und kann mich auf nichts anderes konzentrieren.

Lydia, 09:20 Uhr

In Ordnung. Es wird mir zwar schwerfallen, aber ich kann dich verstehen. Solange du mich nicht bestrafen willst, weil du wegen dem Telefonat böse bist?

Ben, 09:39 Uhr

Nein, Schatz. Ich muss Autofahren und bin kaum alleine. Das hat nichts mit gestern zu tun und schon gar nicht mit Bestrafung! Ich denke permanent an dich und küsse dich. Sobald ich wieder Ruhe habe, melde ich mich. Spätestens Donnerstag, wenn ich wieder zu Hause bin. Versprochen.

14. Juli

Die letzten Tage waren für Lydia sehr schwierig verlaufen. Der mangelnde Kontakt zu Ben war ungewohnt und fühlte sich an wie kalter Entzug. Ständig hielt sie nervös ihr Handy in der Hand. Kein Guten Morgen und kein Gute Nacht. Sie wusste, dass Bens Mutter ständig in seiner Nähe war. Lydia wollte nicht durch Nachrichten ihre Aufmerksamkeit wecken und Ben damit zu unnötigen Rechtfertigungen zwingen.

Aber heute war Donnerstag, der Tag seiner Rückreise und sie hielt es nicht mehr aus.

Lydia, 08:20 Uhr

Guten Morgen, Liebster. Erzähle mir, ob deine Tage erfolgreich waren und deine Mutter gute Laune hatte.

Ben, 08:43 Uhr

Es lief relativ erfolgreich. Mit meiner Mutter verstehe ich mich gerade wieder gut. Mal Krieg und mal Frieden.

Lydia, 08:54 Uhr

Bist du das lange Wochenende vom 28. Juli bis 01. August zu Hause? Ich habe eine Anfrage für ein Casting in Hamburg, allerdings unter der Woche und abends. Was hältst du davon, wenn ich schon am Donnerstag zu dir komme? Und am Montag gehe ich mit dir zusammen vormittags aus dem Haus.

Fantastische Nachrichten! Bin gleich auf dem Rückweg nach Hamburg.

Sehr schön! Dann werde ich für diese Zeit drei Tage Urlaub beantragen. Aber erst mal sehen wir uns morgen.

Ich hasse es, arbeiten zu müssen. Ich würde viel lieber sofort zu dir fahren. Dieses Mal bleiben uns nicht einmal vierundzwanzig Stunden …

Gute Fahrt!

Florian hatte geplant, am Freitagvormittag dienstlich nach Hamburg zu fahren. Er wollte über das Wochenende bleiben, um shoppen zu gehen. Lydia sollte offiziell Samstagfrüh mit dem Zug nachkommen.

Seine Abwesenheit hatte den Vorteil, dass sie morgen nach der Arbeit entspannt und ohne Rechenschaft ablegen zu müssen, zu Ben nach Hamburg fahren konnte. Allerdings blieb ihr durch Florians Wunsch nur eine Nacht mit ihrem Geliebten. Sie hätte sich bezüglich des Shoppings mit Leichtigkeit eine Ausrede einfallen lassen können. Aber Lydia wollte verhindern, dass Florian ihr misstraute und vielleicht begann, sie zu kontrollieren. Sie wollte weder das Verhältnis zu Ben in Gefahr bringen, noch das Zusammenleben mit Florian riskieren. Zumindest so lange nicht bis sich Ben zu der Beziehung mit ihr bekannte.

Ben, 19:43 Uhr

Bin wieder zu Hause.

Nur vierundzwanzig Stunden ... ich weiß. Aber ich muss am Wochenende ohnehin arbeiten. Außerdem haben wir bald fünf gemeinsame Tage. Wir steigern uns!

Kommst du jetzt zu mir auf die Couch? Kuscheln? Das werde ich dich morgen fragen. Obwohl ich es mir jeden Tag wünsche.

Seine Worte klangen traurig. Lydia bekam ein schlechtes Gewissen. Er war allein und konnte nicht mit ihr reden, wenn ihm danach war. Ben musste immer warten, geduldig sein.

Lydia, 20:17 Uhr

Geht es dir gut? Ich möchte dich jetzt anrufen.

Ben, 21:13 Uhr

Habe gerade mit meinem Vater telefoniert.

Mir geht es gut. Hätte dich jetzt nur gerne bei mir. Und wenn dein Partner nichts davon mitbekommen würde, könnten wir auch telefonieren, doch ich befürchte ...

Ich freue mich auf morgen Abend und versuche bis dahin, meine Sehnsucht nicht ganz so schlimm werden zu lassen. Dass wir schreiben und tagsüber telefonieren, hilft mir sehr.

Lydia, 21:38 Uhr

Ich muss gerade an unser erstes Date und unsere erste Nacht denken. Wir haben miteinander geschlafen, aber auch so viel gelacht und gekuschelt.

Ich habe mit einem fremden Mann bei einem Sex-Date gekuschelt - ich kann es immer noch nicht glauben, ich habe das noch nie erlebt! Es war immer eher unterkühlt.

Ben, 21:54 Uhr

Guten Tag, Sex, auf Wiedersehen?

Lydia, 22:00 Uhr

Na ja, nicht auf Wiedersehen. Schon miteinander reden und vielleicht Händchen halten. Aber nicht kuscheln. Und den Liebhaber noch mal ins Bett holen, nachdem er sich schon angezogen hat. Ich empfand unser Zusammenspiel besonders. Aber ich hatte auch noch nicht so viele Sex-Dates.

Ben, 22:03 Uhr

Es war ein sehr romantisches und zärtliches Date. Dass wir Sex haben würden, war erst recht spät klar.

Lydia, 22:05 Uhr

Recht spät? Wann war es bei dir klar?

Ben, 22:08 Uhr

Erst, nachdem wir zusammengesessen und uns unterhalten hatten.

Lydia, 22:15 Uhr

Ich wollte dich einfach. Schon, als ich das erste Mal in deine Augen geblickt hatte, wusste ich es. Nur nicht, dass es so gefühlvoll wird.

Jetzt habe ich Lust auf Sex.

Nur noch ein Tag. Ich kann es gar nicht mehr erwarten. Können wir das Einkaufen dieses Mal nicht ausklammern? Wasser gibt es auch vom Wasserhahn und Essen? Mir reicht ein trockenes Brötchen. Ich will jede Minute mit dir zusammen sein, ganz intim. Wir haben nur ein paar Stunden.

Ben, 22:20 Uhr

Oh Liebes, deine Worte machen mich so an. Mit einem Brötchen stillt man keine Sehnsucht, das stimmt. Dafür braucht es das Küssen, Kuscheln, das ekstatische Beben deines Körpers, wenn ich tief in dich tauche.

Lydia, 22:28 Uhr

Ich habe gerade Gänsehaut bei dem Gedanken, dass du neben mir sitzt, stehst, liegst.

Ben, 22:57 Uhr

Wir beide tragen so viele Facetten in uns. Wenn wir nicht zusammen sind, drehen sich meine erotischen Fantasien

wie ein Karussell. Wenn du bei mir bist, möchte ich dich
nur noch küssen, mit dir kuscheln, dich von sanft bis hart
lieben.

Lydia, 23:19 Uhr

Es geht mir ebenso.

Morgen Abend bin ich auf dem Weg zu dir.

Ich gehe jetzt ins Bett, heute war ein anstrengender Arbeitstag. Rate mal, welcher Lieblingsbeschäftigung deine
Liebste dann wieder nachgeht …

Ben, 23:44 Uhr

Du bist nicht alleine im Schlafzimmer.

Daher vermute ich - die Schauspielerei?

Als Lydia die Nachricht las, schüttelte sie den Kopf über
diesen kleinen Seitenhieb. Je perfekter das Zusammenspiel
zwischen ihnen wurde und je mehr Gemeinsamkeiten sie
herausfand, umso mehr wuchs ihre Angst. Das panische
Gefühl überwältigte sie, dass eine unsichtbare Kraft die Sand-
uhr bereits umgedreht hatte. Und je schöner es wurde, umso
schneller lief der Sand durch das Glas.

15. JULI

Lydia verließ an diesem Morgen besonders früh die Wohnung. Vor Arbeitsbeginn stand noch der Besuch in einem Kosmetikstudio auf dem Programm. Sie wollte für Ben umwerfend aussehen, ihm den Atem rauben. Es gab nichts an diesem Tag, was ihre gute Laune zerstören konnte. Lydia fühlte sich wie ein Engel mit strahlend weißen Flügeln, der durch den blauen Himmel segelte.

Ben, 12:02 Uhr

In nicht mal sieben Stunden nehme ich dich in meine Arme. Ich habe schon den ganzen Tag unbeschreiblich große Lust, in dich einzudringen. Vielleicht, weil ich weiß, dass ich es heute auch tue.

Lydia, 15:56 Uhr

Noch drei Stunden.

Der Zug war pünktlich in Hamburg. Das Wetter war regnerisch und kalt. Ben war nirgendwo zu sehen, also ging Lydia in Richtung Ausgang. Auch sein Auto entdeckte sie nicht. Sie nahm ihre Tasche und stellte sich an den äußeren Rand des Fußgängerwegs.

»Der Hamburger Himmel begrüßt mich mit Tränen«, flüsterte sie schwermütig. Sie verdrängte sofort den negativen Gedanken aus ihrem Kopf und da Lydia immer mehr unter der Kälte litt, schrieb sie Ben.

Lydia, 19:17 Uhr

Bin da. Ich friere ganz schrecklich.

Ben, 19:26 Uhr

Ich bin gleich bei dir.

Lydia zitterte am ganzen Leib. War es der kalte Wind und der Regen an diesem Sommerabend oder die Aufregung? Als sie Ben endlich aus dem Auto aussteigen sah, schien auch ihr Herz von dem Zittern ergriffen zu werden, und ihr Atem beschleunigte sich auf fast schon beängstigende Weise. Selig strahlte sie ihn an, als er vor ihr stand und ihre Umarmung schien Stunden anzuhalten. Irgendwann lösten sie sich widerstrebend voneinander und gingen zum Auto.

»Du meine Güte, du bist ja eiskalt«, rief er erschrocken aus, als er ihre Hand genommen hatte.

»Sag ich doch«, erwiderte sie und ihre Lippen zitterten erneut.

»Wir fahren jetzt ganz schnell nach Hause und dort werde ich dich wärmen«, versprach er und küsste ihre kalten Finger.

Es dauerte nicht lange und sie betrat Bens Wohnung. Wieder überwältigte sie der Duft von Sandelholz. Sie atmete tief ein und genoss diesen vertrauten Moment.

Ben nahm ihre Hand und drehte Lydia zu sich herum. Er küsste sie stürmisch und drängte sie Schritt für Schritt in sein Schlafzimmer.

»Dreh dich um«, hauchte er ihr ins Ohr. »Knie dich in die Mitte des Betts. Auf allen vieren. Mit dem Rücken zu mir.«

Wie Wellen tosten seine Worte in ihrem Unterleib. Sie war schon feucht geworden, als Ben hinter ihr die Treppe hinaufgegangen war und nur zu gerne kniete sie sich wie eine Hündin vor ihn. Ben beugte sich vor, schob ihren Rock hoch und spielte mit seinen Fingern an ihrem Slip. Er war klatschnass. Ein leichtes Stöhnen kam aus seinem Mund, als er ihren Slip zu Seite und seinen Finger tief in sie hineinschob.

»Bleib in genau dieser Haltung«, sagte er.

Er zog ihren Slip herunter. Da war es wieder, dieses Gefühl, das sie schon kannte und so genoss. Die Luft, die eine deutliche Kühle auf ihrer nassen Spalte hinterließ. Im nächsten Moment spürte sie seine warme Zunge an ihrer Öffnung. Lydia stöhnte laut auf.

»Ja, das gefällt dir«, flüsterte Ben. »Willst du mehr davon?«

»Ja«, hauchte sie.

»Ich kann dich nicht verstehen.« Seine Stimme war dominant geworden und ihr Körper reagierte noch stärker.

»Ja, bitte!«, rief sie laut.

Ben spreizte mit seinen Fingern ihre Schamlippen weit auseinander.

»Leg dich mit dem Oberkörper auf das Bett«, wies er sie an.

Lydia tat es, ohne zu zögern. Dann spürte sie den Tanz seiner Zunge in ihrer Spalte: hart und fordernd, zart und sanft. Ihr Unterleib schien zu explodieren und pulsierte vor Gier nach seinem Schwanz und nach Erlösung.

»Komm hoch, die Haare nach hinten«, ordnete er an.

Sie richtete sich auf und ihre Haarpracht breitete sich auf ihrem Rücken aus. Ben formte ihre langen Haare zu einem Seil und riss ihren Kopf nach hinten. Sie wehrte sich nicht. Der schmerzhafte Zug an ihrem Nacken ließ ihren Körper erstarren.

Ben fickte sie hemmungslos und Lydia ließ ihn gewähren. Sein Schwanz war perfekt: groß, gerade gewachsen und immer steinhart. Wie geschaffen für ihre unstillbare Lust.

Er war wie von Sinnen. Der Zug an ihren Haaren wurde stärker und ihr Körper wurde immer steifer, unbeweglicher. Die unaufhörliche Reibung, das erbarmungslose Stoßen gegen ihre nasse Spalte und die Starre ihres Körpers verursachten in ihr ein unbeschreibliches Gefühl. Es staute sich immer mehr und wuchs heran. Mit einem Mal fühlte sie Bens Körper nicht mehr. Und auch nicht mehr den harten Fick. Sie spürte nur noch dieses Wachsen von Ekstase in ihrem Unterleib. Sie gab sich diesem Gefühl hin, ließ alles los. Was um sie herum geschah, nahm sie nicht mehr wahr. Die Intensität des Orgasmus überwältigte sie. Sie schrie. Und auch Ben kam in diesem Moment. Lydia konnte die Kontraktionen seines Schwanzes in ihrem Körper spüren und das steigerte ihre Ekstase noch mehr.

Nachdem Ben über ihrem Rücken zusammengesunken war, verließ sie jegliche Kraft und sie sank erschöpft auf dem Bett zusammen.

»Bist du gekommen?«, fragte er leise, während er sie sanft streichelte und küsste.

»Ja. Das bin ich.«

Er ließ sich zur Seite fallen und nahm sie von hinten in den Arm, so wie sie es liebte. Behutsam küsste sie seine Hand.

»Ich liebe dich«, flüsterte sie und drehte sich zu ihm. Sie schloss ihre Augen, Ben streichelte ihre Wange.

»Ich liebe dich auch«, sagte er leise.

Sie lagen endlos lange so nebeneinander, wortlos, reglos. Bis Ben ein ganz anders Verlangen aus dem Bett zwang.

»Los Süße, jetzt lass uns essen. Sex macht hungrig«, sagte er mit einem schelmischen Lächeln und schob sie aus dem Bett. Lydia lachte. Jede einzelne Sekunde mit ihm war der Himmel auf Erden.

ɷ◦ᴂ

Mittlerweile war es spät geworden, ans Schlafengehen wollten sie trotzdem nicht denken. Sie hatten nur diese wenigen Stunden; morgen Mittag musste sie schon wieder bei Florian sein.

Sie kuschelten und tranken viel Wein. Mit der Zeit wurde Lydia durch den Alkohol melancholisch und traurig. Sie dachte an das vergangene Wochenende im Restaurant. An seine Worte. An eine mögliche Trennung. Aber sie wollte heute Nacht nicht darüber sprechen. Um Ben nicht vor den Kopf zu stoßen, gaukelte sie ihm Betrunkensein vor. Auf diese Weise entging sie weiteren Annäherungsversuchen.

Es war das erste Mal, dass Lydia sich schlecht fühlte, obwohl ihr Zusammensein an diesem Abend sehr harmonisch verlief.

16. JULI

Nach dem Erwachen liebten sie sich erneut. Lydia wehrte sich nicht gegen Bens Verlangen. Er war sanft – genauso, wie sie es jetzt brauchte. Zarte, liebevolle Berührungen. Sentimentale, fast wehmütige Blicke.

Es war anders als sonst. Aber Lydia wollte nicht darüber nachdenken und genoss seine außergewöhnliche Zärtlichkeit.

Gegen elf mussten sie sich auf den Weg machen. Als Lydia sich in Bens Auto setzte, liefen ihr Tränen über die Wangen. Sie war nicht in der Lage, sie zurückzuhalten. Lydia wollte bei Ben bleiben! Sie war mit ihm glücklich, nur mit ihm. Wie konnte er sie so lieben und gleichzeitig sicher sein, dass eine Beziehung zwischen ihnen keine Zukunft hatte? Die ewige Ungewissheit zerrte an ihr.

Auf ihre Bitte hin hielt Ben den Wagen an. Lydia küsste ihn und stieg aus. Sie hatte sich absichtlich weit entfernt vom verabredeten Treffpunkt mit Florian absetzen lassen. Sie musste spazieren gehen, ihre Tränen trocknen und langsam ihre Fassung wiederfinden.

✎◦✎

Florian wartete im Café auf sie. Er begrüßte sie förmlich mit einem Kuss auf die Wange. Als sie sich schließlich zu zweit auf den Weg machten und die Einkaufspassagen betraten, funktionierte Lydia nur noch automatisch. Sie lächelte, unterhielt sich freundlich mit ihren Mitmenschen, wann immer es angebracht war. Innerlich jedoch fühlte sie sich wie tot. In atemberaubender Geschwindigkeit liefen ihre Gedanken im

Kreis, so schnell, dass sie nichts hinterließen als grauen Nebel. Und eine tiefe, lähmende Traurigkeit.

Nach ihrer Ankunft in der Oldenburger Wohnung zog sie sich ins Schlafzimmer zurück. Vollkommen kraftlos legte sie sich ins Bett und schlief sofort tief und fest ein.

17. JULI

Lydia, 08:01 Uhr

Wie geht es dir? Mir geht es nicht gut.

Ben, 09:32 Uhr

Mir geht es auch nicht gut. Überhaupt nicht. Habe zudem sehr unruhig geschlafen. Sind wir beide zusammen, sind wir glücklich. Sind wir getrennt, leiden wir. Ich war gerade Laufen, um den Kopf freizubekommen. Bin auf dem Weg nach Hause, um dir eine E-Mail zu schreiben.

Ben hatte ihr noch nie eine E-Mail geschrieben. Sie war sich nicht sicher, ob es ein gutes oder ein schlechtes Zeichen war. Gegen Mittag öffnete sie mit zittrigen Händen ihr Laptop. Ein kleines Fenster erschien auf dem Bildschirm. Eine Mitteilung über den Posteingang. Sie öffnete den Account.

Liebe Lydia,

nun sitze ich endlich zu Hause an meinem Schreibtisch und schreibe dir diese Zeilen. Es fällt mir unglaublich schwer. Auf der einen Seite steckt mein Kopf voller Gedanken, Worte, Erklärungen. Auf der anderen Seite spüre ich eine große Leere. Ich habe dich kennengelernt und mich in dich verliebt. Deine Persönlichkeit, deine Schönheit, deine lebenslange Suche nach Liebe, unser Sex. All das hat mich überrumpelt und auch ich konnte nicht Nein sagen. Ich spürte sofort: Das, was ihr so fehlt, diese Liebe, kann, nein, will ich ihr geben. Was folgte, war die

Frage an mich, an das Universum: Ist sie es wirklich? Ist das die Frau, nach der ich schon so lange und sehnsüchtig suche? Wird sie meine Ehefrau und die Mutter meiner Kinder? Und obwohl ich mich rettungslos in dich verliebte, spürte ich Zweifel. Vierzig Jahre. Keine Möglichkeit für Nachwuchs. Und dennoch war und ist meine Liebe vom ersten Moment an ungebrochen.

Lydia, ich liebe dich. Doch unsere Bestimmung ist scheinbar eine andere. Es war für mich nie eine Option, dich anzulügen oder dir etwas vorzumachen. Mich auf dich einzulassen, mit dir zusammenzuziehen, nur um in einem Jahr zu sagen: April, April. So ein Mensch war ich noch nie und so ein Mensch werde ich auch nie sein. Mögen Erkenntnisse auch noch so wehtun.

Gestern Nacht warst du mir gegenüber distanziert. Fast gefühllos. Du wirst es wahrscheinlich abstreiten – aber ich habe eine gewisse Abneigung gespürt.

Du musst eine endgültige Entscheidung treffen, Liebes. Dafür brauchen wir Abstand. Wenn wir uns sehen, haben wir Sex. Wenn wir Sex haben, denken wir nicht rational. Und so drehen wir uns im Kreis und leiden immer wieder.

Ich liebe Dich!

Ben

Lydia las diese Zeilen wie in Trance. Immer und immer wieder. »Es wird wohl nie vorbei sein«, flüsterte sie leise. Sie konnte sich nicht vorstellen, dass es ihm so nahe ging. Bis zu diesem Moment.

Lydia, 13:27 Uhr

Warum kann ich es nicht so sehen wie du? So wie du es mir im Restaurant geschildert hast? Und auch jetzt in dieser E-Mail. Das würde ich mir wünschen. Ich denke zu sehr mit dem Herzen.

Aber vielleicht hast du recht und wir sollten versuchen, etwas Abstand voneinander zu gewinnen.

Ben, 13:39 Uhr

Mit dem Herzen denke auch ich. Sehr sogar. Und das macht es auch für mich so schwer.

Lydia, 13:52 Uhr

Dann denke noch mehr mit dem Herzen! Vielleicht hast du mich in einem früheren Leben ebenfalls abgewiesen und das Schicksal gibt dir in diesem Leben eine zweite Chance, es richtig zu machen.

Ben, 18:06 Uhr

Liebes, ich bin in Gedanken permanent bei dir. Dein Weinen im Auto. Es hat mich innerlich zerrissen. Nachdem du ausgestiegen warst, lag dein Blazer immer noch auf dem Rücksitz. Ich wollte dir hinterherrufen, doch mir fehlte die Kraft. Ich kam mir so dumm vor. Als ob ich dich gestern bestrafen wollte, indem ich dich zum »bösen Onkel« fahre.

Ich weiß nicht, was du mir damit sagen willst. Florian ist nicht der »böse Onkel« in diesem Spiel. Er ist derjenige, der mir ein Zuhause gibt, das hast du selbst zu mir gesagt.

Florian war shoppen und ich ebenfalls.

Achthundert Euro für ein champagnerfarbenes sexy Kleid, einen schwarzen Lederrock, eine wunderschöne halbtransparente Bluse, ein schwarzes Cocktailkleid und dazu passend drei Paar Stilettos. Und dann stand ich vor dem Spiegel in der schwarzen Bluse, dem Lederrock, den Stilettos aus Wildleder und da wurde mir klar: Wow, du bist wunderschön in diesem Outfit, aber du wirst es niemals anziehen. Für Oldenburg ist es zu auffällig und Florian interessiert sich nicht für diesen Kleidungsstil. Zu Ben würde es passen, aber du wirst es neben ihm nie tragen, denn er wird niemals zu dir stehen. Du wirst immer die Frau im Schatten sein. Er wird nie für dich da sein, wenn es dir schlecht geht. Er wird dir nie ein Zuhause geben. Er wird nie auf Geburtstagspartys deiner Freunde an deiner Seite stehen. Er wird nie mit dir Weihnachten feiern. Er wird nie dein Mann sein. Du wirst immer die dumme Frau an der Seite eines Mannes sein, dem du durch deine Offenheit und Ehrlichkeit sein Ego streichelst.

Es tut mir leid, Ben. Mein letzter Satz hört sich hart an. Es klingt fast gemein. Aber ein klein wenig ist es doch so. Ich weiß, dass du etwas für mich empfindest, doch was immer es ist, es ist nicht vergleichbar mit meinen Gefühlen. Und was noch viel wichtiger ist: Es wird niemals reichen.

Lydia saß allein im Wohnzimmer. Florian war schon schlafen gegangen. Plötzlich überwältigten sie Bedauern und Reue.

Obwohl sie wusste, dass es falsch war, erfasste sie ein unwiderstehlicher Drang, Ben ihr Leid mitzuteilen.

Lydia, 23:32 Uhr

Jetzt weine ich. Es tut mir wirklich aufrichtig leid. Ich denke, du wirst nicht gut schlafen. Das will ich nicht, ich will dir nicht wehtun. Weißt du, letztendlich wird es immer so sein: Wir werden uns weiterhin gegenseitig Kummer bereiten. Du hast recht. Es gibt nur einen goldenen Moment, indem wir das nicht tun: wenn wir zusammen sind. Wenn wir zusammen sind, sind wir beide glücklich. Aber auch nur dann. Jeder Abschied wird immer wieder voller Schmerz sein, weil wir jedes Mal mit der Zukunft konfrontiert werden, völlig egal, ob wir wollen oder nicht.

Werde ich ihn jemals nicht mehr lieben, fragte sich Lydia. Wird irgendwann der Tag kommen, an dem ich aufwache, und er wird nicht mehr da sein? Wie ein dunkler Schatten, der verschwindet, wenn das helle Licht der Sonne durch die Fenster scheint? Sie konnte sich ein Leben ohne Ben nicht mehr vorstellen. Würde er gehen, würde es sie zerstören. Sie würde nie wieder der Mensch sein, der sie vor dieser Begegnung war.

18. JULI

Lydia trank ihren Kaffee, zog ihr Kleid, ihren Blazer und die Pumps an. Mechanisch ohne darüber nachzudenken. Sie ging zum Bus, stieg ein und fuhr zur Arbeit. Ihre Kollegen begrüßte sie mit antrainiertem Lächeln. Das Einzige, was an diesem Morgen anders war, waren ihre Augen. Sie waren geschwollen, krank und hatten ihren Glanz verloren.

Lydia, 08:53 Uhr

Ich bin mit einer halben Karte Migräne-Tabletten und Sonnenbrille zur Arbeit gegangen. Wie viele Tränen ein Mensch weinen kann.

Ben, 09:27 Uhr

Wenn ich dir den Schmerz nehmen könnte, ich würde es tun. Lieber leide ich doppelt, als dass du leidest. Deine letzten Nachrichten wurden immer schwerer, doch auch immer leiser, immer unsichtbarer. Große Zweifel, große Enttäuschung und Verärgerung. Auch deine Trauer kann ich nicht nur verstehen, sondern am eigenen Leib fühlen. Mir geht es genau wie dir. Exakt genauso.

Lydia öffnete den Schrank, um Getränke für das anstehende Meeting herauszuholen. An der Innenseite der Schranktür war ein kleiner Spiegel befestigt. Zunächst streifte sie ihn nur mit einem flüchtigen Blick, aber als sie richtig hineinsah, erschrak sie. Dann musste sie schmunzeln.

Lydia, 11:18 Uhr

Wenn ich dir jetzt ein Foto schicke, fällt es dir leicht, mich nicht mehr zu sehen und zu vergessen.

Ben, 11:20 Uhr

Ich könnte dich niemals vergessen. Du bist ein Teil von mir. Für immer.

Schon stiegen ihr wieder Tränen in die Augen. In diesem Moment betrat ihr Chef das Büro und musterte sie nachdenklich. »Ich denke kaum, dass Sie sich heute in der Lage fühlen, an dem Meeting teilzunehmen. Sie brauchen nicht anwesend zu sein«, sagte er, nachdem er ein paar organisatorische Details mit ihr geklärt hatte. Lydia war ihm dankbar.

Lydia, 11:36 Uhr

Ich muss nicht zum Generalmeeting erscheinen. Mein Chef weigert sich, mich so mitzunehmen. Ein Glück! Es wäre höchst peinlich geworden.

Ben, 11:39 Uhr

Hat das Konsequenzen für dich? Ich hoffe nicht.

Lydia, 11:47 Uhr

Nein. Er fragt mich nur die ganze Zeit, was los ist. Er hat mich noch nie so aufgelöst erlebt. Und ich kann mich gerade nicht zusammenreißen, das habe ich ihm gesagt. Er kann sich den Grund schon denken, meinte er. Ich war in letzter Zeit so glücklich, noch gutgelaunter als üblich. Und heute? Als hätte jemand vergessen, den Wasserhahn zuzudrehen. Das muss doch mal aufhören! Es gab in der Nacht eineinhalb Stunden Pause, weil ich eingeschlafen bin. Und seit dem Aufstehen weine ich wieder ununterbrochen.

Ben, 11:52 Uhr

Oh Gott, Liebes. Was tue ich dir nur an!

Lydia, 11:59 Uhr

Ben, wenn du mich so liebst, wie du es gesagt hast, erlebst du gerade deine eigene persönliche Hölle. Das ist ein Zeichen dafür, dass diese Gefühle aufrichtig sind. Etwas Schöneres gibt es eigentlich nicht.

Ben, 12:21 Uhr

Auch wenn wir irgendwann für immer getrennt sind, werden unsere Seelen verbunden bleiben. Sie kennen keinen Status namens Beziehung oder Liebespaar. Ihre Verbindung ist unendlich. Frei. Voller Licht. Sonne. Der Schmerz wird vergehen, unsere Liebe wird bleiben. Es ist nur schwierig, das zu verstehen. Unser Ego macht es uns in dieser Hinsicht verdammt schwer. Es fühlt sich so an, als ob unsere Herzen bei lebendigem Leib herausgerissen werden.

Lydia war auf dem Weg nach Hause. Sie dachte an den Sex, an diese unfassbare Energie und den Zauber. Bei einer Trennung würde er ihr alles nehmen. Ben wollte ihr die ganze Verantwortung für die Entscheidung allein überlassen. Das war nicht fair. Die Rebellin in ihr konnte und wollte sich damit nicht zufriedengeben.

Lydia, 20:36 Uhr

Reagierst du noch sexuell auf mich? Auch wenn du mich nicht mehr sehen möchtest?

Ben, 20:48 Uhr

Es würde mir noch in hundert Jahren ein Vergnügen sein, mit dir zu schlafen. Du bist nach wie vor eine sehr anziehende Frau für mich. Und dass wir uns erst mal nicht sehen, bedeutet nicht, dass ich keinen Sex mehr mit dir möchte. Ich will dir mit dieser Auszeit helfen, eine rationale Entscheidung für dein, unser zukünftiges Leben zu treffen.

Lydia, 21:05 Uhr

Ich habe wirklich Lust, meine sündhaft teure Kleidung mit dir auszuführen. Die habe ich eigentlich nur für unsere Beziehung gekauft.

Ben, 21:11 Uhr

Lydia? Dass ich dich nach wie vor überaus attraktiv finde, ändert nichts an meiner Meinung. Weitere Treffen würde uns beiden im Augenblick nicht guttun.

Lydia, 21:18 Uhr

Mache ich es dir schwer? Was soll ich jetzt tun? Mich wieder auf *longing4intimacy* anmelden? Ich brauche einfach guten Sex.

Ben, 21:22 Uhr

Du fragst den Mann, der dich liebt, ob du dich dort wieder anmelden sollst?

Lydia, 21:33 Uhr

Du willst doch nicht mehr mit mir schlafen.

Ben, 21:43 Uhr

Weil so große Gefühle im Spiel sind. Deshalb können wir nicht mehr miteinander schlafen. Zumindest für eine Weile nicht.

Lydia, 21:54 Uhr

Was soll ich jetzt davon halten? Also Sex definitiv nicht mehr? Bist du dir ganz sicher?

Ben, 22:06 Uhr

Leider ja. Ich wünschte, es wäre anders.

Lydia, 22:17 Uhr

Willst du mich wirklich wieder in die Erotik-Community drängen? Wo es so perfekt zwischen uns funktioniert? Okay, ich verstehe.

Lydia wurde wütend. Warum konnte er sich nicht einfach zusammenreißen und die Gefühle ignorieren. Er war doch sonst in der Lage, Sex ohne Gefühle zu haben!

Es tut mir leid, Ben. Ich brauche Sex und den hätte ich liebend gern mit dir. Es wird schwer sein, einen Mann zu finden, der so ist wie du.

Es gab Beziehungen, bei denen meine Dominanz nur unterschwellig eine Rolle gespielt hat. Sexuell gesehen.

Die entsprechende Partnerin hat meine Neigung nie provoziert. Ein wenig Dominanz oder ein bisschen Dirty Talk spielten schon eine Rolle. Aber eine kleine. Du hast mich bewusst und unbewusst herausgefordert. Und zwar sehr. Gerade, weil ich wusste, dass du darauf stehst.

Lydia vergewisserte sich, dass Florian schon schlief, ging mit einer Flasche Wein in die Küche und schloss hinter sich die Tür. Sie musste Bens Stimme hören.

Der Beginn des Telefonats war seltsam. Locker und ohne Scheu sprachen sie miteinander und trotzdem war da noch etwas anderes. Wie eine dritte Person, die darauf achtgab, dass keiner dem anderen zu viel Liebe zeigte.

Die belebende Wirkung des Weins stärkte ihr Selbstbewusstsein und sie versuchte, Ben zu einem erneuten Treffen zu überreden. Schließlich hatte er immer noch ihren Blazer und am Ende willigte er ein, sich am nächsten Samstag in einer Bar in Hamburg zu treffen. Sie redeten und lachten miteinander, fast so wie früher. Zum Schluss unterhielten sie sich über sexuelle Fantasien. Ebenfalls wie früher. Aber trotz dieser ganzen Worte und Empfindungen nahm Lydia das Gespräch als weniger intim wahr. Zum Schluss einigten sie sich darauf, ihren Chatkontakt ein paar Tage ruhen zu lassen. Ben fuhr mit seiner Mutter nach Freiburg und Lydia brauchte Ruhe und Erholung.

Der Gedanke, ihn wiederzusehen, beruhigte sie. Als das Telefonat beendet war, sah sie durch das Fenster hinauf zum Himmel. Es war Vollmond. So wie in der Nacht, als sie sich im Schlosshotel unsterblich in Ben verliebte. Sie würde diesen Anblick niemals vergessen.

Lydia öffnete das Fenster, versuchte die Schönheit des Monds in einem Foto einzufangen und schickte es Ben.

Ben, 23:52 Uhr

Wirklich ein schönes Foto.

Lydia, 23:58 Uhr

Ich bekomme gerade ein beklemmendes Gefühl in meiner Brust. Das Foto macht mich so traurig und sentimental. Falls du dich jetzt genauso fühlst: Das wollte ich nicht.

Sie war betrunken vom Wein und fühlte sich niedergeschlagen. An diesem Tag war viel geschehen. Das Telefonat hatte Lydia gutgetan. Sie brauchte das konstante Gefühl, von Ben

geliebt und begehrt zu werden. Und nach dem Gespräch
spürte sie eindeutig, dass es ihm genauso schlecht ging wie
ihr.

21. JULI

Lydia, 17:10 Uhr

Hallo Ben. Ich hoffe, ich störe dich nicht. Bist du schon zurück in Hamburg? Nur eine Frage: In welcher Bar treffen wir uns übermorgen? In dieser bewussten?

Ben, 17:22 Uhr

Bin ich. Seit heute Mittag.

Von welcher Bar sprichst du?

Lydia dachte an die Bar, in der sich Ben mit einer seiner Gespielinnen getroffen hatte. Die Frau saß ihm gegenüber auf einem hohen Barhocker und Ben hatte sie dort mit seiner Stimme genauso in Trance versetzt, wie Lydia es nur allzu gut von ihm kannte. Diese Lady war sehr extrovertiert gewesen und das Treffen hatte in einem Fiasko geendet. Bens Begleitung spreizte vor allen Gästen die Beine, griff sich zwischen ihre Schenkel und machte es sich selbst. Sie vergrub ihre Finger in ihrer nassen Scham und steckte sie ihm anschließend in den Mund. Ben fühlte sich überfordert. Und als sie im sexuellen Rausch und mit den Fingern in ihrem Schritt damit begann, offensiv mit einem anderen Mann zu flirten, wurde es Ben zu viel.

Lydia konnte verstehen, dass ihn das in Rage versetzt hatte. Und genau deshalb wollte sie dorthin. Sie wollte auf dem gleichen Stuhl sitzen wie seine ehemalige Bekanntschaft und er sollte ihr noch einmal die Geschichte erzählen. Sie wünschte sich, die gleiche Energie zu spüren, sich in diese Frau hineinzuversetzen. Sie wollte, dass Ben diese unangenehmen, teilweise erniedrigenden Momente erneut fühlte und sie wollte sehen, was es in ihm auslöste.

Lydia, 17:36 Uhr

Diese »Orgasmus-Bar«, wo du mit der Sexsüchtigen warst. Wir können uns aber auch in einer schicken, anständigen Bar treffen. Ganz, wie du möchtest.

Ben, 17:44 Uhr

Nun, diese Bar ist schon schick und anständig. Wenn man von diesem obszönen Erlebnis absieht.

Melde mich später. Bin gerade im Stress ...

Lydia legte sich auf die Couch und schaltete den Fernseher ein. Erfolglos versuchte Sie sich abzulenken. Ihre Gedanken waren pausenlos bei Ben. Sie konnte sich auf nichts anderes konzentrieren.

Ben, 18:21 Uhr

Übrigens gehen wir am Samstag nicht in diese Bar.

Ich kenne einen exklusiven Geheimtipp. Dort möchte ich dich treffen. Lass dich einfach überraschen.

Ich schicke dir rechtzeitig die Adresse.

Lydia, 18:34 Uhr

Du machst es ziemlich spannend. Das gefällt mir.

Kurz zu unseren sexuellen Fantasien gestern Nacht ...

Mich würde es erregen, in deinem Arm zu liegen, und anderen Paaren beim Sex oder der Unterwerfung zuzuschauen. Ich bin Mitglied in einem exquisiten Club, in dem das möglich wäre.

Ben, 18:49 Uhr

Nun, das wäre zumindest ein prickelnder Anfang für einen gelungenen Abend.

Mit ihrem Ex-Mann war sie häufig dort gewesen. Sie war eine leidenschaftliche Voyeurin, aber normale Swingerclubs waren nichts für sie. Lydia brauchte Stil, Niveau, ein erotisches, geheimnisvolles Ambiente.

Lydia, 18:55 Uhr

Macht es dich an, wenn man dir beim Sex zuschaut?

Ben, 18:58 Uhr

Diese Erfahrung hatte ich noch nicht. Zumindest nicht in einem Club.

Lydia, 19:09 Uhr

Wo dann?

Ben, 19:18 Uhr

Im privaten Rahmen während des Ibiza-Urlaubs. Zwischen einem damals guten Freund und einer bis dahin vollkommen fremden Frau.

Erzähle mir mehr von deinem Erlebnis.

Ben, 19:35 Uhr

Wir waren essen. Zu fünft. In einem sehr guten Restaurant. Der Besitzer stellte bei Stammkunden nach dem Essen immer eine Flasche Hierbas oder Absinth auf den Tisch. So auch bei uns. Es war ein heißer Abend, noch immer fast dreißig Grad. Wir haben die Flasche geleert und sind anschließend ins Appartement gefahren, vollkommen betrunken. Wir drei saßen hinten. Sie in der Mitte. Plötzlich spürte ich ihr Bein an meinem. Immer wieder. Sah ihr anderes an seinem. Sie hob ihre Beine und legte die Oberschenkel auf unseren ab. So saß sie die restliche Fahrt. Mit gespreizten Beinen.

Wir ließen uns zunächst nichts anmerken. Im Appartement – Meerblick, die Sonne ging direkt vor uns auf – saßen wir auf einem großen Outdoorbett. Wir redeten, lagen einfach so da. Chillten. Die anderen beiden waren ins Bett gegangen.

Ich ging kurz rein und holte was zu trinken. Kam wieder raus und sah, wie sich beide küssten. Ich setzte mich dazu. Beobachtete. Sie zog sich vor uns aus. Öffnete meine Hose und begann mich zu verwöhnen. Er begann sie von hinten zu nehmen.

Nachdem er mit der Kleinen fertig war, legte ich sie mir zurecht. Dann benutzte ich sie weiter. Bis ich kam.

Unser gemeinsames Vergnügen dauerte bestimmt zwei Stunden.

Lydia, 19:58 Uhr

Deine Story ist unglaublich heiß und verführerisch.

In eurer Mitte wäre ich sicher auch schwach geworden …

Umgeben von dem exotischen Flair Ibizas spüre ich den berauschenden Absinth in meinem Blut. Die Hitze der Nacht und der salzige Geruch des Mittelmeers benebeln meine Sinne. Den glühenden Sonnenaufgang vor Augen bin ich umringt von zwei attraktiven Männern, die mich begehren. Sinnlicher kann ein Augenblick kaum sein. Ich bekomme Sehnsucht …

In dem Club erwartet uns jedoch eine andere Dynamik. Diese überwältigende sexuelle Energie, wenn du während des erotischen Schauspiels hinter mir stehst und mich in deinen Armen hältst …

Überleg es dir. Dort gibt es kein Risiko, nur Spaß. Und sollte es uns nicht gefallen, fahren wir einfach wieder nach Hause. Wenn wir uns am Samstag sehen, zeige ich dir Fotos von dem Schloss und Informationen über die Events.

Ben, 20:36 Uhr

Solange du dich nicht aus meiner Umarmung löst? Ich weiß nicht, ob ich dich im Moment mit einer Frau oder einem anderen Mann sehen möchte. In der Fantasie ja, doch in der Realität …

Auch wenn dich offensichtlich die Vorstellung dieses Dreiers reizt. Vielleicht auch in Bezug auf den Club-Besuch?

Auf dieser Party würde ich nichts mit einer anderen Person anfangen. Ich würde sicher Avancen bekommen, aber ich würde sie charmant abweisen. Es geht mir rein um den Voyeurismus. Wir haben genug Spaß, auch ohne das. Allerdings gibt es nichts Schöneres, als attraktiven Menschen beim Sex zuzuschauen. Ich weiß, ich bin ein kleines Miststück.

Ich ziehe meine Erregung beim Voyeurismus zu achtzig Prozent aus der Erregung meines Partners. Nur wenn es dir gefällt, ist es für mich erfüllend.

PS: Das hast du übrigens gerade sehr schön formuliert.

Ben, 21:03 Uhr

Die Idee mit dem erotischen Schloss-Event klingt verführerisch – für einen späteren Zeitpunkt.

Zunächst hole ich dich am Samstag um zwanzig Uhr vom Bahnhof ab. Dann sparst du dir den Weg zur Bar. Außerdem möchte ich dort zusammen mit dir hin.

Lydia, 21:13 Uhr

Warum zusammen? Hast du Angst, dass ich mich allein an die Bar setze? Ich kann mir problemlos ein Taxi nehmen.

Ben, 21:23 Uhr

Angst habe ich natürlich nicht. Und solltest du zuerst da sein, setz dich ruhig schon an die Bar.

Ben, ich muss dich etwas sehr Ernstes fragen: Du hast es dir aber nicht bewusst zur Aufgabe gemacht, meine Gefühle zu manipulieren? Und dich damit in ein Machtspiel begeben? Meinen Körper zu dominieren, ist das eine. Meine Gefühle und mein Handeln zu dominieren, etwas völlig anderes. Wenn man dominiert, manipuliert man auch. Auch ich bin dazu in der Lage, sehr ausgeprägt sogar. Ich mache es aber bei dir nicht.

Ben, 22:15 Uhr

Darüber sollten wir von Angesicht zu Angesicht sprechen. Es ist ein sehr komplexes Thema. Nur so viel: Ich möchte nichts, was du nicht möchtest.

Ein sehr komplexes Thema? Lydia wurde unsicher. Wollte sie wirklich wissen, was er ihr zu sagen hatte? Ben und sie waren wie Zwillinge. Ihrer beider Ego war gleichermaßen groß. Und wer, wenn nicht sie selbst, wusste, wie wundervoll es war, wenn andere Menschen zu ihr aufblickten, süchtig nach ihrer Nähe waren. Aber sie kannte ihre Grenzen. Und Ben? Kannte er sie auch?

Sie fragte sich nach den Tagen der Stille, ob sein Vorsatz, keinen Sex mehr mit ihr zu haben, immer noch existierte.

Lydia, 23:12 Uhr

Samstag bei dir? Übernachten?
Ich habe keine Lust, mir nachts noch ein Hotel zu suchen.

Ben, 23:20 Uhr

Ich erwarte, dass du bei mir schläfst. Ich küsse dich.

Lydia, 23:35 Uhr

Jetzt bin ich überrascht. Mehr noch – ich bin amüsiert, lieber Ben. Du erwartest es?

Gut, dann komme ich Samstagabend und werde gegen 20:30 Uhr in der Bar sein. Ich fahre vom Hauptbahnhof mit dem Taxi. Schlaf gut und träume schön.

Sein angeblich fester Wille, nicht mehr mit ihr zu schlafen, war anscheinend gebrochen. Offenbar war Lydias Macht über Ben größer, als sie dachte. Er konnte ihrer Verführung nicht widerstehen. So sehr er auch versuchte, sich dagegen zu wehren. Es war zwecklos. Dieser Triumph befriedigte sie.

22. JULI

Lydia, 10:35 Uhr

So, Tickets sind gebucht. Hoffen wir, der Zug ist pünktlich. Falls nicht, hast du genügend Zeit, dich mit anderen Frauen zu unterhalten.

Ben, 10:56 Uhr

Alles klar, Liebes. Mit anderen Frauen solange unterhalten? Ein Teil von dir findet diesen Gedanken garantiert sexy. Ein anderer verabscheut ihn zutiefst.

Lydia, 10:59 Uhr

Zehn Prozent sexy, neunzig Prozent Eifersucht, wenn ich die Frauen nicht kenne und sie dementsprechend nicht einschätzen kann. Keine Kontrolle.

Ben, 11:06 Uhr

Es ist immer wieder faszinierend zu sehen, wie sehr wir uns gleichen. Genauso fühle ich, wenn fremde Männer an deiner Seite sind.

Lydia, 11:23 Uhr

Seit Montag habe ich mir nicht mehr unser gemeinsames Foto angeschaut.

Ben, 11:35 Uhr

Weißt du dann überhaupt noch, wie ich aussehe?

Lydia, 11:36 Uhr

Oh Gott, wenn ich jetzt den falschen Mann anspreche.

Ben, 11:39 Uhr

Eben. Zumal wir uns gleich umarmen und küssen würden.

Lydia, 11:41 Uhr

Tun wir das?

Ben, 11:43 Uhr

Auf keinen Fall.

Lydia, 11:44 Uhr

Sondern?

Ben, 11:48 Uhr

Small Talk. Schließlich lernen wir uns am Samstag erst kennen.

Lydia, 11:50 Uhr

Habe ich dir schon gesagt, dass ich es liebe, zu spielen? Deshalb wollte ich separat von dir dort erscheinen. Ich wollte sehen, wie sich das anfühlt, dich so wiederzusehen.

Ben, 11:57 Uhr

Ich werde die Bar betreten und schaue mich in Ruhe um. Mustere die anderen Frauen. Sehe dich zwischen ihnen oder nicht. Sehe ich dich nicht, nehme ich Platz und bestelle mir etwas zu trinken. Sehe ich dich, nehme ich auch Platz und bestelle mir einen Drink. Vielleicht direkt neben dir, vielleicht aber auch mit mehr Abstand. Während ich warte, gesellt sich ein Mann zu dir. Ich überlasse es dir, ob du dich auf ein Gespräch einlassen willst.

Ich würde euch aus der Ferne beobachten. Würde versuchen zu erkennen, wie sehr er an dir und wie sehr du an ihm interessiert bist. Ich gehe auf die Toilette und dabei würde ich dicht an dir vorbeilaufen und dich kurz mit einer Hand am Rücken berühren.

Lydia, 12:37 Uhr

Das macht dich an? Was macht dich daran an?

Ben, diese Vorstellung ist elektrisierend …

Ben, 12:41 Uhr

Einfach alles. Das Gefühl, dir auf diese Weise ausgeliefert zu sein.

Lydia, 12:47 Uhr

Wenn ich weiß, dass du mich beobachtest, werde ich mich ganz sicher in einer angeregten Unterhaltung mit einem Mann befinden. Nur mit ihm allein.

Du würdest dich weiter mit ihm unterhalten, vielleicht sogar anfangen, mit ihm zu flirten. Alles vor meinen Augen. Es reizt mich, mit der Gefahr zu spielen, dass ein Mann mir zuvorkommen könnte. Du hättest in diesem Moment absolute Macht über mich. Würde dich das erregen? Würdest du mit ihm flirten?

Lydias Augen verdunkelten sich vor Lust. Sie hasste den Gedanken, Ben mit einer anderen Frau zu sehen. Aber ihn leiden zu lassen, seine Eifersucht zu provozieren, verlieh ihr ein Gefühl von Macht. Auf der anderen Seite erinnerte es sie schmerzhaft an den sinnlosen Streit vor drei Wochen. Bens grundlose Eifersucht war der Auslöser gewesen. Sie verspürte nicht mehr den Drang, seinen erotischen Gedanken zu folgen und ihm zu antworten.

❦❧

An diesem Sommerabend war Lydia allein zu Hause. Die milde Luft und der strahlend blaue Himmel lockten sie in die Natur. Sie nahm sich eine Flasche Wein und ging zur nahe gelegenen Hafenpromenade. Das laute Geschrei der Möwen hallte in ihrem Kopf, als sie sich auf den Bootssteg setzte. Sie wurde melancholisch. Ihre Gedanken drehten sich um Ben und das Telefonat vor ein paar Tagen.

Ich werde mich nie wieder auf eine gebundene Frau einlassen, hatte er zu ihr gesagt. Ihn belastete die Gewissheit, dass Lydia in einer Beziehung mit einem anderen Mann war, mit ihm lebte. Dass sie nicht ihm allein gehörte. Alles, was mit ihrer Liebesaffäre im Zusammenhang stand, unterlag einem Reglement. Lydia erwartete von Ben Rücksichtnahme auf ihre Partnerschaft mit Florian und ständige Kompromissbereitschaft. Obwohl sie sich Mühe gab, konnte sie nicht immer für Ben da sein, wenn er sie brauchte. In diesen Situationen fühlte er sich von ihr alleingelassen.

Traurig schloss Lydia die Augen und legte sich auf den Steg. Während das Rauschen des Wassers ihre negativen Gedanken langsam auflöste, schlief sie ein.

Die Sonne war bereits untergegangen, als Lydia von dem Geräusch ihres Handys geweckt wurde. Während sie sich auf den Heimweg machte, las sie Bens Nachricht.

Ben, 22:13 Uhr

Es ist ein schmaler Grat zwischen Eifersucht und Lust. Er ist so dünn wie Pergament.

Flirten macht grundsätzlich erst mal Spaß. Die Bekanntschaft in der Bar hat damals absichtlich in meinem Beisein geflirtet. Mein Gefühl dabei war mörderisch. Nix Erotik. Eher Säurebad und Guillotine. Sie hatte wirklich Glück, dass ich so anständig war und nicht gegangen bin. Flirtest du, habe ich keine Kontrolle mehr. Keine Kontrolle, keine Macht. Verrückt, ich weiß. Sie war in diesem Moment so dominant, dass ich mir unterwürfig vorkam. Und das ist wider meiner Natur.

Absolute Treue und Loyalität sind die Grundvoraussetzung für ein solches Spiel mit dem Feuer. Dieses Wechselspiel zwischen Eifersucht und Lust, Dominanz und Unterwerfung bedeutet auch eine große Gefahr, sich zu verbrennen. Du tust etwas, was mich überfordert, obwohl ich es vorher vielleicht sogar gewollt habe. Und dennoch macht mich diese Situation unglaublich an.

Schlaf schön. Ich freue mich auf dich.

23. JULI

Ben, 09:10 Uhr

Hast du gut geschlafen? Ist alles in Ordnung? Du hast gestern nicht mehr geantwortet.

Lydia, 09:20 Uhr

Die Sonne scheint und wir sehen uns heute Abend. Ich habe fantastisch geschlafen.

Lydia erzählte Florian von einer wichtigen Party, die von ihrer Model-Agentur veranstaltet wurde. Sie war eingeladen und würde bei einer befreundeten Kollegin schlafen. Er kannte diese Veranstaltungen und stellte keine weiteren Fragen.

Am frühen Nachmittag stand sie im Bad vor dem Spiegel und legte ihr Make-up auf. Die dunkel geschminkten Augen und der rote Lippenstift leuchteten verführerisch. Auf ihren Beinen schimmerten Nylonstrümpfe. Das hautenge champagnerfarbene Kleid, das sie sich letzten Samstag gekauft hatte, unterstrich ihren braunen Teint. Es war kurz geschnitten und betonte ihre langen Beine. Die passenden Stilettos vervollständigten das sexy Outfit. Lydias lange Lockenmähne fiel elegant über ihre Schultern. Sie legte die mit Brillanten besetzte Uhr um ihr schmales Handgelenk und steckte den passenden Ring dazu auf. Im Spiegelbild sah sie einen Vamp. Und genau das wollte sie heute Abend sein.

Lydia, 16:16 Uhr

Jetzt stehe ich am Bahnsteig.

Ben, 16:19 Uhr

Und, gibt es Blicke?

Lydia, 16:23 Uhr

Oh Gott, ja. Ich mag es nicht, wenn ich auf der Straße zu auffällig gekleidet bin.

Ben, 16:31 Uhr

In Oldenburg geht das sicher schnell. Bist du nervös?

Was würdest du über dich denken, wenn du dir selbst begegnest?

Lydia, 16:43 Uhr

Ja. Ich bin etwas nervös.

Als Frau: Schlampe. Allerdings aus Missgunst und nicht weil ich nuttig gekleidet bin.

Als Mann: Heiße Lady!

Ben, 16:47 Uhr

Fühlst du dich gerade wie eine Schlampe? Weil du für den einen oder anderen das Objekt der Begierde bist?

Lydia, 16:55 Uhr

Nein, ich fühle mich nur unpassend gekleidet.

Ben, 16:57 Uhr

Soll ich dich nachher wie eine Schlampe benutzen?

Lydia, 16:59 Uhr

Je nachdem, was du über mich denkst.
Und? Soll ich flirten?

Ben, 17:04 Uhr

Du sollst. Ich werde ungefähr fünfundvierzig Minuten nach dir erscheinen. Wenn sich die Gelegenheit für ein Gespräch bietet, geh darauf ein.

Lydia, 17:10 Uhr

Dann hoffe ich, dass sich diese Gelegenheit nicht bietet. Es ist nicht meine Art, wenn ich verliebt bin. Dann unterhalte ich mich grundsätzlich nicht mit anderen Männern.

Ben, 17:16 Uhr

Ich möchte es sehen, Lydia. Mit Abstand.

Pünktlich mit Einfahrt des Zugs um zwanzig Uhr erhielt Lydia von Ben die Adresse der Bar. »Perfektes Timing«, flüsterte sie anerkennend und lächelte. Sie suchte sich ein Taxi und zeigte dem Fahrer die Nachricht.

Das Auto hielt an einem unscheinbaren Gebäude und Lydia schaute sich skeptisch um. Für einen exklusiven Geheimtipp war der Anblick ziemlich spartanisch. Es war kein Zugang zu erkennen, geschweige denn ein Schild oder ähnlicher Hinweis.

»Sind Sie sich sicher, dass wir hier richtig sind?«, fragte sie den Taxifahrer. Sie zeigte ihm noch einmal die Adresse.

»Wo ist denn der Eingang?«

Der Mann deutete auf eine kleine braune Tür. Lydia bezahlte und stieg aus. Sie öffnete langsam die Eingangstür und sofort kam eine gepflegte männliche Bedienung auf sie zu.

»Guten Abend. Sie haben reserviert?«, fragte er freundlich.

»Nein«, gab sie mit einem Lächeln zurück. »Ich bin in der Bar verabredet.«

»Folgen Sie mir bitte, ich bringe sie dorthin.«

Anscheinend hatte sie das Gebäude durch den Hintereingang betreten. Er führte sie durch einen Innenhof, der gleichzeitig ein Restaurant war. Natürlich hatte Ben auch dieses Mal wieder seinen unfehlbaren Geschmack bewiesen.

Sie blickte auf Tische mit weißen Decken, auf ein Meer aus Kerzen und Blumenarrangements. Feuerfackeln waren entzündet, Gläser und andere Accessoires glänzten in deren Licht. Die Gäste waren entsprechend dem noblen Ambiente gekleidet und das alles unter freiem Himmel, ein überwältigender Anblick.

Als Lydia die Bar betrat, verschlug es ihr den Atem. Ihr Blick richtete sich auf den verspielten französischen Kamin am Ende des Raums. Sein grau-rosa-farbener Naturstein hob sich von dem Blau der Wände ab und die alten Gemälde illustrer Gesellschaften in barocken Kleidern schafften ein edles

Ambiente. Die Sitzmöbel waren aus elegantem Leder im Chesterfield-Stil gefertigt und das Mobiliar bestand aus massivem Holz.

Wie eine Zeitreise, dachte sie und fühlte sich wie in einem alten Herrenhaus aus dem 18. Jahrhundert, auch wenn es von außen nicht den Anschein hatte.

Lydia war der einzige Gast. Sie nahm auf einem Barhocker Platz und sah sich um. Der Barkeeper kam unvermittelt auf sie zu.

»Hallo, mein Name ist Marc«, sagte er. »Warum bist du allein hier?«

Sie erzählte ihm von einer Freundin, mit der sie verabredet sei. Es war ein nettes Gespräch, er flirtete heftig und schließlich fragte er sie nach ihrem Lieblingsdrink.

»Gin«, erklärte Lydia.

Marc versprach ihr, sie den ganzen Abend mit exotischen Gin-Cocktails zu verwöhnen, die sie in der Form garantiert noch nirgendwo getrunken hätte. Lydia ließ sich vergnügt darauf ein. Und der erste Cocktail war wirklich gut.

Lydia, 20:45 Uhr

Die Bar ist leer. Ich bin die Einzige und flirte die ganze Zeit mit dem Barkeeper. Du kannst mich also gar nicht übersehen.

Ben, 20:50 Uhr

Habe ich mir schon gedacht. Bei dem Wetter …

Lydia, 20:53 Uhr

Nicht schlimm. Ich kann ohnehin nicht gut flirten. Ich habe zwischenzeitlich sogar seinen Vornamen vergessen.

Ben, 20:56 Uhr

Bin gleich da, Liebes.

Lydia, 20:58 Uhr

Kann ich mich mit ihm weiter unterhalten, wenn du hier bist?

Ben, 21:02 Uhr

Demnach möchtest du nachher den Flogger spüren?

Lydia, 21:05 Uhr

Den möchte ich auch spüren, wenn ich jetzt artig bin.

Ben, 21:08 Uhr

Findest du ihn attraktiv?

Lydia, 21:11 Uhr

Er ist ziemlich süß. Und er hat gesagt, ich sehe aus wie ein hübscher Engel.

Mittlerweile füllte sich die Bar mit Gästen. Ein neuer köstlicher Gin-Cocktail wurde Lydia serviert – und plötzlich sah sie ihn.

Ben betrat die Bar durch den Haupteingang, wodurch er unweigerlich an ihr vorbeigehen musste. Was für ein unwirklicher Moment. Sie beobachtete sein Erscheinen im Augenwinkel, schaute kurz zu ihm hoch und sofort schwenkte ihr Blick wieder zurück zu Marc.

Er wirkte sehr attraktiv in seinem hellblauen Anzug und dem weißen Hemd. Das Outfit erinnerte sie an ihre gemeinsame Nacht im Schlosshotel. Bens Charisma war überwältigend und seine Präsenz, die Lydia streifte, als er an ihr vorbeiging, lähmte sie kurz.

Mit etwas Abstand zu ihr setzte er sich auf einen Barhocker. Sie durfte ihn nicht weiter beachten. Das gehörte zum Ablauf des Abends und sie war froh darüber, denn die Situation und seine Anwesenheit machten sie nervös.

Sie versuchte, das zwanglose Gespräch mit Marc aufrechtzuerhalten, plauderte munter, lachte immer wieder. Bens Blicke ignorierte Lydia gekonnt. Schließlich ging Marc zu ihm und die beiden Männer sprachen kurz miteinander. Ben hatte sich einen Drink bestellt.

Als Marc zurückkam, erklärte er mit einem frechen Schmunzeln: »Der Herr dort drüben fragt, ob er deine Drinks bezahlen und sich zu dir setzen darf. Was sagst du dazu?«

Der Moment war gekommen, an dem Lydia ihn offiziell anschauen durfte. Ein Lächeln fuhr über ihre Lippen, als sie ihm in die Augen sah. »Warum nicht?«, sagte sie.

Marc übernahm die gegenseitige Vorstellung und Lydia musste lachen, als sie zu Ben »Hallo, schön dich kennenzulernen« sagte.

»Was trinkst du?«, fragte Ben.

Sie betrachtete ihr leeres Glas. »Gin. Und Marc hat versprochen, mir den ganzen Abend die besten Gin-Cocktails zu servieren, um mir die Wartezeit auf meine Freundin zu versüßen.«

»Gin? Was für ein Zufall. Den trinke ich auch gerade. Soll Marc uns vielleicht einen neuen Drink zaubern?«, fragte Ben charmant.

Lydia stimmte zu. Eine entspannte, zwanglose Unterhaltung nahm ihren Lauf. Anfangs schien ihr die Situation absurd. Sie hatte ständig das Verlangen, ihn zu umarmen und zu küssen. Ben ging es vermutlich ähnlich, aber er beherrschte seine Rolle so perfekt, dass es Lydia Spaß zu machen begann. Zudem bemerkte sie, dass auf der anderen Seite der Bar zwei Männer Platz genommen hatten. Und einer dieser Herren suchte permanent Blickkontakt zu ihr.

Ein prickelndes Spiel nahm seinen Anfang. Ben durchschaute die neue Konstellation sofort und begann, Lydia zu beobachten. Schnell fand er heraus, um welchen Herrn es sich handelte. Sie unterhielt sich angeregt mit Ben, während ihre Blicke immer wieder zu dem Unbekannten schweiften. Bald spürte sie Bens zunehmende Anspannung. Was zuerst einen Reiz auf sie ausgeübt hatte, führte nun zu einem schlechten Gewissen.

»Wir müssen das nicht tun. Ich will dich lieber küssen«, flüsterte sie in sein Ohr, während sie ihre Hand auf sein Knie legte.

»Nein. Mach weiter«, sagte er.

Lydia forcierte den Körperkontakt mit Ben mehr und mehr, und für Außenstehende schienen sie im Laufe des Abends vermutlich immer vertrauter zu werden. Irgendwann stand sie auf, stellte sich zwischen Bens Beine, umarmte ihn und wandte sich während des Gesprächs zärtlich seinem Gesicht zu. Doch trotz dieser wachsenden Intimität verlor sie nie den Blickkontakt zu dem fremden Mann und plötzlich stand er auf. Während sie in Bens Armen lag, ging er an ihnen vorbei zu den Toiletten und schaute ihr tief in die Augen.

Ben hatte den Mann aus dem Augenwinkel verfolgt und schaute Lydia mit einem schwer zu definierenden Blick an. Von diesem Zeitpunkt an hielt sie sich zurück. Sie wurde immer zärtlicher, küsste ihn intensiv auf die Wange, umarmte ihn. Den Unbekannten ignorierte sie.

Hand in Hand verließen sie schließlich die Bar und gingen ein Stockwerk höher in den Club, der ebenfalls zu der Location gehörte. Der Raum war noch fast leer und sie nahmen auf einer bequemen Couch Platz. Kaum hatten sie sich gesetzt, fielen sie einander in die Arme und küssten sich. Wie hatte sie sich danach gesehnt!

»Was Marc jetzt wohl denkt«, flüsterte sie Ben strahlend zu, als sie an seiner Schulter ruhte.

»Wollen wir fahren? Es dauert sicher noch eine Weile, bis sich der Club füllt«, erwiderte er zärtlich.

Lydia konnte es kaum erwarten. Ihr Körper und ihr Unterleib waren heiß von der Leidenschaft seiner Lippen. Dieser Kuss hatte ihr gezeigt, welche Intensität sie erwartete, sobald sie mit ihm allein war.

☙❧

Dass sie keinen Slip trug, hatte Ben bereits wohlwollend im Auto festgestellt. Und nun riss er sie an sich, kaum dass sie seine Wohnung betreten hatten, küsste sie erneut und griff ihr unvermittelt zwischen die Beine.

»Zieh dich aus und leg dich aufs Bett!«

Sein Tonfall brachte fast ihren Herzschlag zum Erliegen. Wortlos zog Lydia ihre Stilettos aus und ging ins Schlafzimmer. Ben folgte ihr. Sie spürte seine durchdringenden Blicke, während sie sich entkleidete. Dann legte sie sich fiebernd vor Erwartung mit dem Rücken auf das Bett.

Ben kniete sich über ihren Oberkörper.

»Jetzt bekommst du, was du verdienst. Du hast es gewagt, mit einem anderen Mann zu flirten, obwohl du in meinem Arm gelegen hast? Du willst bestraft werden?«, fragte er mit düsterer Stimme.

»Ja, bitte bestrafe mich«, rief sie ihm entgegen.

Ben legte ihr die Ledermanschetten an Hände und Füße, dann fixierte er sie mit Seilen an allen vier Ecken des Betts. Ihre Arme und ihre Beine waren weit auseinandergespreizt. Mit der Zeit würden ihre Gelenke schmerzen, doch noch genoss sie diesen Reiz.

Ben glitt an ihrem Körper herunter, schlug ihr mit der Hand auf ihre weit geöffnete, nasse Scham, begann sie zu lecken und zu fingern, fordernder, brutaler, als sie es bisher kannte. Er war in Ekstase. Er war in seiner dominanten Welt. Sie konnte es in seinem Gesicht sehen, in seinen Augen, die ihr himmlisches Strahlen verloren hatten und nun funkelten wie ein dunkles, tosendes Meer. Lydia stöhnte laut auf.

Wieder schlug er ihr zwischen die Beine, diesmal noch fester und es dauerte nicht lange, bis sie die zarte Haut seiner Eichel an ihren Lippen spürte.

»Öffne deinen Mund und beweg dich nicht. Nicht einen Zentimeter«, raunte er. Dann stieß zu, immer wieder und immer tiefer, sodass Lydia fast zu würgen begann. Als er von ihr abließ, wagte sie nicht, den Kopf zu bewegen, ahnte aber, dass er zu seinem Koffer ging. Mit dem schwarzen Seidenschal in der Hand verband er ihr die Augen.

Nun konnte Ben mit ihr machen, was er wollte.

Er legte sich zwischen ihre weit gespreizten Beine und fickte sie erbarmungslos. Zwischendurch zog er seinen Schwanz immer wieder heraus, um ihn ihr tief in ihren Rachen zu pressen.

Ruckartig unterbrach er sein Treiben. Es war still, bis sie ein Rascheln hörte und gleich darauf spürte sie die sanft streichelnden Lederstreifen des Floggers auf ihrem Bauch. Ekstatisch wollte sie sich dem Leder entgegenstrecken, aber die Fixierung ließ ihr kaum Spielraum. Und dann schlug er zu, direkt auf ihre nasse Scham. Die Mischung aus Schmerz und erotischer Energie ließ Lydia in einen Sinnestaumel fallen. Ihre Atmung und ihr Herzschlag überschlugen sich. Ihr Körper war gefangen von Bens Leidenschaft. Er streichelte sie. Er schlug sie. Immer abwechselnd und ohne aufzuhören. Auf ihre Arme, auf die harten Knospen ihrer Brüste, auf ihren Bauch, ihre Innenschenkel. Sie spürte die Schläge überall und ihr stockte der Atem. Der Schmerz und das Brennen wurden immer intensiver.

Dann spürte sie plötzlich Bens Körper auf sich. Er stieß erneut seinen harten Schwanz in die nun brennende Wunde. Lydia schrie auf.

Ben raunte mit seiner hypnotischen Stimme: »Ja, das gefällt dir. Lass dich ordentlich von mir ficken. Lass dich benutzen.«

Seine Hände griffen nach ihrem Hals, während er sie nahm. Er drückte zu. Sie spürte ihren Körper nicht mehr, nur noch die heftigen Stöße. Dieser ständige Wechsel von Zärtlichkeit, Schmerz und Sex brachte sie an ihre Grenzen. Noch nie hatte sie ein so hemmungsloses Feuer und eine so zügellose Leidenschaft erlebt.

Abrupt zog er seinen Schwanz aus ihr heraus.

»Ich will von hinten in dir abspritzen«, herrschte er sie an.

Ben entfernte die Seile an Händen und Füßen, nahm den Seidenschal von ihren Augen und drehte sie geschickt um. Er zog ihren Po vor seinen Unterleib und spreizte mit den Fingern ihre Schamlippen weit auseinander. Unvermittelt stieß er in sie hinein.

»Komm hoch«, wies er sie an und griff nach ihren Haaren.

Sie stemmte ihren Oberkörper empor und Ben zog ihren Kopf an den Haaren nach hinten.

»Ich will dir das Seil um den Hals legen«, keuchte er.

Lydia hörte seine Worte wie aus weiter Ferne. Sie brauchte einen Moment, um zu begreifen, was er gesagt hatte.

»Nein!«, rief sie intuitiv. »Kein Seil!«

Er zog noch heftiger an ihren Haaren und schließlich spritzte er mit einem lauten Stöhnen in sie hinein.

Erschöpft legte sie sich auf das Bett und Ben schmiegte sich an sie. Beide rangen nach Luft.

»Wie fickst du nur.« Dieser Satz ging Lydia durch den Kopf und sie sprach ihn aus.

Ben zog sie in seinen Arm.

»Das bist du. Nur du, die mich dazu bringt.«

Lydia schloss die Augen und genoss seine Nähe. Ihre Körper waren nass von Schweiß und seine jetzt liebevollen Hände drängten immer mehr zwischen ihre Beine.

»Bitte nicht«, sagte Lydia. »Es tut weh.«

»Gleich nicht mehr.«

Bens Kopf verschwand zwischen ihren Schenkeln und er leckte sie unglaublich sanft. Lydia ließ die Schmerzen einfach los. Seine Zunge glitt ohne Widerstand in ihre Öffnung, die immer noch geweitet war von dem Tanz seines Schwanzes. Er nahm ihre Säfte in sich auf und küsste sie anschließend liebevoll.

Während sie später ineinander verschlungen ausruhten, gab Ben zu, dass sich ihr Flirten hart am Rand dessen bewegte, was für ihn noch tolerierbar war. Andererseits sei es sehr erregend gewesen. Daraufhin entschied Lydia, eine Situation wie diese niemals zu wiederholen, egal, was Ben von ihr verlangte. Er war schließlich der einzige Mann auf der Welt, den sie begehrte. Als sie ihm das sagte, umarmte er sie innig.

»Schlaf und träume schön«, flüsterte Ben zufrieden.

24. Juli

Lydia wurde früh am Morgen durch zarte Berührungen geweckt. Ben streichelte sie. In Nullkommanichts war sie erregt, sie konnte nicht anders. Er übte einen übermenschlichen Zauber auf sie aus und wie von selbst öffnete sie sich für ihn. Ben drang von der Seite in sie ein, bewegte sich sanft und hingebungsvoll in ihr.

Nachdem er sie das letzte Mal für diesen Tag geliebt hatte, griff Lydia nach dem Seil, das immer noch auf dem Boden lag, setzte sich auf seinen Oberkörper und legte es auf seinen Hals.

»Das wolltest du also mit mir machen? Mir dieses Gefühl geben?«

Sie spannte das Seil und hielt es rechts und links von seinem Kopf fest. Erstaunlicherweise wehrte er sich nicht und ein berauschendes Gefühl der Macht stieg in ihr empor.

Sie sah ihm tief in die Augen und küsste ihn zärtlich, während sie die Spannung des Seils aufrechterhielt. Irgendwann ließ sie ihn los mit einem gnädigen Lächeln, warf das Seil wieder auf den Boden und ging in die Küche. Als sie mit zwei Tassen Kaffee zurück ins Schlafzimmer kam, verloren sie kein weiteres Wort darüber.

Lydia setzte sich neben ihn ins Bett, nahm ihr Handy und öffnete eine Homepage. Sie zeigte ihm dort die Fotografie einer grazilen Schönheit mit langen schwarzen Haaren, nur mit roten Dessous und High Heels bekleidet. Sie lehnte an einem teuren Oldtimer, im Hintergrund ein imposantes Backsteinhaus. Es ähnelte einem Schloss. Außerdem Fotos mit Abenddämmerung. Herren in Anzügen und Damen in langen

Abendkleidern. Sie standen auf den Stufen der breiten Eingangstreppe, lachten und hielten Champagnergläser in den Händen. Am Eingang brannten Fackeln. Genau das war Lydias Stil und ihre Vorstellung von einem erotischen Ambiente. Ben schaute sich die Fotos aufmerksam an. Dann klickte Lydia auf den Event-Kalender und zeigte auf den 30. Juli. *Die erotische Schlossnacht für Paare und Damen.*

»Was hältst du davon?« Sie schaute Ben erwartungsvoll an. »Wäre das genug für einen prickelnden Anfang?«

Sein Blick wanderte über die Beschreibung - *unvergessliches, extravagantes Event; knisternde, erotisch aufgeladene Stimmung; einzigartiges, sinnliches Wochenende.* Bens Augen begannen zu leuchten und seine Lippen zeigten ein vielversprechendes Lächeln. Er nahm ihr Gesicht zärtlich in seine Hände und schaute sie liebevoll an. »Du bist eine Verführerin. Aber ja - es ist ein prickelnder Anfang«, raunte er erregt und küsste sie hingebungsvoll.

§

Lydia stand im Bad, um sich für die Rückreise fertigzumachen. Die letzten Stunden hatten ihren Körper gezeichnet. Sie war vollkommen wund und alles schmerzte.

Als sie Bens Balkon betrat, wurde sie von einem herrlichen Sommertag begrüßt. Es war heiß und strahlender Sonnenschein leuchtete von einem wolkenlosen Himmel. Sie entschieden, früher loszufahren, um bei einem Spaziergang noch gemeinsam die Sonne zu genießen.

Ben ging mit ihr in einen kleinen Park. Angelegt mit kleinen Seen und Brücken, üppiger Vegetation und umringt von modernen Wohngebäuden. Auf einer dieser Brücken lehnte sie sich an das Geländer und zog ihn in ihren Arm. Eng umschlungen küssten sie sich und Lydia spürte in diesem Moment nichts als Glück, Euphorie und Liebe.

Am Bahnhof fiel ihnen der Abschied unendlich schwer und es brach ihr fast das Herz, als sie in den Zug steigen musste. Lächelnd kam der Schaffner ihr entgegen. Vermutlich hatte er gesehen, wie sie sich eben noch aneinandergeklammert hatten, bevor Lydia ihre Tasche nahm und eingestiegen war.

Dieses Mal liefen ihr nicht die Tränen. Sie dachte an die schönen Stunden und daran, dass sie Ben bald wiedersehen würde.

25. Juli

Lydia war viel zu früh wach. Sie hatte solche Sehnsucht nach Ben, dass es sie fast zerriss. Als Lydia unter der Dusche stand, dachte sie an das Schloss-Event. An die erotische Atmosphäre. An Ben und daran, dass er dieses Erlebnis mit ihr teilen würde – zum ersten Mal in seinem Leben. Sie, Lydia würde ihm diese Welt eröffnen. Keine andere Frau schenkte ihm bisher ein derartiges Abenteuer. Dadurch wurde sie zu etwas Besonderem.

Lydia, 09:28 Uhr

Guten Morgen, Liebster. Unser Besuch auf dem Schloss am nächsten Wochenende …

Bist du nervös? Es ist immerhin dein erstes Mal.

Ben, 09:38 Uhr

Noch nicht.

Lydia, 09:42 Uhr

Was könnte dich nervös machen?

Ben, 09:57 Uhr

Die Energien, die dort auf mich warten. Die Männer, die mir meine Begleitung streitig machen wollen.

Womöglich wird es so sein, dass andere Männer mich auf eine sehr animalische Weise betrachten. Vertraust du mir?

Ich werde es versuchen. Animalische Weise? Erzähle mehr davon.

Sie wollen mich berühren, mich spüren, wahrscheinlich auch ficken … Und warum wirst du nur versuchen, mir zu vertrauen?

Ich werde es versuchen. Ob es mir gelingt, kann ich erst währenddessen wissen. Wie gesagt, es ist mein erstes Mal. Turnen dich diese animalischen Energien an?

Ein sensibles Thema. Die Erlebnisse auf dem erotischen Schloss-Event sollten ihre Beziehung zu Ben bereichern und festigen. Sie wollte kein Liebesdrama erleben. Lydia wurde unsicher. Ihre Gedanken fuhren Achterbahn. Erst am Abend antwortete sie ihm. Sie musste sich vergewissern.

Sei mir nicht böse, ich brauche eine präzise Antwort auf meine Frage. Und nein, es turnt mich nicht an. Es ist schmeichelhaft, aber anturnen? Erregen wird mich dein Anblick, wenn dir gefällt, was du dort siehst. Und ange-

turnt werde ich durch die Befriedigung meines Voyeurismus.

Ben, 21:28 Uhr

Ich vertraue dir. An die Energien, die mich dort erwarten,
muss ich mich jedoch erst gewöhnen. Du bist eine sehr
attraktive Frau. Die Blicke in einem normalen Club sind
das eine. Die Blicke am Samstag werden etwas vollkommen anderes sein.

Lydia, 21:35 Uhr

Ben, wenn du das nicht willst, ist das vollkommen in Ordnung.

Ben, 21:43 Uhr

Ich möchte, dass du buchst. Ich bin neugierig darauf.

Lydia, 21:53 Uhr

Ich möchte nicht, dass sich dadurch deine Einstellung mir
gegenüber ändert. Das ist mir wichtiger als jedes sinnliche
Erlebnis. Es werden sich Männer für mich interessieren. Es
kann passieren, dass sie gerade eine andere Frau ficken
und wenn wir dort stehen, um zuzuschauen, strecken sie
verlangend die Hand nach mir aus. Es kann sein, dass
Frauen mich küssen wollen. Aber Ben, es kann genauso
passieren, dass Frauen oder Paare dich wollen. Und dann
muss ich mit der Situation umgehen. Und mich auf dich
verlassen.

Ben, 22:09 Uhr

Was Frauen betrifft, habe ich keine Bedenken. Nur was die
Männer betrifft. Sehr große sogar.

Lydia, 22:14 Uhr

Denkst du ernsthaft, ich könnte dort schwach werden?

Ben, 22:17 Uhr

Ich denke ernsthaft an den Sadisten in mir.

Plötzlich stieg die Angst in Lydia hoch, dass es mit Ben nicht
nur ein Spiel werden könnte, sondern eine Herausforderung
mit gefährlichem Beigeschmack. Würde in ihm etwas
geweckt werden, was sie noch nicht kannte und vielleicht
auch gar nicht kennenlernen wollte? Würde dieser Sadist sie
später für die Blicke und Sehnsüchte der anderen bestrafen?
Auf eine Weise, die nicht ihren Bedürfnissen und Erwartungen entsprach?

Lydia, 22:23 Uhr

Werde deutlicher, es ist wichtig. Ich gewinne gerade den
Eindruck, dass ich wissen muss, was mich erwartet. Und
sei ehrlich, wenn du mich liebst.

Ben, 22:36 Uhr

Wenn Frauen auf dich zukommen, dich berühren, dich
küssen, ist das sehr erotisch. Ich würde es ohne zu zögern
zulassen, mich zurücklehnen und genießen. Wenn klar ist,
dass es dort Männer geben wird, die dich ficken wollen …

Ich denke, dass mir auch das gefallen könnte, sogar so sehr, dass ich dich einem oder mehreren Männern ausliefern möchte.

Lydia, 22:42 Uhr

Und wenn ich genau das nicht will?

Ben, 22:49 Uhr

Ich werde nichts gegen deinen Willen unternehmen. Doch angenommen, du spielst mit einer Frau und es gesellen sich zwei, drei Männer dazu. Erst nur, um zuzuschauen. Doch dann kommen sie näher, bis der eine oder andere auf eurem Bett sitzt. Die Stimmung ist heiß. Ihr beide seid erregt. Sie hätte gegen den einen oder anderen Schwanz nichts. Du schaust mich an. Ich zeige dir, dass ich einverstanden bin. Was würdest du dann tun?

Lydia, 22:54 Uhr

Ich glaube, ich könnte es nicht. Obwohl ich zugeben muss, dass diese Szene sehr verführerisch ist. Ich habe zu viel Angst vor dem, was danach passieren könnte, falls du nicht damit zurechtkommst. Außerdem gibt es für Frauen Separees, zu denen Männer entweder gar keinen Zutritt haben oder nur von außen zuschauen dürfen.

Ben, 22:59 Uhr

Sie ist attraktiv. Ihr küsst euch, streichelt euch, leckt euch. Ihr seid beide nackt. Du siehst mich in einer Ecke stehen, mit gierigen Blicken. Fremde Männer betreten den Raum. Auch sie schauen euch mit gierigen Blicken zu. Vielleicht gesellen sie sich zu euch. Ihre Schwänze sind hart. Sie fangen an, euch zu streicheln, zu fingern, zu liebkosen. Meinst du nicht, dass du schwach werden könntest, wenn ich dir zeige, dass es okay ist?

Lydias Atem beschleunigte sich. Sie musste sich zurückhalten, um nicht laut zu stöhnen. Bens Worte brachten sie an die Grenze des Erträglichen. Sie stellte sich vor, mitten in seiner Fantasie zu sein. An genau diesem Punkt. Alles lief wie ein Film vor ihren Augen ab und ihr Körper reagierte.

Lydia, 23:03 Uhr

Dann werde ich aufstehen, der anderen Frau dieses Vergnügen überlassen und mit dir zusammen einfach nur zuschauen.

Ben, 23:05 Uhr

Vielleicht reicht mir auch der Kick, live zu sehen, wie eine Frau gefickt wird. Ich habe keine Ahnung, was meiner Fantasie zugrunde liegt. Ich weiß nur, dass mein Schwanz hart ist.

Lydia, 23:10 Uhr

So weit wie in deiner Fantasie wird es nicht kommen. Ich werde nicht nackt mit einer Frau auf dem Bett liegen. Allenfalls bin ich mit dir dort nackt, ohne dass uns jemand zuschaut. Kein Partnertausch, nichts! Du bist der Mittelpunkt. Vielleicht küsse ich eine Frau. Vielleicht streichele ich sie auch. Vielleicht lecke ich sie, aber das Letzte ist eher unwahrscheinlich. Ich wäre mir leider niemals sicher, ob dein Okay ehrlich ist, ohne Reue. Wie gesagt, vergiss nicht, dass es auch mir so gehen könnte.

Ben, 23:17 Uhr

Okay. Wir starten gemeinsam diesen Abend, essen etwas, schauen uns um. Beobachten. Streicheln uns. Küssen uns. Du hast vielleicht ein kleines Abenteuer mit einer Frau. Alles andere wird sich zeigen.

Lydia, 23:23 Uhr

Wie würdest du reagieren, wenn dir eine schöne Frau Avancen macht? Dich berühren will? Dir in den Schritt fasst? Sie wird vielleicht vor dir auf die Knie sinken und dich verwöhnen wollen. Vielleicht, weil ihr Mann es möchte. Vielleicht, weil er dich attraktiv findet und will, dass du sie fickst?

Ben, 23:30 Uhr

Ich werde wahnsinnig schüchtern sein und damit stellt sich die Frage, ob ich dann überhaupt einen hochkriege. Und was dieses Pärchen betrifft, wäre ich geschmeichelt, doch ich würde ablehnen. Übrigens noch bevor sie auch nur in die Nähe meiner Hose kommen würde.

Ich gehe dort mit dir hin, um anderen Menschen beim Sex zuzuschauen. Dir beim Sex mit einer Frau zuzuschauen. Und in erster Linie geht es auch mir um unser Zusammenspiel.

Lydia war von ihren Gefühlen irritiert. Früher hatte es ihr Freude bereitet, ihren Mann mit einer fremden Frau zu teilen.

Sie war sorglos und gedankenlos gewesen und ihr Fokus hatte einzig und allein auf der Befriedigung ihrer sexuellen Lust und ihrer voyeuristischen Bedürfnisse gelegen. Aber Ben? Nein! Ben gehörte ihr. Ihr allein.

Lydia, 23:36 Uhr

Vielleicht werde ich mit einer Frau zusammen sein, vielleicht auch nicht. Ich möchte dich bitten, keine diesbezüglichen Erwartungen an mich zu stellen. Ich möchte es intuitiv entscheiden.

Ben, 23:42 Uhr

Ich habe keine Erwartungen an dich. Wenn es dazu kommt, okay. Wenn nicht, auch okay.

Und ich habe definitiv nicht vor, dort eine andere Frau zu küssen, zu streicheln, geschweige denn mit ihr zu schlafen.

Lydia, 23:49 Uhr

Es nicht vorzuhaben, ist nicht der Punkt. Sich nicht hinreißen zu lassen und den Energien zu erliegen, darum geht es. Ich werde morgen das Schloss-Event buchen.

Ich möchte jetzt schlafen. Um halb sieben klingelt der Wecker. So, wie übrigens jeden Tag …

Ben, 23:57 Uhr

Die Zeit ist schon wieder gerannt. Schlaf gut, Liebste.

26. Juli

Lydia konnte lange nicht einschlafen. Sie schwebte in einem melancholischen, fast gleichgültigen Zustand, als sie erwachte.

Ben, 08:03 Uhr

Hast Du gut geschlafen? Ich denke an dich.

Lydia, 08:59 Uhr

Ich habe vier Stunden lang durchwachsen geschlafen.

Ben, 09:02 Uhr

Armes Liebes. Heute Abend gibt es keine Vorstellung. Du gehst heute früh ins Bett.

Lydia, 09:11 Uhr

Vorstellung. Eine treffende Formulierung für innere Sehnsüchte.

Ben, 09:16 Uhr

Innere Sehnsüchte. So könnte unser Theaterstück heißen, das wir schon seit geraumer Zeit spielen. So kräftezehrend es auch ist, so sehr fasziniert es mich.

Wenn es doch nur ein Theaterstück wäre! Dann könnte ich den Akt einfach beenden und nach Hause gehen, ohne nach dem Sinn und dem Warum zu fragen. Dieses Spiel fühlt sich so perfekt an, bis ins kleinste Detail. Als sollte es so sein, für immer und ewig. Ich werde melancholisch. Die Magnolienblüten in meinem Tattoo beginnen sich zu schließen …

Ihr Tattoo. Lydia konnte sich gar nicht mehr daran erinnern, wie lange sie es schon trug. Sie musste Mitte oder Ende zwanzig gewesen sein, als sie sich dazu entschloss. Sie wollte schon immer ein Tattoo haben und der Rücken war ein idealer Ort.

Lydia hatte sich lange Gedanken über das Bild gemacht und war damals gerade in einer eher schlechten Phase ihres Lebens: Sie war frisch von einer langjährigen Beziehung getrennt, auch im Berufsleben hatte sie wenig Erfolg. Damals wuchs vor ihrer Haustür eine prächtige Magnolie. Doch ihre Schönheit war immer nur von kurzer Dauer. Schon nach wenigen Wochen fielen ihre großen, zart rosa gefärbten Blüten zu Boden. Menschen, die sie noch vor ein paar Tagen voller Bewunderung angesehen hatten, beachteten sie nicht mehr. Ihr Glanz war ebenso schnell verschwunden, wie er gekommen war.

Jahr für Jahr betrachtete sie dieses Schauspiel. Es machte Lydia schwermütig und erinnerte sie an ihr eigenes Leben. Und so entwarf sie schließlich ein Tattoo aus weißen Magnolienblüten, über denen eine große Sonne erstrahlte. Dieses Bild sollte sie immer daran erinnern, dass Glück, Anerkennung und Schönheit Geschenke des Lebens sind, die man sich immer wieder neu erkämpfen muss. Alles war nur von kurzer Dauer und vergänglich.

Ben, 16:01 Uhr

Welche Poesie in deinen Worten liegt. Ich bin beeindruckt. Ich erinnere mich an das Tattoo auf deinem Rücken. An die Magnolien.

Wie gern würde ich jetzt mit dir am Strand sitzen und einfach nur der Brandung zuhören.

Lydia, 16:13 Uhr

Das würde ich jetzt auch gerne. Bei dir sein und dich spüren. Und ich möchte, dass du meine Magnolien dazu bringst, ihre Blüten wieder zu öffnen.

Ben, 16:20 Uhr

Wodurch? Durch ein bizarres Spiel? Willst du das wirklich?

Ich denke, die Blüten würden sich nicht öffnen, sie würden abfallen. Und die Pflanze würde sich nur schwer davon erholen.

Ich frage mich gerade … haben wir uns dem dunkelsten Teil unserer Seelen zu dicht genähert? Wir haben die Tür aufgemacht. Sollten wir, statt weiter hineinzugehen, sie besser wieder von außen schließen, um uns nicht zu verlieren?

Lydia, 16:42 Uhr

Werde deutlicher.

Lydia fühlte sich von der Tiefe dieses Gespräches nahezu
gelähmt. Jedes ihrer Worte entsprach wahren Gefühlen. Und
auch die Tränen, die an ihren Wangen herunterliefen, waren
echt. Nur die Intensität der Empfindungen war anders als
sonst. Sie war leidenschaftslos, fühlte sich leer.

Ben, 18:53 Uhr

Am Samstag beginnt alles mit einem Dinner in einem
frivolen Ambiente. So weit, so gut. Alles, was danach
kommen kann, dort und zu Hause, darüber spreche ich
gerade. Heizt dieses *Danach* unser Feuer nur noch mehr
an? Können wir es dann überhaupt noch unter Kontrolle
halten? Verlieren wir uns im Rausch? Ich fühle mich
gerade, als ob ich an einem Abgrund stehen würde. Und
überlege, ob ich springen soll oder nicht, um dann zu
sehen, ob ich fliegen kann oder abstürze.

Lydia, 19:49 Uhr

Ich möchte diesen Rausch.

Aber es macht mir Angst, dass du von einem Absturz
sprichst. Bisher stellte dieses erotische Vergnügen für mich
nur eine Bereicherung dar.

Ben, 19:57 Uhr

Nein. Es besteht die Gefahr, dass wir es beide als Absturz
empfinden werden. Unsere Verbindung ist sehr intensiv,

richtig? Was ich meine, ist: Erfahrungen mit einer entspannten emotionalen Nähe fallen deutlich leichter. Andererseits sind Erfahrungen deutlich intensiver, wenn sie eine gewisse emotionale Tiefe besitzen.

Reserviere die Karten für das Event. Und danach schauen wir, was es mit uns gemacht hat.

Lydia, 20:06 Uhr

Denkst du, unsere Gefühle zueinander werden sich danach ändern? Selbst, wenn wir alle zwischen uns notwendigen Regeln beachten?

Ben, 20:12 Uhr

Das ist genau der Punkt. Unsere Gefühle zueinander werden von Mal zu Mal nur noch stärker. Je bizarrer und frivoler unsere Erfahrungen werden, desto süchtiger werden wir nach einander.

Lydia, 20:24 Uhr

Lass uns die Büchse der Pandora öffnen und sehen, was sie für uns bereithält. Fühlen wir uns unwohl, können wir jederzeit gehen. Wir sind als Paar dort. Wir wissen, wer wir sind und wie wir zueinander stehen. Keiner wird den anderen verletzen oder für seine eigenen Fantasien missbrauchen. Ich werde mich auf keinen anderen Mann einlassen und du dich auf keine andere Frau.

Wir werden Hand in Hand durch eine frivole Welt spazieren. So wird dieser Abend für uns sein, Ben.

Das klingt verführerisch. Und sollte mir das Event gefallen, ganz gleich, was dort passieren wird, wirst du deine Suche nach einem zweiten Mann beginnen. In der Erotik-Community. Hast du das verstanden?

Lydia war schockiert. Aus melancholischen Gedanken wuchs Empörung. Sie geriet in Rage. Was fiel Ben eigentlich ein? Wenn sie sich auf diese Ménage-à-trois einlassen würde, dann ausschließlich nach ihren Wünschen. Auf der einen Seite würde Lydia sich gnadenlos unterwerfen, nur um Ben zu gefallen und ihm seine Sehnsüchte zu erfüllen. Auf der anderen Seite erkannte sie die Möglichkeit, die Gratwanderung zwischen Devotion und Dominanz auf die Spitze zu treiben. Für sich selbst und auch für ihn.

Lydia, 21:24 Uhr

Nein, das habe ich nicht verstanden. Diese Entscheidung werde ICH treffen und nicht du!

Ben? Würdest du dich in der Community anmelden auf der Suche nach einer anderen Frau … Ich würde dich schlagen, ich wäre vollkommen außer mir, rasend wäre ich. Allein die Vorstellung! Der Verlust der Kontrolle über dich, deinen Geist, deinen Körper. Hilflosigkeit und Machtlosigkeit. Wäre ich in der Lage dazu, ich würde dich fesseln und schlagen, dass man die blauen Flecke noch Wochen später sieht. Du würdest an mich denken, wenn du versuchst zu sitzen oder zu liegen. Dein Schwanz würde schmerzen, wenn du ihn berührst. Selbst das Atmen, wenn sich deine Brust hebt und senkt, würde dir wehtun. Das Reiben des Hemds an deiner verletzten Haut

würde seine Wirkung zeigen. Dein ganzer Körper wäre ein
einziger Schmerz, wochenlang. Das sind die Gefühle, die
ich habe, wenn ich daran denke.

Ben, 22:04 Uhr

Ich kann dich verstehen, mir würde es umgekehrt allerdings nicht so gehen. Wie gesagt: Auch ich besitze ein
devotes Ich. Das einzige Spiel, mit dem du mich jemals
dominieren kannst, lautet: Fremdflirt, Fremdküssen,
Fremdficken.

Lydia, 22:10 Uhr

Lass uns diese Diskussion beenden, Ben. Ich denke, das ist
in diesem Moment für uns beide besser …

Anderes Thema: Ich habe uns gerade für die Schlossnacht
angemeldet.

Eine kurze Frage zum Hotel: Übernachtung mit Frühstück
oder erst mal nur Übernachtung? Wir können auch ausschlafen und außerhalb frühstücken gehen, wenn du
möchtest.

Ben, 22:36 Uhr

Danke, Liebes.

Wir entscheiden das spontan. So halten wir uns alle Möglichkeiten offen.

Lydia, 22:39 Uhr

Samstagnachmittag mache ich mich so weit fertig, dass du
erst mal in Ruhe durchatmen kannst, wenn du zu Hause

ankommst und wir nicht sofort losmüssen. Es soll ein schöner, aufregender Abend werden. Es ist auch für mich etwas
Besonderes. Haare waschen, eventuell schon Make-up, das
dauert am längsten. Allerdings darfst du mich dann nicht
mehr so oft küssen, sonst verdirbst du es.

Ben, 22:47 Uhr

Essen werden wir auf dem Schloss?

Lydia, 22:50 Uhr

Ja, dort gibt es ein sehr köstliches Buffet, soweit ich mich
erinnern kann.

Ist dir bewusst, dass ich übermorgen schon wieder in
deinen Armen liege?

Ben, 22:56 Uhr

Eine wundervolle Gewissheit.

Lydia, 23:00 Uhr

Ich fahre übrigens mit einer Bekannten Donnerstagvor-
mittag nach Hamburg. Sie hat dort einen Außendienst-
termin und nimmt mich mit dem Auto mit.

Ben, 23:20 Uhr

Wunderbar! Der Schlüssel für die Wohnung liegt dann
beim Nachbarn, falls wir uns nicht mehr sehen. Ich muss
schon gegen neun Uhr aus dem Haus.

Wofür sind eigentlich die Castings in den nächsten Tagen?

Für einen Journalisten, der für internationale Presseagenturen Reportagen erstellt. Er sucht für entsprechende Fotostrecken Modelle.

Schade, dass du schon so früh losmusst. Dann kann ich dir keinen Kuss mehr geben.

Ben, 23:39 Uhr

Erst wieder abends. Dann aber viele. Sehr viele.

Lydia, 23:45 Uhr

Ich würde mich jetzt am liebsten in deinen Arm kuscheln. Aber das Gute ist: Ich muss nur noch zweimal ohne dich schlafen. Ich gehe jetzt ins Bett. Gute Nacht! Träum süß.

27. Juli

Lydia, 08:00 Uhr

Guten Morgen.

Ich habe über dein devotes Ich nachgedacht. Bist du dir ganz sicher, dass du das ausleben willst? Mir macht alles Spaß, was dir Spaß macht, und deshalb würde ich es tun. Ich hätte sogar schon einen Kandidaten, wenn ich das Profil noch finde. Ebenfalls Hamburger, sein Schönheitsfehler war seine Beziehung. Deshalb für mich uninteressant.

Ben, 08:13 Uhr

Noch während ich deine letzte Nachricht gelesen habe, schoss mir das Blut bis zum Anschlag in den Schwanz. Wenn diese Fantasien nicht ein Teil von mir wären, wenn ich mein devotes Ich nicht auf diese Art ausleben wollte, würde mich das doch niemals derart anturnen, oder? Ein Mann, der nicht darauf abfährt, würde dich fragen, ob du den Verstand verloren hast. Stattdessen beginnt sofort mein Kopfkino: Du schreibst ihn an, erst mal vollkommen unbedarft. Ihr flirtet, schreibt euch regelmäßiger ... dann bringst du die Sache auf den Punkt.

Lydia, 08:28 Uhr

Was genau meinst du?

Du kannst ihm beispielsweise schreiben, dass es dich anturnen würde, wenn dein Freund euch zuschaut. Je nachdem, wie dominant du bei diesem Spiel sein möchtest. Ich weiß nur, dass ich sehen will, wie er dich küsst. Wie er dich streichelt, wie du ihn verwöhnst. Wie ich dir vorher die Manschetten anlege, dich für ihn vorbereite. Dich an das Bett fessele und er dich ohne große Anlaufzeit wie eine devote Hure fickt. Wie er zuckt, wenn er in dir kommt. Wie deine Scham von seinem Saft glänzt. Damit könntest du die Dominanz mir gegenüber und die Unterwerfung ihm gegenüber vereinen.

Was denkst du darüber?

Wenn du mich nicht dominieren willst und dir bei diesem Gedanken vielleicht sogar die Lust vergeht, dann nicht. Sollte aber auch nur ein kleiner Funken Interesse bestehen, dann lohnt es sich, ihm nachzugehen.

Lydia, 12:24 Uhr

Ich will mit dir darüber von Angesicht zu Angesicht reden, bei einem Glas Wein. Natürlich erregt mich diese Vorstellung. Ich bin jedoch von Natur aus ein treuer Mensch. Deine Beweggründe kann ich nachvollziehen. Ich habe meinem Ex-Mann damals Frauen ausgesucht als Ausdruck meiner Dominanz ihm gegenüber. Er musste sie nach meinen Anweisungen verwöhnen.

Was wird danach mit deinen Gefühlen mir gegenüber geschehen, Ben?

Ben, 12:34 Uhr

Das kann ich dir erst nach dieser Erfahrung sagen. Ein
Gefühl, das ich mit Sicherheit haben werde, ist Dankbarkeit, weil du mir das ermöglicht hast, weil ich es mit dir
erleben durfte. Danach wird sich meine Fantasie entweder
in Luft auflösen oder weiter bestehen bleiben.

Lydia, 12:51 Uhr

Es hat dich bereits gestört, dass ich am Samstag in deiner
Anwesenheit geflirtet habe.

Ben, 13:03 Uhr

Das stimmt. Doch wie kann ich diese Fantasie auflösen?
Will ich sie überhaupt auflösen?

Lydia, 13:25 Uhr

Jedenfalls nicht mit mir. Ich empfinde das, was wir haben,
als besonders. Die Art, wie wir einander verzaubern, das,
was wir uns gegenseitig schenken. Der Gedanke, dass wir
diese Leidenschaft freiwillig teilen, so verführerisch diese
Fantasie auch klingt – mein Herz und mein Verstand sagen
Nein. Weil es die Magie zerstören würde, wenn eine
andere Person sie genauso fühlt. Tut mir leid, wenn dich
das jetzt enttäuscht.

Ben, 14:17 Uhr

Weshalb sollte ich enttäuscht sein?

Lydia, 14:18 Uhr

Weil ich so kopflastig bin.

Ben, 14:22 Uhr

Ich bin dir dankbar dafür, dass du rational an die Sache herangehst. Das ist nichts, was man zwischen Tür und Angel entscheidet. Zu groß ist die Gefahr, sich zu verletzen.

Lydia, 15:27 Uhr

Lass uns mit fremden Paaren beginnen, ohne dass ich im Mittelpunkt stehe.

Diesen Anblick werden wir beide am Samstag genießen: Sehen, wie andere Frauen mit ihren oder fremden Männern Sex haben. Wie sie sich bisexuellen erotischen Liebesspielen hingeben.

Ich habe mich mal kurz auf der Homepage des Veranstalters eingeloggt, um zu sehen, welche Gäste sich angemeldet haben und wie viele Paare dort sind. Einhundertsieben Personen!

Ben, 15:37 Uhr

Ist das viel?

Lydia, 15:39 Uhr

Ich finde schon. Einige Paare mit eindeutiger Intention in Richtung BDSM sind dabei. Und einige süße Mädels und Gäste, die ein weibliches Date suchen. Keine einzelnen Herren.

Ben, 15:53 Uhr

Trotz deiner Bedenken - hast du dich in der Erotik-
Community angemeldet und ein bisschen gestöbert? Zum
Beispiel nach dem Mann, der dir eingefallen ist.

Lydia überlegte, ob das eine Fangfrage war, und antwortete
zunächst nicht.

Lydia, 20:04 Uhr

Ich bin gerade beim Koffer packen. Wenn du ihn siehst,
denkst du sicher, ich bleibe einen Monat.

Was meintest du eigentlich vorhin mit der Frage nach der
Erotik-Community? Vertraust du mir nicht?

Ben, 20:33 Uhr

Natürlich vertraue ich dir. Hätte ja sein können. Immerhin
haben wir vorhin darüber gesprochen.

Lydia, 20:50 Uhr

Was denkst du, wenn ich deine Frage nach meiner Suche in
der Erotik-Community mit Ja beantworten würde?

Ben, 21:06 Uhr

Dass dir an der Umsetzung mehr liegen könnte, als du
zugibst.

Lydia, 21:14 Uhr

Liebster, was soll ich dazu sagen. Selbstverständlich reizt mich das. Ich habe tatsächlich kurz daran gedacht. Kurz.

Ben, 21:25 Uhr

Ich wusste es. Weshalb hast du es nicht getan?

Lydia, 21:37 Uhr

Es hat mich nur interessiert, ob es ihn noch gibt. Ich habe es nicht getan, weil es sich wie Fremdgehen angefühlt.

Ben, 21:51 Uhr

Wieso werde ich das Gefühl nicht los, dass du den Gedanken an ihn, die Umsetzung mit ihm, nicht aufgeben willst? Wie lange hattet ihr Kontakt?

Lydia, 21:57 Uhr

Nicht so lange. Um den Chat endgültig zu beenden, habe ich ihm gesagt, dass ich keine Lust auf diese Liaison habe, weil er gebunden ist.

Ben, 22:01 Uhr

Und inwieweit habt ihr euch kennengelernt? Wusste der eine, worauf der andere steht?

Lydia, 22:06 Uhr

Gute Frage. Das ist schon etwas länger her. Wir haben Fotos getauscht und uns kurz, aber intensiv geschrieben.

Außerdem konnte man einiges seinem Profil entnehmen. Es hat mir sehr zugesagt. Dass ich devot bin, war meinem Text zu entnehmen, falls du dich erinnerst. Und bei ihm stand dominant. Auf andere Männer habe ich kaum reagiert.

Ben, 22:08 Uhr

Hatte er BDSM-Erfahrung? Spielte er gern Fesselspiele?

Lydia, 22:12 Uhr

Ich weiß das alles nicht mehr, wirklich nicht. Wenn ich die Männer gelöscht habe, löschte ich auch die Erinnerung an sie. Das Einzige, was in meinem Kopf blieb, ist sein Foto.

Ben, 22:15 Uhr

Apropos Fotos: Was waren das für Fotos, die ihr getauscht habt?

Lydia, 22:17 Uhr

Ich habe ihm ein völlig natürliches Foto von mir geschickt, aus dem Urlaub. Und er saß im Flugzeug, glaube ich.

Ben, 22:20 Uhr

Wie sehr reizt es dich, ihn wiederzufinden. Auf einer Skala von eins bis zehn?

Ben, das ist ein Spiel, bei dem wir uns wirklich verbrennen. Es reizt mich sehr, aber es ist nicht gut! Acht.

Ben, 22:25 Uhr

Ihn zu finden bedeutet doch noch überhaupt nichts. Und mit einer Acht reizt es dich ungemein. Mehr, als ich dachte.

Lydia, 22:27 Uhr

Baby, ich bin nicht dumm. Warum sollte ich ihm schreiben, wenn es keinen Sinn hat?

Ben, 22:29 Uhr

Erst einmal ginge es nur ums Finden. Dann wissen wir beide, ob es ihn noch gibt.

Lydia, 22:32 Uhr

Okay. Und dann?

Ben, 22:35 Uhr

Legen wir ihn erst mal auf Eis.

Lydia, 22:37 Uhr

Dann wird der Ärmste wohl erfrieren müssen.

Ich denke gerade an Samstag und daran, dass ich in Ekstase verfallen könnte. Dort und auch wieder zu Hause. Dass mir das am Samstag derartig gut gefällt, dass ich dich auf unterschiedlichste Art dort dominieren möchte, dass ich zu Hause ganz sicher mehr möchte.

Lydia war amüsiert, wie überraschend einfach es für sie war, Ben immer wieder zu verführen. In diesen Situationen war er wie Wachs in ihren Händen.

Sie legte sich ins Bett und war rundum glücklich.

Lydia stellte sich vor, wie sie zu Ben fuhr, sich für das Casting zurechtmachte. Wie Ben sie nach dem Job abholte und sie dann gemeinsam nach Hause fuhren. Nach Hause. Ja, morgen würde sie nach Hause fahren. Zu dem Mann, den sie über alles liebte.

28. JULI

Lydia, 09:24 Uhr

Guten Morgen, Liebling. Ich bin schon in Hamburg, auf dem Weg zu dir. Meine Bekannte hat mich am Bahnhof abgesetzt. Ich hoffe, du hast gut geschlafen? Ich esse schnell etwas und lege mich bei dir zu Hause noch mal hin, damit ich heute Abend einigermaßen fit bin.

Ben, 10:03 Uhr

Das Liebesnest erwartet dich schon.

Das Casting dauerte bis halb elf. Als Lydia Ben anrief, um ihm zu sagen, dass er langsam losfahren könne, erwartete er sie längst vor dem Hotel. Genau das waren die Momente, die sie bei Florian so schmerzlich vermisste. Mit derartigen liebevollen Gesten zeigte ein Mann seiner Frau, dass er sie verehrte, an ihr Wohlergehen dachte, sie liebte.

Lydia hatte den Auftrag sofort bekommen und den Vertrag noch vor Ort unterschrieben. Ein zweites Casting war somit überflüssig. Morgen folgte zum Abschluss das Test-Shooting mit dem Fotografen. Sie musste nur noch den Stress des Tages loswerden, damit der Abend für Ben und sie entspannt starten konnte. Das aber fiel ihr wie immer schwer. So ein anstrengender Arbeitstag hinterließ Spuren.

»Du lässt mich gar nicht an dich ran«, sagte Ben traurig, als sie bereits bei ihm zu Hause angekommen waren. Lydia lief immer noch hektisch umher, mit den Gedanken beim Casting.

Erst eine gute Stunde später beruhigte sie sich. Sie bekam Hunger und Ben bereitete eine Kleinigkeit in der Küche.

Die anfängliche Ablehnung wollte sie wiedergutmachen. Sie legte sich zu ihm auf die Couch, schmiegte sich in seinen Arm und streichelte ihn liebevoll. Ben schloss die Augen und genoss ihre sanften Berührungen.

Seine sexuelle Leidenschaft in dieser Nacht war wie gewohnt intensiv, aber wesentlich mehr geprägt von Liebe und Zärtlichkeit als von Dominanz. Ein Gefühl, dass Lydia nach der Aufregung des Tags sehr schätzte. Es schien, als würde Ben ihre Stimmung erkennen und ihren Wunsch nach Harmonie.

Es fühlte sich fast ein wenig wie Alltag an - und Lydia gefiel dieser Gedanke.

29. JULI

Nachdem sie den ganzen Tag beim Shooting verbracht hatte, fuhr Lydia gegen neunzehn Uhr wieder zurück in Bens Wohnung.

Er traf zehn Minuten nach ihr ein. Ben begrüßte sie zwar liebevoll, aber gedanklich war er noch bei seiner Arbeit, das war deutlich zu spüren. Da nichts Essbares im Kühlschrank war, entschied Lydia sich für den Pizza-Service, damit er nicht gleich wieder losmusste, um irgendwo mit ihr essen zu gehen. Ben war offensichtlich froh über ihre Idee, so hatte er Ruhe und Zeit, sich zu Hause zu regenerieren. Lydia kannte das nur zu gut und nahm ihm die anfangs reservierte Haltung nicht übel.

Später am Abend schauten sie sich einen Film an und lagen kuschelnd auf der Couch. Lydia fühlte sich wohl und geborgen – bis das Nachrichtensignal von Bens Handy ertönte. Er hatte eine E-Mail erhalten, die alles veränderte. Ben wurde wütend und unnahbar. Lydia war irritiert und wollte ihn in den Arm nehmen, aber er sträubte sich dagegen.

»Ich kann das jetzt nicht«, rief er aggressiv. »Dass wir morgen Abend wegfahren, ist eine absolute Ausnahme! Mein Leben gehört dem Unternehmen, ich habe kein Privatleben. Gar kein Privatleben!«

Damit verschwand er in der Küche. Lydia stand betäubt im Wohnzimmer und wandte ihren Blick zum Fenster. Eiskalt hatte seine Stimme geklungen und eigenartigerweise fühlte sie sich schuldig.

In ihrer Bestürzung ging sie zu ihm und schlug vor, das Arrangement vielleicht besser zu stornieren, sodass er morgen so lange wie möglich im Büro bleiben könne.

»Nein«, entgegnete er. »Wir fahren wie besprochen.«

Lydia hätte ihn gern gefragt, worum es in der E-Mail gegangen war, aber sie traute sich nicht, ihn darauf anzusprechen. Vielleicht war es wieder seine Mutter? Eine anklagende Nachricht womöglich, weil er es wagte, ein paar Stunden des Tags nicht dem Familienunternehmen zur Verfügung zu stehen? Bens Mutter war eine herrschsüchtige Frau. Und sie war eifersüchtig. Sie würde nie eine Frau neben ihm dulden und akzeptieren, das ahnte Lydia.

Genauso gut war es möglich, dass die Mitteilung einfach nur einen Haufen ungeplanter Arbeit mit sich brachte und ihn deshalb überforderte. Ben war ein Workaholic. Auf der einen Seite stand der unbekannte Inhalt der E-Mail und auf der anderen Seite stand sie, Lydia. Hatte er in diesem Moment das Gefühl, dass sie ihn blockierte? Dass Lydia und seine Gefühle für sie ihn bei seinen Zielen störten? Dass sie ihn ablenkte, ihm seine Zeit stahl?

Von all den Gedanken, die sie sich machte, ließ sie Ben nichts spüren. Als er im Bett lag, drehte sie ihn liebevoll auf den Bauch und begann ihn zu massieren und zu kraulen. Sie wusste, dass er diese Berührungen genoss und wollte, dass es ihm besser ging.

Später nahm er sie in den Arm und schlief bald ein. Lydia lag wach und dachte über den Abend nach. War es genau das, was ihn dazu veranlasste, eine feste Beziehung abzulehnen? Sah er in seiner angespannten Arbeitssituation eine Partnerschaft als Belastung an?

Ben hatte ihr von seiner letzten Liebesbeziehung erzählt und davon, dass es Tage gegeben hatte, an denen er genervt gewesen war von dem Wissen, dass seine Freundin zu Hause auf ihn wartete. Er hätte lieber noch mehr Zeit im Büro verbracht, als nach Hause zu fahren. Das aber rief ein so schlechtes Gewissen in ihm hervor, dass er letztendlich meist doch losfuhr. Machte er es einmal anders und blieb länger im Büro, folgten Vorwürfe und es gab Streit.

Diese Erzählungen hatten Lydia schockiert. Wie konnte Ben von der Sehnsucht seiner Partnerin genervt sein? Viele andere Menschen würden sich darüber freuen. Ihre Gedanken rotierten, als sie in Bens Armen lag und für einen Moment fühlte sie sich wie ein Störfaktor in seinem Leben. Dabei liebte sie ihn und wollte alles dafür tun, damit es ihm gut ging. Die Frage war nur: Wollte Ben das überhaupt? Wollte er einen Menschen an seiner Seite, der ihn liebte? Und für dessen Wohlergehen er sich verantwortlich fühlte? Wollte er überhaupt so etwas wie Liebe in seinem Leben? Die Liebe einer Frau?

30. Juli

Es war ein merkwürdiger Morgen. So anders als alle Tage zuvor, die Lydia mit Ben verbracht hatte. Sie wachte früh auf und konnte nicht mehr schlafen. Lydia schaute ihn an. Er schlief - zumindest hatte Ben seine Augen geschlossen. Als sie ihm den Rücken zudrehte, zog er sie an sich und vergrub sein Gesicht in ihren Haaren. Er war unglaublich verschmust, streichelte sie und klammerte sich an ihren Körper, völlig frei von sexuellen Erwartungen. Lydia war überrascht. Sie ließ es geschehen und dieser Zustand befriedigte sie zutiefst.

Ben fuhr an diesem Morgen früher als üblich zur Arbeit. Lydia war noch liegen geblieben und er hatte sich mit einem liebevollen Kuss von ihr verabschiedet.

Sie ging ins Wohnzimmer und öffnete die Balkontür. Was für ein Wetter! Es war warm und der Himmel strahlend blau. Vereinzelte Schäfchenwolken zogen am Horizont entlang. Sie dachte verträumt an den Abend, der ihr bevorstand. Das Schloss.

Ihr Outfit musste sie sich noch zusammenstellen. In Oldenburg hatte Lydia keine Zeit mehr für Anproben gehabt und einfach alles in den Koffer gelegt.

Wenig später stand sie vor dem großen Spiegel. Sie hatte ihr Lieblingskleid angezogen und probierte verschiedene Strümpfe dazu.

Lydia, 10:29 Uhr

Kurze Frage: Welche Strümpfe zu dem Kleid?

Sie schickte Ben zwei Varianten: helle und dunkle halterlose Strümpfe an ihren langen Beinen. Sie wusste, dass ihn das anturnte.

Lydia, 10:49 Uhr

Oder gar keine Strümpfe? Sie sind halterlos. Es geht mir um die Spitze, die oben am seitlichen Schlitz des Kleids zu sehen ist. Es ist auch möglich, die Strümpfe weiter heruntergezogen zu tragen.

Auch von dieser Alternative machte sie ein Foto und schickte es Ben.

Ben, 11:19 Uhr

Schwierige Frage. Hat irgendwie alles was. Muss ich mir im Hotel später genauer ansehen.

Lydia zog das Kleid und die Strümpfe aus und machte es sich mit der kalten Pizza vom Vorabend vor dem Fernseher gemütlich. Nebenbei checkte sie über das Handy ihre Mails, kuschelte sich dann zufrieden auf die Couch und zog sich schließlich die Decke hoch bis zum Kinn. Die Kissen dufteten nach Ben. Nach seinem belebenden Eau de Toilette und dem sinnlich süßen Duft seiner Haare.

Zwei Stunden später ließ sie sich ein Schaumbad ein, holte sich ein Glas Wein und stellte es auf den Rand der Badewanne. Lydia trank so gut wie nie am Nachmittag Wein, aber dieser besondere Tag verlangte nach einer Ausnahme.

Sie genoss jede einzelne Sekunde in dem knisternden Schaum. Ihre Fantasie begann zu blühen und sie stellte sich vor, wie der Abend ablaufen könnte. Wie andere Männer sie anschauen würden. Wie andere Frauen Ben lüstern hinterherblickten. Würde er in einen Zustand des Rauschs verfallen, wenn er anderen Paaren beim Sex zuschaute? Und würden sie sehen, wie zwei Frauen sich liebten? Würde vielleicht sogar eine Frau auf Lydia zukommen, um sie zu verführen? Wie würde Ben reagieren? Tausende und Abertausende Fragen gingen ihr durch den Kopf …

Lydia schwelgte in ihren erotischen Fantasien und betrachtete die Zeiger der Uhr, wie sie sich unweigerlich Schritt für Schritt weiterbewegten.

Tick tack, tick tack …

Sie hatte sich gerade angezogen, als Ben die Wohnungstür öffnete.

»Hallo, mein Schatz«, sagte er strahlend, als er Lydia erblickte. »Ich habe dich vermisst. Du siehst wunderschön aus.«

Als er sie nach diesen Worten in seine Arme riss, als hätte er sich wochenlang nach ihr verzehrt, lächelte Lydia ihn verzückt an.

»Ich bin gar nicht geschminkt und mein Abendkleid trage ich auch noch nicht. Das passiert alles erst im Hotel. Danach bin ich wunderschön.«

»Nein«, sagte er. »Du bist es auch jetzt schon.«

Während Ben sich im Badezimmer fertigmachte, packte Lydia ihr Kleid, ihre Make-up-Utensilien, ihre Stilettos und ihren Schmuck in eine Tasche. Anschließend ging sie mit einem Kaffee auf den Balkon, genoss den Klang der Vogelstimmen und den Anblick der farbenprächtigen Blumen in dem Garten unterhalb der Wohnung.

Sie saß auf der Couch, als Ben schließlich fertig angezogen im Flur auftauchte. Er trug eine Kleiderhülle, in der vermutlich sein Anzug versteckt war und suchte nach passenden Schuhen. Die hellbraunen wählte er – ihre Lieblingsfarbe. Lydias Herz klopfte. Sie hatte eine ungefähre Ahnung, wie Ben nachher aussehen würde, und allein die Vorstellung beschleunigte ihren Puls.

✍

Als sie die Hotellobby betraten, spürte Lydia ein leichtes Kribbeln. Man konnte davon ausgehen, dass der Großteil der Gäste heute Abend auch im Schloss sein würde. Einige Paare saßen im Eingangsbereich und hatten es sich in den breiten Sesseln mit einem Glas Wein gemütlich gemacht. Auf seltsame Weise fühlte sich Lydia bereits jetzt beobachtet und auch sie betrachtete die Frauen und Männer. Die erotische Atmosphäre begann früher als gedacht.

An der Rezeption hatte der Mitarbeiter eine spezielle Liste, die nur aus Gästen mit einer Buchung über das Schloss bestand. Natürlich waren auch ihre Namen dabei. Was er jetzt wohl denkt, fragte sich Lydia, als sie dem Mann in die Augen sah.

Sie betraten den Fahrstuhl gemeinsam mit einem anderen Paar. Die Tür schloss sich und verstohlene Blicke schwebten durch den engen Raum. Die Frau und der Mann waren älter als Ben und sie, was jedoch nicht zwangsläufig bedeutete, dass sie nicht zu der illustren Gesellschaft zählten.

Es war ein sonderbares Gefühl. Jeden Hotelgast, dem sie und Ben in diesem Moment begegneten, würden sie vielleicht in ein paar Stunden wiedersehen. In einer anderen Welt, die mit dieser hier wenig gemein hatte. Egal, wie seriös, konservativ oder unscheinbar die Menschen auf den ersten Blick erschienen, sie teilten möglicherweise die gleichen erotischen Sehnsüchte miteinander und wollten sie ausleben. Verborgen im Inneren ihrer Seele und unsichtbar für andere, um nicht das Gesicht in einer Gesellschaft zu verlieren, die ein derartiges Vergnügen mitunter als primitiv oder pervers betrachtete und sich nicht die Mühe machte, die Beweggründe dahinter zu verstehen. Diese Menschen waren heute hier, um sich einem ungeahnten Rausch hinzugeben, einer Grenzerfahrung. So auch Ben. Für Lydia indessen ging es darum, ihn in diese bizarre Welt der Erotik einzuführen. Ben darin zu beobachten und mit ihm ihren heimlich gelebten Fetisch zu teilen: den Voyeurismus.

Während er sich nur noch seinen Anzug anziehen musste, verbrachte Lydia eine längere Zeit im Badezimmer. Sie kleidete sich an und legte ein atemberaubendes Make-up auf. Komplett gestylt wollte sie aus dem Bad treten und sehen, wie Ben reagierte. Sie wollte sein überraschtes Gesicht sehen und seine Blicke, die eine Mischung aus Gier, Liebe und Bewunderung in sich vereinen würden. Aber dazu kam es nicht: Ben betrat einfach das Bad und stand vor ihr. Und das genau im richtigen Moment. Es war nur noch das Parfüm, das an ihrem Körper fehlte und ihre Erscheinung komplett machte.

»Wow! Wo hast du denn Lydia gelassen?«, fragte er, während er sie von oben bis unten musterte und sich seine Augen verdunkelten. Ohne Vorwarnung legte er seine Hand in ihr Genick und zog sie an sich.

»Du ruinierst mein Make-up!«, rief Lydia. »Hast du eigentlich schon das Taxi gerufen?«

Ben zog erstaunt die Augenbrauen hoch. »Du weist mich ab? Das würde ich mir an deiner Stelle gut überlegen!«, flüsterte er warnend.

Doch Lydia ließ sich nicht beirren. Diesmal war es ihr Spiel: Sie machte sich von ihm los und drängte sich an ihm vorbei ins Zimmer.

»Hast du schon das Taxi gerufen?«, wiederholte sie.

Ben stand noch einen Augenblick sprachlos in der Tür des Badezimmers, bevor er sie amüsiert anlächelte.

»Nein, Schatz, habe ich noch nicht. Wird sofort erledigt.« Er griff nach seinem Handy und wählte die Nummer.

Lydia nickte süffisant ihrem Spiegelbild zu, zufrieden mit Bens Reaktion und mit dem Anblick, den sie sich selbst bot: Das schwarze Kleid schimmerte wie Gold, wenn Licht darauf fiel. Die schwarz-goldenen Stilettos und das auffällige Make-up rundeten ihre Erscheinung ab.

Während Ben telefonierte, hatte sie Zeit, ihn zu betrachten, und jetzt erst fiel ihr auf, wie atemberaubend sein Outfit war. Ben war das Abbild purer Eleganz. Ein dunkelblauer Anzug, ein weißes Hemd und ein hellbrauner Gürtel, passend zu seinen feinen Lederschuhen. Sein Anblick versetzte ihr Herz in Schwingung.

Der Parkplatz war noch relativ leer, als sie vor dem Schloss ankamen. Der Sonnenuntergang verzauberte die Umgebung und die Luft war herrlich. Fackeln erhellten den Weg zum Eingang.

»Wollen wir uns noch ein bisschen umsehen?«, fragte Lydia und ergriff seine Hand. Sie war nervös.

»Gern«, erwiderte Ben. Er wirkte ruhig, aber Lydia wusste, dass es ihm ähnlich erging.

Sie schlenderten durch den parkähnlichen Garten und schauten sich das Haus von außen an. Langsam füllte sich der Parkplatz. Damen in Abendgarderobe stiegen aus den Wagen und erklommen in Begleitung elegant gekleideter Herren die Treppe Stufe für Stufe. Lydias Unsicherheit legte sich langsam und sie fühlte sich bereit.

Die Räume waren bereits gut gefüllt. Anscheinend waren viele Paare mit dem Taxi gekommen. Es lag eine gewisse Schwere in der Luft, eine starke erotische Energie. Die Blicke der Männer, die Lydia trafen, gefolgt von denen der Frauen, die Ben wohlwollend musterten, ließen Schauer über ihren Körper strömen.

Einige Paare kannten sich offenbar bereits oder hatten sich schnell angenähert. Sie unterhielten sich unbefangen und tranken Champagner. Es hätte der Gesellschaftsabend eines großen Unternehmens sein können, wäre da nicht die eine oder andere Dame in ausnehmend verführerischer Kleidung gewesen.

Lydia ging mit Ben durch die Räume. Die Schönheit des Schlosses, die raffinierten baulichen Details faszinierten ihn sichtlich. Seine Hände glitten über die Struktur der gewebten Tapeten, er befühlte die schweren Vorhänge, strich mit dem Finger über erlesene Gemälde. Lydia war beeindruckt von dem, was sie durch seine Augen sah.

Sie holten sich an der Bar etwas zu trinken und beendeten ihren Rundgang in einem intimen Kaminzimmer, das nur von Kerzen erhellt war. Ein einziges Paar war außer ihnen hier, sodass Lydia und Ben ein wenig Abgeschiedenheit genießen konnten. Sie saßen auf den Chesterfield-Sofas und ließen das Ambiente auf sich wirken – bis zu dem Augenblick, als eine weibliche Stimme alle Gäste in einen Raum bat.

Eine schöne, grazile Frau eröffnete den Abend mit einer Begrüßungsrede. Sie erklärte die Regeln, die Philosophie der nächsten Stunden und sprach von den Möglichkeiten, die sich bisexuellen Damen eröffneten: Es gab einen Bereich, der nur für die weibliche Lust vorgesehen war; Männer hatten keinen Zutritt und durften auch nicht zuschauen. Wie bedauerlich, dachte Lydia. Zu gern hätte sie Bens Gesicht gesehen, wenn sich zwei Frauen küssten, sich streichelten, den feuchten Schritt der anderen mit der Zunge liebkosten und sich dem Liebesspiel hingaben.

Nach der kleinen Rede verteilte sich die Gesellschaft in den Sälen und schon bald ergriff die erotische Atmosphäre bedingungslos von ihnen Besitz. Man konnte Paare sehen, die sich leidenschaftlich auf dem alten Ledermobiliar küssten und vergnügten. Zärtlich und fordernd. Den reinen Sex jedoch, den sah man woanders, wie Lydia wusste. Sie hatte ihn schon oft betreten, den Darkroom: ein Raum, vollkommen in Dunkelheit gehüllt, versehen mit Spielwiesen. Ein Raum, der am Ende in ein weiteres Zimmer überging. In diesem Bereich befand sich ein großes Fenster und wenn man hindurchblickte, sah man sie: Paare, die sich liebten. Purer Sex in allen Varianten. Diese Ebene war das Universum der Lust. Der Mittelpunkt ihrer voyeuristischen Sehnsucht.

Hand in Hand betraten sie die Dunkelheit. Lydia schob den schweren Vorhang zur Seite und sobald er sich wieder hinter ihnen schloss, fiel kein Licht mehr auf den Boden. Sie tasteten sich vorsichtig weiter und berührten dabei die Körper anderer Gäste.

Lydia spürte fremde Hände auf ihrer Haut, ob es Männer oder Frauen waren, wusste sie nicht. Sie hörte weibliches

Stöhnen. Es war unwirklich und sie fühlte sich ein wenig verloren. Einzig Bens Hand gab ihr Sicherheit. Sie zog ihn hinter sich her, bis endlich ein Lichtschein auftauchte. Da war es, das Zentrum ihrer Begierde.

Drinnen waren sie allein und sahen durch das Fenster den Tempel der puren, hemmungslosen Leidenschaft: Zwei Paare hatten sich direkt vor dem Sichtbereich platziert. Das Zimmer war eng und Lydia spürte Bens Körper neben sich. Sie beobachtete ihn, wie er bewegungslos auf die Szene starrte, die sich ihm darbot wie ein Schauspiel.

Alle vier waren unbekleidet. Die Frauen rekelten sich auf dem Bett und ihre Begleiter knieten neben ihnen. Sie hatten wohlgeformte Körper und lagen eng ineinander verschlungen. Sie küssten sich zärtlich. Während die eine Frau die Brüste der anderen massierte, lag eine Hand zwischen ihren Schenkeln und liebkoste sie. Die Hand eines der Männer fingerte sie zärtlich und ihr Gesicht verriet, dass es ihr gefiel. Nach kurzer Zeit zerrte er ihren Kopf zu sich und steckte ihr seinen harten, großen Schwanz tief in ihren schönen Mund. Die andere Frau glitt währenddessen zwischen deren Beine und begann, sie mit ihrer Zunge zu verwöhnen. Bisher hatte sich der zweite Mann zurückgehalten, doch bei dem Anblick der Frau, die sich wie eine Hündin vor seinem Körper positionierte, näherte er sich ihr unvermittelt und stieß sein steifes Glied in sie hinein. Man sah, wie sie sich kurz aufbäumte und ihr Gesicht verzerrt war vor Schmerz und Lust. In diesem Moment griff er nach ihren Haaren und drückte ihren Kopf erneut zwischen die Beine der anderen Frau, deren Mund immer noch gefüllt war von dem Schwanz des anderen Mannes.

Nach ein paar Minuten drängte sich ein weiteres Paar neben Lydia und Ben. In diesem Zimmer gab es nur eine winzige Lichtquelle. Lydia hatte sich in den Schatten gestellt, da die

Dunkelheit ihren Genuss noch steigerte. Das andere Paar jedoch stellte sich direkt unter die Lampe.

Sie unterhielten sich in englischer Sprache. Es dauerte keine zwei Minuten, da fielen sie übereinander her. Nach ersten leidenschaftlichen Küssen drückte er sie an ihren Schultern nach unten und steckte sein hartes Glied in ihren Mund. Sie blies ihn zügellos, während er durch das Glas den Paaren beim Liebesspiel zuschaute und Lydia zwischendurch immer wieder musterte.

Lydia versuchte, ihren Blick fest auf das Fenster zu richten, und drückte sich noch mehr an Ben. Dann zog der Mann die Kleine wieder hoch, drehte sie um, legte ihre Hände auf das Fensterbrett und stieß seinen Schwanz tief in sie hinein. Sie seufzte laut auf und er fickte sie hemmungslos.

Lydia war erregt und in Bens Augen konnte sie lesen, dass es ihm ebenso ging. Als sie sah, wie sich einer der Männer hinter dem Fenster die Frau des anderen nahm, sie auf den Bauch drehte, auf alle viere platzierte und ihren Körper an sich zog, konnte sie es kaum noch aushalten. Der Mann spuckte auf seine Hand und rieb ihre schon nasse Pussy ein, bevor er sie animalisch zu vögeln begann. Unerwartet spürte Lydia eine Hand, die nach ihrer griff. Der fremde Mann wollte sie zu sich heranziehen. Höchstwahrscheinlich wollte er sie küssen oder erwartete, dass Lydia seine Begleitung berührte. Sie entzog sich seiner Hand und schaute Ben dabei in die Augen.

Lydia wollte mehr. Sie griff nach seinem Arm. »Wollen wir raus?«, fragte sie ihn.

Ben nickte und folgte ihr. Lydia wusste, dass es rechts neben dem Zimmer ein weiteres kleines Fenster gab, mit Blick auf den Hof. Der Mond leuchtete hell und spendete etwas Licht. Sie zog Ben an ihre Seite und einen Augenblick schaute sie mit ihm hinaus auf den klaren Sternenhimmel. Dann küsste sie ihn, fasste nach seiner Hose und nach seinem Schritt. Sein Schwanz war prall. Sie versuchte, seinen Gürtel zu öffnen, doch Ben hielt ihre Hände fest. »Lass mich das machen!«, flüsterte er.

Er holte seinen halbharten Schwanz durch den Hosenschlitz heraus und Lydia kniete sich vor ihm auf den Boden. Angeheizt von dem, was sie gesehen hatte, nahm sie ihn voller Leidenschaft tief in den Mund und in Bruchteilen von Sekunden wurde er steinhart. Als Lydia zu Ben hochschaute, sah sie durch das Licht des Monds schemenhafte Gestalten, die sich links und rechts neben Ben stellten. Verschwommene Gesichter, die über seine Schulter schauten. Sie hörte Stimmen und stöhnende Laute.

Lydia stand auf, um Ben zu küssen, kam aber kaum dazu, denn im nächsten Moment drehte er sie um, zog ihren Slip hinunter und schob seinen Schwanz in sie hinein, langsam und sinnlich. Jetzt stöhnte auch Lydia. Sie krallte sich an der Wand fest und Ben begann sein dominantes Spiel. Ein harter, schneller Fick folgte und während er sie ungehemmt nahm, schaute sie durch das Fenster in den Sternenhimmel und genoss die Ekstase mit jeder Faser ihres Körpers.

Nachdem Ben in ihr gekommen war, versuchten sie, den Weg nach draußen zu finden. Jetzt konnte Lydia sie spüren, die Körper, die um Ben herumgestanden hatten. Sie versuchten Lydia anzufassen und festzuhalten. Diese Menschen hatten sie beobachtet, wie sie im Schein des Monds von Ben benutzt worden war.

Irgendwann lag das Labyrinth der dunklen Räume hinter ihnen und sie setzten sich erschöpft auf ein Sofa. Ben lächelte Lydia an und streichelte zärtlich ihr Gesicht.

»Ich muss auf die Toilette«, sagte sie. »Wartest du hier auf mich?«

Als sie wiederkam, bemerkte Lydia eine hübsche dunkelhaarige Frau, die Ben anstarrte. Sie stand an der gegenüberliegenden Wand und löste ihren Blick nicht von ihm. Ben sah Lydia an und ging in Richtung Bar. Die Kleine schaute unverwandt zu ihm und verfolgte jeden seiner Schritte.

Lydia hielt sich zurück, ging langsamer. In ihr stieg Eifersucht auf und zugleich Erregung. Natürlich hatte Ben die verführerischen Blicke bemerkt und Lydia beobachtete ihn. Er blieb am Türrahmen der Bar stehen und betrachtete die Leute dort. Lydia näherte sich ihm zögernd. Die Kleine stand nur noch ein paar Meter von ihm entfernt und schaute ihn immer noch fasziniert an.

Du traust dich nicht, ihn anzusprechen, dachte Lydia, als sie zu dem reizenden Wesen hinüberblickte. Nur einen Moment später stand Lydia hinter Ben, griff nach seiner Hand und küsste ihn. Sie ließen die schöne Lady hinter sich und gingen zur Bar, um einen Whiskey Sour zu bestellen.

Nach dem Drink spazierten sie hinaus, um die klare, kühle Luft zu genießen. Arm in Arm bewunderten sie den hellen Schein des Mondes und den Sternenhimmel: Tausende von Lichtern glitzerten über ihnen.

Es wurde ein aufregender Abend. Gemeinsam betrachteten sie gebannt das erotische Liebesspiel anderer Paare und Frauen. Die Kleine, die Ben so begeistert mit ihren Blicken verfolgt hatte, sahen sie nicht wieder. Als Lydia ihn darauf ansprach, lächelte er nur wissend. Er war nicht umsonst so provokant stehen geblieben.

Es war spät, als sie mit dem Taxi zurück zum Hotel fuhren. Eine heiße, berauschende Nacht lag hinter ihnen, sie hatten leidenschaftliche Stunden in außergewöhnlicher Atmosphäre erlebt. Im Hotelzimmer angekommen, setzten sie das fort, was auf dem Schloss seinen Anfang genommen hatte …

Erschöpft von den Eindrücken und beflügelt von dem Erlebten, schlief Lydia am frühen Morgen in Bens Armen ein. Sie schmiegte sich an ihn und fühlte sich entspannt und glücklich.

31. JULI

Nachdem Ben und Lydia ausgecheckt hatten, fuhren sie in die Innenstadt, um in Ruhe zu frühstücken. Ben hatte bereits im Internet recherchiert und ein Café gefunden. Sie parkten in der Nähe, gingen noch ein wenig spazieren und genossen anschließend einen Brunch unter blauem Himmel.

»Schau mal«, sagte Ben plötzlich. »Kennst du sie?«

Er deutete unauffällig auf eine Frau mit langen dunklen Haaren. Sie saß ein paar Tische weiter und war in Begleitung eines Mannes, der neben ihr unscheinbar wirkte.

»Sie war gestern Abend auf der Party«, sagte Ben. »Sie trug ein sehr erotisches Kleid. Den Mann habe ich allerdings nicht dort gesehen.«

Lydia versuchte, einen längeren Blick auf das Paar zu erhaschen, ohne aufzufallen.

»Ich kann mich überhaupt nicht an sie erinnern«, stellte sie schließlich fest.

»Aber sie sich sicher an uns«, meinte Ben. »Sie mustert uns schon die ganze Zeit. Und immer, wenn wir in ihre Richtung schauen, blickt sie weg.«

Sie blieben lange in dem Café. Das Essen war ausgezeichnet und das Wetter viel zu schön, um jetzt schon viele Stunden im Auto zu verbringen. Sie lachten, erzählten und küssten sich. Lydia fühlte sich mit Ben im Einklang, war sorglos und glückselig.

In Hamburg angekommen, hielten sie an einem italienischen Restaurant, um sich Pizza zu holen. Es war noch immer ein schöner, sonniger Abend. Sie nahmen zu Hause den Wein aus dem Kühlschrank und genossen die Zweisamkeit.

Ben hatte Lydia versprochen, am späten Abend mit ihr in diese ganz spezielle Bar zu fahren – der Ort, wo er vor ein paar Monaten sein obszönes Erlebnis hatte. Sie verspürte Sehnsucht nach dem, was sie am liebsten tat: spielen. Und jetzt, wo sie neben Ben saß, sie einander zärtlich liebkosten und über die vergangene Nacht redeten, bekam Lydia noch mehr Lust. Als Ben in die Küche ging, um noch etwas Wein zu holen, schlich sie ihm hinterher.

Sie stellte sich neben ihn, blickte ihn provozierend an und präsentierte Ben ihre Handgelenke. Er stellte die Flasche Wein, die er aus dem Kühlschrank geholt hatte, auf die Arbeitsplatte und schaute nach Gläsern. Er sah sie nicht an, aber hatte sie sehr wohl bemerkt.

»Was willst du?«, fragte er.

»Fessel mich«, antwortete sie lüstern.

»Was noch?«

»Fick mich.«

Jetzt sah Ben sie an, mit einem Blick, der auf ihrem Körper eine Gänsehaut hervorrief.

»Geh auf die Knie und bitte mich darum«, verlangte er.

Lydia war unglaublich erregt und der Tonfall seiner Stimme ließ alle ihre Gedanken zerfließen.

»Fessel mich und fick mich. Ich bitte dich darum«, flüsterte sie, nachdem sie sich vor ihm auf den Boden gekniet hatte.

Einen Moment lang ließ er sie ausharren. Dann öffnete er seine Hose, packte Lydias Kopf und steckte seinen Schwanz tief in ihren Mund. Ein Deep Throat. Erst als sie fast erstickte, ließ er von ihr ab.

»Steh auf. Geh ins Schlafzimmer und zieh dich nackt aus«, sagte Ben bestimmend.

Er fesselte sie auf dem Rücken liegend an sein Bett. Eine Manschette nach der anderen legte er an, schlang die Seile um den Lattenrost und zog sie fest wie nie. Lydia roch das Leder der Manschetten. Ihr Atem beschleunigte sich, ihr nasser Schritt und ihre Perle schwollen an und pulsierten. Berauscht registrierte sie seine fast bedrohliche Energie.

Er zog sich aus und betrachtete sie dabei immer wieder ausgiebig. Ganz langsam kam er über sie. Er beugte sich zu ihr, streichelte über ihre Haare, schaute ihr tief in die Augen.

»Geht es dir gut?«, fragte er.

»Sehr gut«, antwortete sie sehnsuchtsvoll und mit vor Erregung zitternder Stimme.

Ben lächelte sie an und zeigte ihr eine schwarze Augenbinde.

»Willst du sie?«, fragte er.

Als Lydia sie sah, wurde sie fast ohnmächtig von dem Rausch, den dieser Anblick in ihr auslöste. Ihre Stimme versagte; sie nickte ihm hilflos zu.

Nun konnte sie nur noch hören, nur noch spüren. Bens Finger wanderten über ihren Körper und bohrten sich Zentimeter für Zentimeter in ihre nasse Öffnung. Er fingerte sie. Er massierte ihren Schritt. Dann merkte sie, wie er sich zwischen ihre Beine legte und fühlte seinen Atem auf ihrem Gesicht.

»Ganz langsam«, hörte sie ihn sagen und im gleichen Augenblick begann er, mit seinem harten Glied Stück für Stück in sie einzudringen. Er war bedacht und einfühlsam und genau das brachte Lydia fast um den Verstand.

»Ja, das gefällt dir«, raunte er.

Seine Bewegungen wurden schneller, die Stöße intensiver. Lydia war zu einem Stück Fleisch geworden, das er zu seinem Gefallen benutzte. Ben befriedigte sich in ihr.

Unvermittelt zog er seinen Schwanz aus ihr heraus und stieg aus dem Bett. Sie hörte ein leises, undefinierbares Geräusch. Und dann plötzlich nichts mehr. Völlige Ruhe. Lydia wurde unsicher. Sie nahm leise Schritte wahr. Ben schlich um das Bett.

Etwas Glattes, Festes berührte sanft ihren Bauch. Ihre Brust, ihren Hals. Ihr Gesicht. Sie roch Leder, aber es waren nicht die Lederstreifen des Floggers.

»Ich halte meinen Gürtel fest in der Hand. Willst du ihn?«, fragte er streng und mit unerbittlicher Stimme.

Ben hatte ihn noch nie benutzt. Dieses Gefühl war neu und sie wollte es erleben. Lydia konnte ihren Atem nicht mehr kontrollieren und stemmte ihren Körper dem kalten Leder entgegen.

»Ja, gib ihn mir!«, rief sie keuchend aus.

Augenblicklich traf der erste Schlag ihren Oberschenkel.

»Härter?«, herrschte Ben sie an.

»Ja!«, schrie sie.

Ein zweiter Schlag, intensiver als der erste, folgte auf ihrem linken Oberschenkel.

»Härter!«, schrie Lydia in ihrem Rausch.

»Härter?«, hörte sie Bens erregte Stimme. Im gleichen Moment landete der Gürtel unbarmherzig auf ihrem Bauch, dann auf ihrer Brust. Das Brennen verschlug ihr den Atem, aber die Erregung war größer als der Schmerz.

Nach einer Weile ließ er von ihr ab. Sie spürte, wie Ben zu ihr ins Bett stieg. Er streichelte ihre Wange.

»Hat es dir gefallen?«, flüsterte er liebevoll. »Geht es dir gut?«

»Es geht mir wunderbar«, raunte sie erschöpft.

Ben nahm ihr die Augenbinde ab, lächelte sie an und küsste sie. Er löste die Seile. Ihre Gelenke waren fast taub, so sehr hatte sie an den Manschetten gerissen.

Nachdem Ben sie befreit hatte, schob er seine Hand unter ihren Kopf und hob ihn an. Er hielt ihr seinen halbsteifen Schwanz in das Gesicht.

»Blas ihn an«, befahl er.

Lydia nahm ihn in den Mund und saugte voller Verlangen an ihm. Er wurde schnell wieder hart und Ben drückte ihren Kopf bis zum Anschlag auf sein Glied.

»Los, streck mir jetzt deinen Arsch und deinen nassen Schritt entgegen!«

Mühsam setzte sich Lydia auf. Ben musste sie dabei stützen. Als sie endlich vor ihm hockte, drückte er ihren Oberkörper aufs Bett und legte die Bettdecke über ihren Rücken. Er stieß in sie hinein und fickte sie hemmungslos, bis er sein Spiel unterbrach.

»Das reicht mir noch nicht. Bleib so.«

Ben zog die Decke von ihrem Rücken und griff nach den Seilen. Er packte ihre Hände, zog sie zu ihren Füßen und band die Manschetten ihrer Handgelenke mit Seilen an ihre Fußgelenke.

»Gut verschnürt, wie ein Paket«, raunte Ben lustvoll. Er schlug ihr mit der flachen Hand auf den Po. Erneut zog er die Bettdecke über ihren Körper und diesmal verpackte er ihn so gut, dass nur noch ihr Hintern, ihre Spalte und die gefesselten Hände sichtbar waren. Ben erniedrigte sie wie nie zuvor. Lydia war nur noch ein Fickobjekt. Ein Wesen ohne Seele, das er benutzte.

Erbarmungslos wie der Teufel nahm er sie. Sie litt Schmerzen, spürte rauschhafte Erregung, ließ sich den Atem rauben von gegensätzlichen Empfindungen.

Nachdem Ben unter lautem Stöhnen tief in ihr gekommen war, löste er die Seile und küsste zärtlich ihren Rücken.

Lydia legte sich erschöpft auf die Seite und wusste nicht, was sie denken sollte. Ben schaute sie stumm an, strich ihr über das Haar und über ihr Gesicht. Dieser Akt war befremdlich gewesen. Ben hatte sie wie Fleisch gefickt. Das hatte er noch nie getan. Dominant ja, aber nie sadistisch. Trotzdem hatte sie Gefallen daran gefunden.

»Jetzt lass uns aufstehen und in die Bar fahren. Ich will nicht mehr duschen. Ich will mir mein Kleid und meine High Heels anziehen und so mit dir dorthin gehen.«

Er richtete sich auf. »Nein«, sagte er. Er sah ihr tief in die Augen, stand auf und ging in die Küche. Lydia war außer sich und lief ihm nach.

»Ich will jetzt in die Bar«, forderte sie. »Du hast gesagt, du fährst mit mir heute dorthin!«

»Nein«, wiederholte er ruhig.

Wut stieg in ihr hoch. »Ben, ich will jetzt in die Bar. Sofort! Du hast es mir versprochen!«, schrie sie ihn an.

»Ich habe dir gar nichts versprochen«, antwortete er und schaute sie teilnahmslos an.

Lydia spürte, wie sie allmählich die Kontrolle verlor.

Seine Ruhe, seine Gelassenheit empfand sie in diesem Augenblick als pure Provokation. Sie holte mit der Rechten aus und wollte Ben ins Gesicht schlagen.

Er stoppte ihre Hand, bevor sie ihn treffen konnte. In diesem Moment erschrak Lydia über sich selbst. Sie riss sich los, rannte zurück ins Schlafzimmer und warf sich auf das Bett. Vor Entsetzen vergrub sie ihren Kopf in den Kissen.

»Wolltest du mir gerade ins Gesicht schlagen?«, fragte er wütend. Er drehte sie um, stemmte sich auf sie und drückte ihre Arme in die Matratze. Minutenlang sprach keiner von ihnen ein Wort, sie starrten sich nur an. Nach einer Ewigkeit machte er sich von ihr los.

Lydia fühlte sich immer noch wie von Sinnen. Sie nahm sich selbst die Manschetten ab. Als Ben sich neben sie legte, stürzte sie sich auf ihn, griff nach den Seilen und wollte ihn fesseln. Sie versuchte, sich auf seinen Hals zu setzen, und schlug außer Kontrolle um sich. Auf seine Worte reagierte sie nicht mehr. Schließlich packte er sie, bog ihre Arme brutal auf den Rücken und setzte sie außer Gefecht.

❧☙

Lange lag Lydia reglos auf dem Bett und starrte die Zimmerdecke an. Nach einer Weile tastete sie nach der Bettdecke und kuschelte sich hinein. Ben holte Wasser aus der Küche und legte sich an ihren Rücken. Lydia drehte sich nicht zu ihm um. Irgendwann spürte sie seine Hand auf ihrem Haar und ein sanftes Streicheln.

»Willst du was trinken?«

»Nein, danke.«

»Geht es dir gut?«

»Ja.«

»Wirklich?«, fragte er zweifelnd. »Ich erkenne dich nicht wieder. Was hast du gerade gefühlt? Die Session war sehr erniedrigend. Sehr sadistisch.«

»Ich möchte nicht darüber reden.« Während sie es sagte, spürte sie, wie sich ein Kloß in ihrem Hals formte.

»Das sollten wir aber.«

»Warum kannst du nicht einfach aufhören zu bohren«, sagte Lydia und spürte, wie ihr Tränen in die Augen stiegen.

»Weil ich merke, dass es dir nicht gut geht. Warum hast du das mit dir machen lassen?«, fragte er, rutschte näher zu ihr und begann ihren Rücken zu streicheln.

Endlich brach es aus ihr heraus. Lydia begann zu weinen. Sie verstand gar nichts mehr. Sie wusste nicht, was Ben in ihr ausgelöst hatte. Sie weinte und weinte und konnte nicht mehr aufhören.

Er nahm sie in den Arm und hielt sie lange umschlungen. Es tue ihm leid, dass er sie so sadistisch und abwertend behandelt hatte, erklärte er. Und das, so sprach er weiter, sei auch der Grund gewesen, nicht mit ihr in die Bar fahren zu wollen. Er hatte gespürt, dass die Session etwas in ihr freigesetzt hatte, und er wollte mit ihr darüber sprechen. Aber genau das wollte Lydia auf keinen Fall.

Sie spielte es herunter, stritt alles ab. Noch immer tobten in ihr Wut und Verzweiflung, sie konnte jedoch nichts davon einordnen. Noch nie in ihrem Leben hatte sie sich so gefühlt und das Bohren von Ben half ihr nicht, im Gegenteil. Alles stürzte gleichzeitig auf sie ein: die Beziehung zu Ben, ihre Liebe zu ihm und die bevorstehende Trennung. Die erniedrigende Behandlung als pures Objekt, ungeliebt und missbraucht. Und seine Frage: Warum eigentlich hatte sie das mit sich machen lassen? Warum hatte es ihr sogar gefallen? Warum, warum, warum?

Ben zog sie an sich, versuchte sie zu beruhigen. Er redete auf sie ein, erzählte ihr, was für eine wundervolle Frau sie sei und dass sie dies alles nicht nötig hätte. Weder Manschetten noch Fesselung, auch keine Schläge. Und schließlich fragte er sie, ob sie eine Ahnung habe, worin die Ursache ihrer Sehnsucht nach absoluter Unterwerfung liege.

Auch Lydia hatte Fragen. Sie wollte wissen, woher Bens Drang nach Sadismus kam. Warum sein Bedürfnis danach, eine Frau zu erniedrigen, so groß war.

Irgendwann kamen sie auf die Kindheit zu sprechen. Seine Kindheit. Er war schon immer sehr sensibel gewesen und seine Mutter hatte ihn zu Dingen gezwungen, die er nicht wollte. Er fühlte sich unverstanden und mit seinen Ängsten im Stich gelassen. Er war nur ungern allein, fand aber durch seine Schüchternheit kaum Anschluss. Trotzdem schickte seine Mutter ihn immer wieder in Ferienlager, fort von zu Hause, in eine fremde Umgebung, zu fremden Kindern. Zu Kindern, die ihn verachteten, die ihn schlecht behandelten. Die ihn zum Außenseiter machten. Seine Mutter unterwarf ihn ihren Zwängen, sie unterdrückte ihn.

Ben erzählte so frei und ehrlich über seine Vergangenheit, dass Lydia beschloss, ebenso offen und ehrlich ihm gegenüber zu sein. Sie fühlte sich ihm nah und verbunden wie nie. Er erzählte ihr schließlich sogar von dem Moment, als der Sadist in ihm geboren wurde – ein Moment, über den er noch nie zu einem anderen Menschen gesprochen hatte. Lydia war tief gerührt.

Sie begann, von ihrer tragischen Vergangenheit zu berichten. Die Hölle ihrer Kindheit. Von ihrer Mutter, die psychisch krank war und unter Verfolgungswahn litt. Die die kleine Lydia schlug und ihr in ihrem Wahn Dinge unterstellte, die nicht der Wahrheit entsprachen. Die sie psychisch und körperlich peinigte und unterdrückte. Eine Mutter, die das wehrlose Mädchen in ihren Irrsinn verstrickte, sie zu einem Teil ihrer selbst zu machen versuchte. Kontakt zu anderen Kindern war Lydia nicht gewohnt, deshalb war auch sie schüchtern gewesen. Und statt ihr die Freundschaft anzubieten, verprügelten die Kinder in der Schule sie, lauerten ihr auf und demütigten sie.

Niemand durfte sie besuchen, auch Lydia durfte zu niemandem nach Hause. Falls sie es doch einmal wagte, gab es Ärger. Ihre Mutter hasste ihren Vater und unterstellte ihr, sich regelmäßig mit ihm vor der Schule zu treffen. Sie schlug zu und warf ihr vor, sie zu betrügen und zu hintergehen. Lydia wusste nicht einmal, was diese Worte bedeuteten.

Warum ihre Eltern sich nach fünfundzwanzig Jahren Ehe scheiden ließen, hatte sie nie wirklich erfahren. Sie sprach mit ihrem älteren Bruder darüber und auch mit ihrem Vater, zu dem sie wieder Kontakt aufnahm, als sie achtzehn war. Ihre Mutter hatte immer behauptet, der Vater sei fremdgegangen. Ihr Vater und ihr Bruder aber meinten, es sei umgekehrt gewesen.

Lydia kannte keine Familie. Sie wusste nicht, was Familienbande waren. Ihre Familie hatte ihr nur Angst und Tränen bereitet. Ihr Bruder war nur auf dem Papier ihr Bruder. Seine Frau und er hatten sich für Lydia und ihre Mutter immer geschämt und mit dem »verarmten, asozialen Pack« nichts zu tun haben wollen.

Trotz allem liebte sie ihre Mutter. Ohne sie zu sein, war unvorstellbar. Sie war der einzige Mensch, den Lydia hatte. Ihre Kindheit war ein Schlachtfeld gewesen. Sie hatte nie wirklich erlebt, was es bedeutete, ein Kind oder Teenager zu sein. Die erste Liebe, Treffen mit Freunden. Normalität. Wenn andere von früher erzählten, war es für sie, als lausche sie einem Hörspiel. Es war spannend und schön, aber sie fand keine Parallelen zu ihren eigenen Erlebnissen.

Lydias wahres Leben begann erst mit siebzehn Jahren. Aus dem geprügelten, gedemütigten, hässlichen und schüchternen Mädchen wurde eine intelligente, selbstbewusste, schöne Frau. Eine Frau, die ganz genau wusste, was sie wollte und wie sie es erreichte.

Doch etwas war von der kleinen, hässlichen, hilflosen Lydia in ihr zurückgeblieben: die Sucht nach Liebe und dem Gefühl, geliebt zu werden. Die Sucht danach begehrt, anerkannt, gesehen zu werden. Und die Bereitschaft, dafür zu kämpfen bis zur Selbstaufgabe. Das war es, was sie in die Ledermanschetten zwang. Was sie süchtig machte nach Bens Zuwendung und Liebe. Und nach seinen Schlägen.

In dieser Nacht sprachen Lydia und Ben nicht nur über ihre Vergangenheit, sondern auch über die endgültige Trennung. Für Lydia war es offensichtlich, dass Ben während der räumlichen Distanz mehr Liebe für sie empfand als in den Tagen, in denen sie in seiner Nähe war. Jedes Mal wurde er ihr gegenüber nach einer gewissen Zeit unterkühlt und abweisend. Und je tiefer sie ihn berührte, umso mehr ging er auf

Abstand. Sie spürte den fast zwanghaften Aufbau einer inneren Mauer und ein Schutzschild aus Kälte und Distanz.

Für Lydia war Bens Verhalten Ausdruck einer Beziehungsphobie. Zunächst stritt Ben diese Theorie ab, aber irgendwann gab er zu, dass eine seiner Ex-Freundinnen ebenfalls eine solche Vermutung geäußert hatte, und er ahnte einen Zusammenhang mit den Scheidungen seiner Mutter. Gemeinsame Zukunftspläne waren für ihn eine Art Zwang. Stand der Schritt an, eine Partnerschaft durch Zusammenziehen zu vertiefen, argumentierte er dagegen. Er begründete es damit, dass jeder seinen eigenen Lebensbereich brauche und die eigene Freiheit wichtig sei. Ein einziges Mal hatte er etwas länger mit einer Frau zusammengewohnt: sechs Monate. Insgesamt war er zwei Jahre mit ihr liiert gewesen, aber das gemeinsame Leben im letzten halben Jahr ihrer Beziehung hatte den Bruch verursacht. Ben war immer mehr von dem Gefühl überwältigt worden, dass ihre Anwesenheit ihm die Luft zum Atmen nahm.

Bens Einstellung zum Thema Glück und Liebe lautete: Jeder Mensch begleitet dich ein Stück deines Wegs, weil du ihn in diesem Moment brauchst. Aber eine Beziehung, die bis ans Ende des Lebens hält, ist Illusion.

Sie redeten bis vier Uhr morgens. Ben weinte wegen der Trennung. Auch Lydia verbrachte den Rest der Nacht mit Tränen. Sie sah aufgrund seines Verhaltens und der Denkweise über Partnerschaften keine gemeinsame Zukunft und doch fiel es ihr schwer, sich mit der Tatsache abzufinden, dass die Romanze mit Ben zu Ende war.

1. AUGUST

Er brachte sie am frühen Vormittag zum Zug. Eine distanzierte Umarmung auf dem Bahnsteig und Worte, die klangen wie eine Entschuldigung. Von nun an, so sagte er, würde keiner dem anderen böse sein, wenn man nicht gleich schriebe oder erst Tage später. Vielleicht war es für ihn eine Befreiung und ein Aufatmen, denn er sagte die Worte mehr zu sich selbst als zu ihr.

In Oldenburg angekommen fuhr Lydia zum Arzt und dann nach Hause. Sie hatte Florian bereits über ihre Krankschreibung informiert und ihn um ein Gespräch gebeten.

Sie gingen spazieren und Lydia erzählte ihm alles. Die ganze Wahrheit. Einfach alles. Sie erzählte Florian von der Begegnung mit Ben, den vielen Treffen und ihren tiefen Gefühlen zu ihm. Sie schwärmte davon, wie sehr er ihr zeigte, dass er sie liebte und achtete, von seiner Fürsorglichkeit und sexuellen Hingabe. Sie klagte Florian an, warf ihm Lieblosigkeit ihr gegenüber vor, sein Desinteresse und seine Gleichgültigkeit. Lydia wünschte sich einen sensiblen und liebevollen Mann an ihrer Seite, emphatisch und intensiv – alles Attribute, die auf Florian nicht zutrafen. Ben hingegen war ein Sinnbild all dessen und bereit, ihr zu geben, was sie so dringend brauchte.

Lydia erzählte Florian aber auch ehrlich von der Ungewissheit, die über der Verbindung zu Ben schwebte. Von seinem Kinderwunsch. Und sie sagte ihm, dass dies einer der Punkte sei, die Florian wiederum mit ihr verband. Sie sprach davon, wie hin- und hergerissen sie sei: Dass sie ihn einerseits natürlich noch immer sehr mochte, da es auch viele schöne gemeinsame Zeiten gegeben habe. Aber dass sie sich andererseits auch in Ben verliebt hätte. Und dass dieser Umstand ein untrügliches Zeichen dafür war, dass ihre Liebe für Florian erloschen sei. Und sie wolle ihm in Zukunft nicht noch mehr wehtun.

Es wurde ein langes, anstrengendes Gespräch.

Florian hörte zu. Anfangs war er ruhig und besonnen. Dann warf er ihr vor, warum sie sich nicht früher bemüht hätte, ihm ihre Gefühle zu vermitteln. Er hielt ihre Schilderungen für hysterisch und übertrieben.

Lydia war entsetzt über diese Aussage, erinnerte sie sich doch nur allzu gut an ihre vielen verzweifelten Versuche, ihm ihre Wünsche und Sehnsüchte näherzubringen. Anstrengungen, die von Florian stetig abgewehrt worden waren und die er als »zickig« tituliert hatte.

Der Streit gipfelte darin, dass Florian Lydia schließlich beipflichtete, sie seien tatsächlich sehr unterschiedlich im Denken und Fühlen, in ihren Sehnsüchten und Interessen. Das halte ihn aber nicht davon ab, sie zu lieben. Ein Belügen, Betrügen und Hintergehen, so wie sie es veranstaltet hatte, käme für ihn niemals in Betracht. Er vertrat die Ansicht, dass Menschen in einem gewissen Alter nun einmal in ihrem Lebensrhythmus, ihren Gewohnheiten gefangen seien und sich kaum noch verändern würden. Lernte man sich in diesem Alter kennen, bestehe eine Beziehung nun einmal aus Kompromissen. Man müsse versuchen, sich aufeinander einzustellen und die Eigenheiten des anderen akzeptieren, sonst funktioniere es nicht. In dem Alter von Lydia und ihm gäbe es die perfekte Gemeinschaft nicht mehr. Das gäbe es nur, wenn man sich jung kennenlerne. Dann sei man noch in der Lage, das Zusammenleben von Anfang an zu gestalten und miteinander in eine Richtung zu wachsen. Für ihn wäre ihre Partnerschaft daher in Ordnung gewesen.

Florian schlug eine Reise vor. Er betrachtete die gemeinsame Auszeit als Chance, sich auszusprechen und einander wieder anzunähern. Über eine mögliche Trennung sollte man erst danach entscheiden.

Am Abend saß Lydia allein im Wohnzimmer – und schrieb Ben erneut. Sie konnte den Drang, mit ihm in Kontakt zu treten, einfach nicht unterdrücken.

Lydia, 20:38 Uhr

Ich habe Florian vorhin von uns erzählt. Er weiß alles. Statt es sofort zu beenden, hat er eine gemeinsame Auszeit vorgeschlagen. Um sich neu zu finden. Und danach will er entscheiden, wie es weiterläuft. Er ist wütend und enttäuscht.

Ben, 20:47 Uhr

Du hast Florian von uns erzählt? Ich bin erstaunt.

Sieht er den Auslöser für dein Handeln wenigstens auch bei sich selbst?

Lydia, 20:54 Uhr

Nein, wenn ich davon anfange, stellt er auf Durchzug. Es herrscht hier so eine Eiseskälte, dass ich friere.

Geht es dir gut?

Ben, 21:03 Uhr

Von gut kann man wahrlich nicht sprechen. Ich fühle mich wie aufgewacht aus einem intensiven Trip. Einem mehrere wochenlangen Trip. Mit sehr viel Intimität, also wirklich mit sehr, sehr viel Intimität.

Immer, wenn du wieder zurück nach Oldenburg gefahren bist, wachte ich auf. War allein. Nur die Erinnerung blieb. Dein Duft.

Lydia, 21:15 Uhr

Gestern Nacht, das war mit Abstand der intimste Moment, den wir hatten. Ich habe mich noch nie so nackt gefühlt. Für mich sind geistige Berührungen viel intensiver als körperliche.

Ben, 21:38 Uhr

Mein sadistisches Spiel gestern war der Türöffner für unser Gespräch. Deine Geheimnisse sind bei mir gut aufgehoben. Ich hüte sie wie einen Schatz.

Es ist auch (!) mein Mitgefühl, was mich dich so sehr lieben lässt. Weil ich tieftraurig bin über das, was dir widerfahren ist und mir deshalb gerade die Tränen in die Augen schießen. Weil ich möchte, dass du in den Keller gehst und die kleine Lydia hochholst, sie umarmst, ihr zeigst, dass sie liebenswert ist, dass alles wieder gut ist, dass du sie mit Liebe umgibst und die schweren Traumata damit auflöst.

Verzeih mir bitte, wenn ich zu sehr und zu oft darauf eingehe. Wichtig ist nur, dass du so etwas wie Frieden schließt. Vielleicht wurdest du auch nur deshalb so eloquent und zielstrebig und all das andere, weil du die kleine Lydia in dir hast. Weil sie das alles erleben musste.

Vielleicht ist sie die Triebfeder. Wie dem auch sei – ich
werde von nun an nicht mehr nachbohren. Und was
meinen letzten sadistischen Akt betrifft, habe ich mir
gesagt, dass ich einen so heftigen Sadismus nicht mehr
leben will. Das hat nichts mit Liebe zu tun. Im Gegenteil.
Dieser Sadismus und deine Erfahrungen in der Kindheit
haben die gleichen negativen Energien. Damit möchte ich
künftig nichts mehr zu tun haben. Das heißt nicht, dass ich
keine Lust mehr haben werde, eine Frau zu fesseln, ihr die
Augen zu verbinden oder sie zu schlagen. Doch keinesfalls
mehr in dieser Brutalität.

Lydia, 22:05 Uhr

Ich umarme dich gerade so sehr, dass ich dir den Atem
raube vor lauter Liebe. Jetzt gibt es nichts mehr, was du
nicht über mich weißt. Kennenlernen ging noch nie so
schnell. Bis in die verletzlichsten, verborgensten Tiefen der
Seele. Wir sehen uns noch nicht einmal täglich und trotzdem habe ich das Gefühl, ich könnte dir mein Leben in die
Hände legen, die Augen schließen und du wüsstest genau,
was du damit machen musst. Das ist der Grund, warum du
der einzige Mensch bist, der mich alles fragen kann und
auf alles eine ehrliche Antwort bekommt. Es ist, als spräche
ich mit meiner eigenen Seele.

Ich habe nachgedacht, warum ich dich so sehr liebe. Es ist
die Tatsache, dass du mir Zuwendung schenkst, mich
zuvorkommend behandelst, mich verwöhnst. Aber es ist
noch so viel mehr. Es ist dein Charakter. Dass du dich so
sehr für Menschen interessierst. Dass du viel hinterfragst,
nicht gleichgültig bist. Dass du rücksichtsvoll bist. Und
manchmal so erschreckend ehrlich. Du strahlst viel Ruhe
aus. Ich mag natürlich auch die Oberfläche, die Art, wie du
dich bewegst, deine Kleidung, deinen Stil. Ich mag es, dass

356

du genau weißt, was du willst und das auch ausstrahlst. Selbst deine manchmal arrogante und selbstverliebte Art ist sexy. Die Art, wie du deine Wohnung eingerichtet hast, mit unglaublicher Liebe für das Detail, einem Gespür für Farben und dem gekonnten Zusammenspiel von eleganter Dekoration. Deine Selbstdisziplin. Und du kannst einen mitreißen, wenn man schwach wird.

Ben, 22:35 Uhr

Lydia? So eine schöne Liebeserklärung hat mir noch nie jemand gemacht. Ich fühle mich sehr geschmeichelt.

Lydia, 22:42 Uhr

Deine Nachricht war sehr berührend, Ben. Meine Antwort kam aus der Tiefe meines Herzens.

Du hast geschrieben, dass es AUCH dein Mitgefühl ist, dass dich mich so sehr lieben lässt. Warum liebst du mich noch?

Ben, 22:59 Uhr

Da gibt es eine Menge Gründe. Warte. Muss mich sammeln … Ich melde mich per E-Mail. In ca. dreißig Minuten.

Lydia fühlte sich wieder beschwingt. Unglaublich, wie schnell sie in der Lage war, das Dunkle, was geschehen war, von der einen Minute zur anderen auszublenden. Der ganze Kummer und die ganze Trauer hatten sich in Luft aufgelöst. Ben schrieb über seine Liebe zu ihr und gab ihr damit Hoffnung.

Eine Stunde später schaute sie in ihren E-Mail-Account.

Nun liebe Ly, die Frage, warum ich dich liebe, beantworte ich wohl besser mit einer E-Mail. Selbstverständlich ist es nicht nur Mitgefühl. Eine Rolle spielt es dennoch. Weniger, weil du das alles in deiner Kindheit erleben musstest, als vielmehr wegen der Tatsache, dass aus dir dennoch ein so zauberhafter Mensch geworden ist. Dass du trotz aller Widrigkeiten einfach ins Leben gegangen bist und dank deiner Stärke immer wieder gut angekommen bist. Beruflich und privat. Deine Erfahrungen gemacht hast. Hingefallen und wieder aufgestanden bist. Natürlich ist es auch dein Äußeres, das eine Rolle spielt. Der Stil, wie du dich kleidest. Dein Humor. Dein Blick, wenn ich in dich eindringe. Den du übrigens nur dann hast, wenn wir uns sanft lieben. Zärtlich. In diesem Moment komme ich dir näher als jemals sonst, das sehe ich in deinen Augen. Dein Interesse für mich, deine Fürsorge. Aber auch deine Selbstständigkeit. Die Gewissheit, dass wir miteinander auf einer Wolke schweben. Die Harmonie und das Verständnis füreinander. Deine Sexualität, diese Lust. Es gibt viele Gründe, die mich tiefe Gefühle für dich empfinden lassen. Sehr viele.

Gute Nacht. Schlaf schön.

Ben

Obwohl Lydia sich in einem Schwebezustand zwischen Liebe und Trennung befand, spürte sie eine große Ruhe in sich. Sie war erschöpft von der psychischen Anstrengung der letzten Tage und die Müdigkeit zog sie in einen tiefen Schlaf.

2. AUGUST

Es war sechs Uhr morgens. Lydia war hellwach. Das Handy lag auf dem Nachttisch. Sie hatte sich vorgenommen, stark zu sein und sich nicht mehr bei Ben zu melden. Es war schwer, zumal sie allein war und die Zeit im Bett verbrachte. Erneut wurde sie nachdenklich und traurig. Und schon wieder wurde ihr alles egal.

Lydia, 07:04 Uhr

Es wird schwer werden, dir nicht mehr zu schreiben.

Ben, 07:23 Uhr

Dito.

Lydia, 07:29 Uhr

Als ich heute früh aufgewacht bin, war ich sehr unglücklich.

Ben, 07:34 Uhr

Ich frage mich, wie lange wir uns noch quälen wollen. Wir sollten uns nicht mehr schreiben. Lydia, ich habe dir vorhin eine E-Mail geschickt. Heute werde ich ausschließlich im Homeoffice arbeiten.

Lydia war hin- und hergerissen. Sie hatte Angst vor dem Inhalt der Mail. Die Realität zu akzeptieren war schwer. Sie zu verdrängen und die Augen davor zu verschließen, sehr viel leichter. Schließlich wagte sie es, in ihr Postfach zu schauen.

Lydia, es ist nicht so, dass ich dich, obwohl ich dich liebe, einfach abgebe. Es zerreißt mir das Herz, wenn ich deine Zeilen lese. Du hast endlich (wieder) jemanden in deinem Leben gefunden. Jemanden, der dich liebt, der fürsorglich, zärtlich und umsorgend ist. Bei dem scheinbar alles passt. Scheinbar. Ein Detail passt nämlich nicht. Wie man das Blatt auch dreht und wendet, wirklich endgültig scheint er nicht zu dir zu stehen. Mal will er dich, mal will er dich nicht. Ist das wirklich die Liebe, nach der du dich sehnst? Dein Unverständnis, deine Traurigkeit kann ich gut verstehen. Möchtest du nicht viel lieber einen Mann, der dich in letzter Konsequenz und mit Haut und Haar will? Was das Leben im Hier und Jetzt angeht, könntest du dir in Oldenburg eine Wohnung suchen und die Wochenenden bei mir verbringen. Du könntest dir auch in Hamburg einen Job suchen und wir könnten zusammenziehen. Doch es wäre nicht der Weg, der für mich bestimmt ist. Und es gibt diesen Weg. Für uns alle. Auch für dich. Versteh mich bitte nicht falsch. Ich liebe dich und daran wird sich auch nie etwas ändern, doch eine Beziehung bis ans Ende unserer Tage? Ich möchte dir gegenüber so ehrlich wie möglich sein.

Es gibt keine gemeinsame Zukunft für uns. Das hast du Sonntagnacht erkannt. Der Gedanke, dich nie mehr wiederzusehen, dir nie mehr zu schreiben, lässt Tränen in meine Augen schießen. So sehr ich mich vor diesem Moment fürchte, er ist nun gekommen. Lass uns unseren

Chatkontakt endgültig beenden. Ich werde dir nicht mehr antworten - aber ich werde dich nie vergessen.

In Liebe, Ben

Lydia wurde übel. Ihr Körper verkrampfte sich. Sie hatte das Gefühl, jemand habe ihr mit der Faust in den Magen geschlagen. Sie sank zu Boden und weinte so bitterlich wie nie zuvor in ihrem Leben und bald schrie sie sich die Seele aus dem Leib. Sie schrie und weinte, bis sie nicht mehr konnte. Bis ihre Tränen versiegten. Bis es still in ihr wurde. So still, dass sie nur noch den Schlag ihres Herzens hörte. Eine Leere breitete sich in ihr aus wie ein Schmerz, der alles lähmte. Dunkelheit hüllte sie ein.

Eine Weile lag sie reglos auf dem Boden. Das Blut rauschte in ihren Ohren und formte sich zu einem Flüstern, das immer lauter, immer deutlicher wurde. Aus Geräuschen bildeten sich Worte und aus Worten wurden Gedanken. Für Ben war es leicht. Er hatte Argumente, die das logische Ende rechtfertigten, ihm das Vergessen erträglich machten, ihn aufrecht hielten und ihm halfen, über sie hinwegzukommen. Er war der Sieger.

Und sie? Was war mit ihr? Lydia hatte keine Argumente, die ihr halfen. Nichts von dem, was Ben gesagt hatte, war für sie logisch oder nachvollziehbar. Ben hatte ihr eine Welt der Glückseligkeit eröffnet, ihr seine Liebe, Zuwendung, sein Begehren geschenkt. Er hatte alle ihre Sehnsüchte erfüllt, bewusst und unbewusst. Süchtig und abhängig hatte er sie gemacht, willenlos und blind vor Liebe. Er hatte sie unterworfen, sie dominiert. Mit ihrem Einverständnis, ja. Aber nur ihre Liebe zu ihm hatte sie dazu gebracht.

Ben hatte sich in ihr Leben gedrängt und übernahm die Kontrolle. Er bohrte sich wie ein Parasit in ihren Geist und saugte sie aus. Und dann ließ er sie einfach fallen und wollte sie loswerden, auch wenn er das nicht offen zugab. Er lenkte ihr Handeln. Manipulierte ihre Gefühle. Dieses ewige Hin und Her: Wenn Ben spürte, dass sie sich von ihm entfernte, griff er nach ihr. Doch besaß er sie wieder, stieß er sie von sich. Liebe und Ablehnung, Glück und Leid. Und immer war es Lydia, die das Opfer wurde und Ben derjenige, der die Oberhand behielt.

Lydia erinnerte sich an die Frau, die sie vor diesem verhängnisvollen 7. Juni gewesen war, vor dem Tag der ersten Nachricht. Sie war tough und selbstbewusst. Eine Frau, die niemals mit sich spielen ließ und immer die Kontrolle behielt. Sie war es, die die Fäden in der Hand hielt und über den Beginn und das Ende einer Geschichte bestimmte. Dieses zitternde, hilflose, unsichere Wesen, das Ben aus ihr gemacht hatte, das war nicht sie!

Lydia konnte diese Geschichte nicht so enden lassen. Sie war kein würdeloses, verletztes, bemitleidenswertes Opfer, das jeder belächelte. Ben liebte sie, das war eindeutig. Er war ebenso abhängig von ihr wie sie von ihm, auch wenn sie stärker litt. Sie dachte an seine sehnsüchtigen Worte, an die Verzweiflung, die hinter ihnen immer wieder spürbar wurde. An seine Liebeserklärungen. An all die Zeilen aus seiner Mail. Ja, auch Ben war hin- und hergerissen. Er war angreifbar.

In Lydia wuchsen ungeahnte Gefühle der Macht. Bens psychische Labilität, das Leid, das er ihr zufügte und die Wut über ihre eigene Schwäche entfachten eine lodernde Flamme, deren Macht sie verdrängt hatte: ihre Dominanz. Sie erinnerte sich an die Situation, als sie ihm nach dem Liebesspiel das Seil an den Hals hielt und zudrückte. Ben hatte sich nicht gewehrt. Hatte sie ihn eingeschüchtert? Lydia wurde sich einer neuen Macht über ihn bewusst. Es gab eine Möglichkeit, sich ihren Stolz und ihre Würde zurückzuholen, dem

Ende eine Wende zu geben. Eine Wende, die Lydia gestaltete und auf die Ben keinen Einfluss hatte. Die devote Lydia kannte er. Nun war der Moment gekommen, ihm zu zeigen, wer die dominante Lydia war. Und welche Konsequenzen es hatte, wenn man es wagte, sie nicht zu respektierten.

»Ich werde dich bestrafen, Ben«, murmelte sie. »Für die Schmach und die Torturen, denen du mich ausgesetzt hast. Für alles.« Lydias Gesicht wurde starr. Ihre Augen brannten.

Wie in Trance griff sie zum Handy. Sie spürte kaum, wie sie Buchstabe für Buchstabe in das Feld tippte. Als hätte ihre Seele den Körper verlassen und schaute von oben auf sie. Auf ihren Leib, der zusammengekauert auf dem Boden lag und in den zitternden Händen das Smartphone hielt.

Lydia, 09:56 Uhr

Ben? Ich werde jetzt zu dir fahren. Ich weiß, dass du zu Hause bist, und erwarte, dass du mir die Tür öffnest. Kannst du dich an das Seil damals an deinem Hals erinnern? Du hast wehrlos auf dem Bett gelegen, während ich auf deiner Brust saß und es immer fester zog. Das will ich heute Nacht, Ben. Wenn du mir helfen willst, von dir loszukommen und wenn du mich liebst, wirst du mir die Tür öffnen. Ich werde mein Telefon jetzt ausschalten.

Sie drückte den Knopf an ihrem Handy und sah, wie sich das Display langsam verdunkelte. Wie ferngesteuert erhob sie sich und ging ins Bad. Ihr Körper fühlte sich taub an und sie spürte kaum das Wasser auf ihrer Haut, als sie unter der Dusche stand.

Sie legte ein dunkles Make-up auf und hüllte ihren Körper in ein intensives, schweres Parfüm. Ihre finster umrandeten

Augen und ihr dunkelrot geschminkter Mund leuchteten wie Fackeln. Aus ihrem Kleiderschrank nahm Lydia ein verführerisches schwarzes Kleid und Dessous aus edler Spitze. Als sich die halterlosen Strümpfe wie eine zweite Haut an ihre Beine schmiegten, bekam sie eine Gänsehaut. Langsam streifte sie die High Heels über ihre Füße und ging zum Spiegel. Sie stand mit gesenktem Blick davor und hob langsam den Kopf.

Je mehr Lydia von dem Bild im Spiegel sah, umso mehr überwältigte sie ein Gefühl tiefer Trance. Ihre Seele schaute auf sie herab und wartete darauf, in eine neue, starke Lydia zurückkehren zu können. Das betörende Wesen im Spiegel hatte nichts mehr gemeinsam mit dem zerbrechlichen Körper, der vorhin wimmernd auf dem Boden gelegen hatte. Diese Frau war stark und dominant und sie wusste, was sie wollte. Sie war unbeschreiblich schön und der betörende Gesang der Sirenen, den Ben so oft beschrieben hatte, hallte in ihren Ohren. Die langen Haare ergossen sich wie Lava über ihre Schultern. Sie verströmte Verführung und Macht. Sie war eine Bedrohung. Ihre Rache konnte sich entfalten. Lydia war bereit.

Bevor sie das Haus verließ, schrieb sie Florian einen Brief, in dem sie ihn darüber in Kenntnis setzte, dass sie ein letztes Mal zu Ben fuhr. Nichts weiter als ein Abschied, schrieb sie und er solle sich keine Sorgen machen.

Obwohl die Sonne schien, hüllte sie sich in einen schwarzen Mantel. Sie griff nach ihrer Handtasche und rief ein Taxi. Im Auto suchte sie im Adressbuch ihres Handys nach der Telefonnummer eines Hotels. Ihr Plan sah nicht vor, bei Ben zu übernachten.

Die Zugfahrt nach Hamburg verlief wie im Zeitraffer. Lydia hatte das Gefühl, noch nie so schnell an ihr Ziel gelangt zu sein. Am Bahnhof angekommen, nahm sie sich erneut ein Taxi und fuhr zu Bens Wohnung.

Als ihre Augen nach seinem Namen suchten und ihr Zeigefinger den Klingelknopf berührte, horchte sie ein letztes Mal in sich hinein. Kein Herzklopfen, keine Machtlosigkeit, kein Gefühl der Verehrung mehr. Es gab nichts mehr, was sie hilflos machte. Stattdessen fühlte sie sich stark wie nie. Aufgewacht.

Es vergingen ein paar Minuten, bevor Lydia das Surren des Türöffners hörte. Ben hatte gezögert, aber das war ihr egal. Kaum hörbar stieg sie die Treppen hinauf. Die Eingangstür zu Bens Wohnung stand einen Spalt weit offen. Sie legte ihre Hand auf den Türgriff und öffnete sie langsam. Ohne ihren Kopf zu heben, betrat sie den Flur, streifte den Mantel ab und ließ ihn auf den Boden fallen.

»Lydia, was soll das?«, hörte sie Ben sagen. »Warum tust du das?« Entgegen ihrer Erwartung klang seine Stimme liebevoll.

Ben stand mit dem Rücken zu ihr an dem großen Fenster des Wohnzimmers, die Arme über der Brust verschränkt. Sie sah Verzweiflung in ihm und einen Moment lang empfand sie Mitleid.

Langsam ging sie auf ihn zu. Es war totenstill und umso lauter hallten ihre Absätze auf dem Parkett. Sie blieb hinter ihm stehen, ohne zu sprechen und ohne ihn zu berühren. Minuten des Schweigens vergingen, bis er sich umdrehte und sie anschaute. Lydia sah, dass er etwas sagen wollte, doch ihr Anblick verschlug ihm die Sprache. Seine Lippen zitterten und Lydia wusste, dass sie erreicht hatte, was sie wollte. Das Gefühl von Macht und Dominanz in ihr wuchs ins Unermessliche. Ohne auch nur einen Moment den Blick von seinen Augen zu abzuwenden, legte sie beruhigend ihre

Hände auf seine Arme und drückte sie nach unten. Sie fing seine Hände auf, umschlang damit ihren Körper und hielt sie auf ihrem Rücken fest.

»Du bist so schön. So atemberaubend schön«, flüsterte Ben fast lautlos, als sie in seinen Armen lag.

Lydias Lippen formten sich zu einem gewinnenden Lächeln. Sie löste eine Hand, um Ben berühren zu können. Mit den Fingerspitzen strich sie liebevoll über seine Brust und seinen Hals. Sie streichelte sein warmes Gesicht und berührte zärtlich seine Lippen. Dann legte sie sanft ihre Hand um seinen Nacken und zog ihn ganz nah an sich heran. Sie flüsterte ihm mit einem dunklen und betörenden Ton fremde Worte ins Ohr und spürte seine Gänsehaut. Die hypnotische Stimme, die er vorher nie gehört hatte, schien ihn hilflos zu machen. Lydia kannte dieses Gefühl so gut.

»Du weißt, warum ich hier bin, Liebster. Ich will dich. Ich will, dass du mich ein letztes Mal begehrst. Doch zuvor will ich dich ein letztes Mal begehren. Du sagst, dass du mich liebst. Dann musst du mir heute vertrauen, so wie ich dir vertraute. Wir werden uns für immer und ewig lieben. Aber wir werden getrennt sein. Und wir werden unseren Frieden finden.«

Ben regte sich nicht. Lydia hatte das Gefühl, dass er in ihren Armen versank und nicht mehr imstande war zu denken.

»Lydia, du weißt, dass ich das nicht kann«, flüsterte er mit einer Stimme, die nichts mehr mit dem souveränen Ben gemeinsam hatte. »Dass ich das damals zugelassen habe, war nur ein kurzes Spiel. Hör auf, uns beide zu quälen. Bitte, lass es gut sein.«

»Ich weiß, Liebster«, raunte sie. »Lass uns erneut spielen. Lass mich mit dir spielen. Ich will weder dich noch mich quälen. Menschen, die sich lieben, vertrauen einander. Es wird der Höhepunkt einer leidenschaftlichen Romanze sein und ich werde dich danach in Ruhe lassen. Ich werde dich nicht enttäuschen. Erfülle mir diesen letzten Wunsch und lass dich in meine Hände fallen. Lass mich dich lieben, so wie du mich geliebt hast. Danach darfst du mit mir auf jede Weise verfahren, die in deinem Ermessen liegt. Es wird eine unglaubliche Nacht werden. Ich verspreche es dir.«

Sie küsste seinen Hals und hörte ihn seufzen. Plötzlich stieß er sie unsanft von sich, griff nach ihren Armen und hielt sie fest. Doch diesmal ließ Lydia sich nicht einschüchtern. Überrascht starrte er sie an, als sie sich ungerührt aus seiner Umklammerung löste und gelassen vor ihm stand.

»Was willst du von mir?« Er versuchte es mit Dominanz, aber sein Zauber ließ sie unberührt. Seine Augen verdunkelten sich nicht wie sonst und Lydia wusste, dass dies nicht der wahre, dominante Ben war. Dass sie etwas in ihm berührt hatte. Dass etwas ihn hinderte. Dass Liebe aus ihm sprach, Verzweiflung, Hilflosigkeit. Und dass er all dies überspielen wollte.

»Ich will, dass du deinen silbernen Koffer für mich öffnest. Ich will ihn nicht berühren, denn er gehört dir und das achte ich. Ich möchte nur die schwarzen Seile nehmen, mit denen ich dich fesseln werde. Wenn du hilflos auf dem Bett liegst, werde ich mit dir spielen. Ich werde mich auf dein Gesicht setzen und du wirst mich verwöhnen. Du wirst meinen süßen Nektar trinken und ich werde dir den Atem nehmen. Ich werde mit meinen Lippen deinen Schwanz massieren, bis du dein Stöhnen nicht mehr zurückhalten kannst und vielleicht setze ich mich eine Weile auf ihn, um meine Spalte an ihm zu reiben. Ich will dich ein letztes Mal lieben, so wie ich dich noch nie lieben durfte.«

Das, was aus Lydia sprach, war so dunkel wie das schwarze Kleid, das sie trug. Es verschmolz mit ihrer Haut und ihrer Stimme und verhüllte jede Zärtlichkeit in ihr.

Ben sah sie lange an. Ihre bestimmende Art und die unterschwellige Kälte irritierten ihn, sie konnte es spüren.

»Du kannst das wirklich gut, Lydia. Diese Dominanz. Sie ist verlockend. Aber wenn ich dir das gestatte, werde ich dich dafür bestrafen müssen. Und du wirst diese Strafe ertragen, egal, wie ich sie gestalte. Hast du mich verstanden?«

»Ja, Ben«, erwiderte sie ruhig. »Ich habe dich verstanden.«

»Gut, dann lass uns spielen. Ein letztes Mal. Gib mir fünf Minuten.«

Er ging ins Schlafzimmer und schloss die Tür hinter sich. Ihr Moment war gekommen. Sie würde ihm die seelischen Schmerzen zurückzugeben und sie würde es frei von Liebe tun.

Sie schaute zur Uhr. Die Frist war abgelaufen. Lydia drückte leise den Griff der Schlafzimmertür nach unten. Ben stand auf der anderen Seite des Betts. Er hatte den Raum abgedunkelt, nur die große Lampe hinter dem Sessel strahlte in einem warmen Licht. Darunter sah sie den weit geöffneten silbernen Koffer. Sie entdeckte die bekannten Seile, die Ledermanschetten, den Flogger aber auch viele andere Spielsachen, die Ben nie bei ihr genutzt hatte. Nachdem sie sich kurz orientiert hatte, sah sie aus dem Augenwinkel, dass er sich auf das Bett setzte.

Lydia stellte sich vor ihn und begann ihr Kleid zu öffnen. Mit sanften Bewegungen streifte sie es von ihrem Körper und ließ es auf den Boden fallen. Seine Augen fixierten ihren Leib. Sie nahm seine Hand und ließ sie über ihre Brust gleiten, die verhüllt war durch ein mit weicher Spitze besetztes Dessous, über die weiche Haut ihres Bauches, über ihren durchsichtigen Spitzenslip und das kurze Stück ihres Oberschenkels, bevor er die Verzierung und das seidige Nylon ihrer halterlosen Strümpfe berührte. Sie genoss seinen Blick, der voller Begierde war und die Wärme seiner Haut. Schließlich ließ sie seine Hand los und ging ans andere Ende des Zimmers.

»Steh auf und zieh dich aus«, befahl sie, nicht ohne Wärme in der Stimme. »Alles. Ich will dir dabei zusehen.«

Zögernd begann Ben, sein weißes Hemd aufzuknöpfen. Sie sah, wie er es auf den Sessel legte. Dann hörte sie den Klang des Metalls seiner Gürtelschnalle. Ben öffnete sie und zog seine Hose aus. Der weiche Stoff, den Lydia so liebte, fiel zu Boden. Langsam, ganz langsam waren seine Bewegungen. Nachdem er sich seiner Unterwäsche entledigt hatte und sie die Umrisse seines Körpers im Schein des Lichts sah, wurde sie augenblicklich feucht.

»Komm her!«, sagte sie.

Ben kam auf sie zu, doch mit einer gezielten Geste stoppte Lydia ihn. Nackt stand er vor ihr. Ihr Herzschlag beschleunigte sich und die Perle zwischen ihren Beinen begann zu pulsieren. Ben lieferte sich ihr aus. So, wie sie damals in der unvergesslichen gemeinsamen Nacht im Schlosshotel vor ihm gestanden hatte, so präsentierte sich Ben jetzt ihr. Man konnte das Knistern ihrer Begierde förmlich spüren.

Langsam ging sie um ihn herum und betrachtete ihn. Er schien angespannt und sein Schwanz wurde nicht steif. Es turnte ihn nicht an. Zum ersten Mal war ihr seine Erregung gleichgültig. Sie blieb vor ihm stehen, schaute ihm tief in die Augen, hob ihre Hände und streichelte seine Wangen. Sie wusste, dass er sich gegen die Berührungen gern gewehrt hätte.

»Leg dich mit dem Rücken auf das Bett. Egal, was ich tue, du wirst mich in keinem Fall anfassen. Hast du verstanden?«, flüsterte sie in einem dominant hypnotischen Ton. Das Vibrieren ihrer Stimme verriet, dass sie erregt war.

Ben gehorchte. Er lag nun regungslos vor ihr.

Lydia entledigte sich der High Heels vor dem Bett und hockte sich mit gespreizten Beinen über seinen Unterleib. Sie wollte seine Haut nicht berühren. Sie wollte nicht die Wärme seines Körpers, sie wollte ihn benutzen. Sie starrte in seine weit aufgerissenen Augen. Mit einer langsamen, kreisenden Bewegung begann sie, sich mit ihrem nassen Slip an Bens Schwanz zu reiben. In seinen Augen konnte sie aufflammende Lust entdecken und bald konnte er seine Erregung nicht mehr verleugnen.

Ihre Scham glitt mit den wellenartigen Bewegungen einer Schlange höher auf seinen Bauch. Lydia zog ihren Slip beiseite. Sie wollte seine weiche Haut an ihrem weit geöffneten Schritt spüren. Sie schloss die Augen, rieb sich an ihm und ihr wurde heiß. Ihre Brüste wurden fest und ihre Knospen hart. Sie spannten in dem weichen Stoff ihrer Unterwäsche und das erregte sie noch zusätzlich. Sie griff nach seiner Hand und platzierte sie mit der Innenfläche nach oben neben seinen Körper.

»Halt deinen Zeige- und Mittelfinger nach oben!«, herrschte sie ihn an.

Er gehorchte sofort. Ununterbrochen ruhten seine Augen auf ihrer Scham.

»Ich will, dass du genau zusiehst«, rief sie. Stück für Stück ließ sie sich auf seinen Fingern nieder und begann, sie zu reiten, zunächst ganz vorsichtig und dann immer fordernder. Der Rausch ihrer Macht turnte sie an.

»Du machst dich gut«, hauchte sie mit einem betörenden, wenn auch bedrohlichen Ton. »Aber ich bin noch lange nicht zufrieden.«

Sie stieg von ihm herunter und ging zu dem silbernen Koffer. Lydia sah die schwarzen Seile im Schein des Lichts glänzen und ein Lächeln glitt über ihre Lippen. Ben beobachtete sie und Lydia wusste, dass er nun ihre verführerische Silhouette im schwachen Licht der Lampe sah. Sie nahm die Seile und ging zu ihm zurück. Der Anblick musste fremd und bedrohlich auf ihn wirken und sie ergötzte sich an dem Gedanken. Sie griff nach seinem linken Fuß. Er versuchte ihn wegzuziehen, doch Lydia krallte ihre Finger in sein Fleisch.

»Was soll das?«, hörte sie ihn entsetzt fragen.

Sein Widerstand und seine Frage verärgerten sie. Zornig richtete sie sich auf und bestieg mit langsamen Bewegungen das Bett. Sie schaute ihm kalt in die Augen, kniete sich auf seine Oberarme und beugte sich über sein Gesicht.

»Ich habe gesagt, ich will mit dir spielen. Wie dir bekannt sein wird, besteht ein Spiel aus Regeln, Ben. Eine dieser Regeln lautet, dass ich deine Stimme nur dann hören will, wenn ich es dir sage. Und eine zweite, noch viel wichtigere, lautet: Es ist mein Spiel. Mein Spiel, mein Ablauf. Ich bin sicher, dass du mich verstanden hast, und ab jetzt will ich nichts mehr von dir hören. Wenn ich meine Meinung ändere, lasse ich es dich wissen.«

Fassungslos starrte er sie an. In seinen Augen war Panik zu sehen. Das, was Lydia nun verkörperte, hatte nichts mehr mit der Frau zu tun, in die er sich verliebt hatte. Sie war zu einem kaltherzigen, erbarmungslosen Wesen geworden und endlich schien er es zu begreifen.

Lydia griff erneut nach seinen Füßen und fesselte sie mit den Seilen ans Bett. Ben leistete keinen Widerstand mehr und Lydia achtete darauf, Knoten zu benutzen, aus denen er sich nicht allein befreien konnte. Danach setzte sie sich auf seinen Oberkörper und wandte sich seinen Händen zu. Geschickt schlang sie die weichen Seile um seine Handgelenke. Er begann zu schwitzen und ein Zittern durchfuhr seinen Körper. Sie war sicher, dass er nichts lieber getan hätte, als sie zu packen, auf das Bett zu werfen und das Spiel zu beenden. Aber nichts dergleichen geschah. Irgendetwas blockierte ihn. Der Grund dafür war ihr gleichgültig. Wichtig war nur das, was sie nach dieser Session fühlen würde. Und das würde kein Bedauern sein.

Nachdem auch seine Hände am Bett gefesselt waren, ließ sie ein einzelnes Seil neben seinem Kopf liegen. Sie richtete sich auf und stellte sich mit gespreizten Beinen über sein Gesicht. Ihren nassen Slip schob sie vollständig zur Seite.

»Schau sie dir an«, sagte sie streng.

Lydia spürte die bohrenden Blicke zwischen ihren Beinen und wie genau er ihre glänzende Scham betrachtete. Dann hockte sie sich über seinen Mund.

»Streck deine Zunge weit heraus!«, befahl sie.

Tief bohrte sich seine harte Zunge gleich darauf in ihre Spalte. Es war ein warmes und vertrautes Gefühl. Lydia begann sie zu reiten, so wie sie vor einigen Minuten seine Finger geritten hatte. Hemmungslos und ekstatisch. Sie rieb ihr nasses Fleisch an seinem Gesicht und an seiner Nase.

Unvermittelt ließ sie von ihm ab und zog ihren Slip aus. Sie kniete sich wieder auf seine Oberarme, ergriff das lose Seil neben seinem Kopf und steckte Ben ihren durchnässsten Slip in den Mund. Er wehrte sich und Lydia nutzte das Überraschungsmoment, um geschickt das eine Ende des Seils unter seinem Hals durchzufädeln. Sie presste ihm ihr Knie auf die Stirn und verknotete das Seil zu einem Knebel über seinem Mund.

»Wehr dich nicht, Ben. Ich möchte dir ungern wehtun oder dein Gesicht verletzen. Deine zukünftige Ms. Right, die Erfüllung all deiner Träume und die Mutter deiner Kinder, soll dich doch noch attraktiv finden, oder?«, herrschte sie ihn an.

Kraftlos, mit aufgerissenen Augen, lag Ben vor ihr. Lydia hatte ihn überwältigt und nun schlug ihm ihr Hass entgegen. Ihre sadistische Lust wuchs ins Unermessliche. Durch die Sehnsucht nach Vergeltung für das psychische Leid und die Demütigungen, die er ihr in den letzten Wochen zugefügt hatte, entwickelte sie ungeahnte körperliche Kräfte.

Nachdem sein Mund verschlossen war und er weder reden noch schreien konnte, stieg Lydia anmutig vom Bett herunter und stellte sich direkt vor seinen nun wehrlosen Körper. Mit einem zufriedenen Lächeln betrachtete sie ihr Werk. In der Gewissheit, ununterbrochen von ihm beobachtet zu werden, ging sie zum Koffer. Der Flogger. Mit ihm würde sie diesen epischen Akt der Rache glanzvoll vollenden. Als Ben die Lederpeitsche in ihrer Hand sah, versuchte er etwas zu rufen, aber der Knebel hinderte ihn daran.

Mit genießerischer Eleganz stellte sie ein Bein auf das Bett, beugte sich nach vorn und legte die weichen Lederstreifen auf seinen Bauch. Ben riss an den Fesseln, aber nicht aus Ekstase, sondern aus Wut und Verzweiflung. Seine blauen Augen verdunkelten sich. Sie sah Hass in ihnen, aber sein Hass machte sie nur noch stärker. Sanft strich sie über die weiche Haut seiner Brust und wanderte erneut langsam über seinen Bauch. Ben zitterte und bebte. Das Leder berührte seine Oberschenkel. Er wand seinen Körper hin und her und zog an den Fesseln, aber die Knoten hielten und die Seile waren stark. Lydia gefiel der Anblick. Sie streichelte zärtlich sein Gesicht und seine Lenden. Lange trieb sie dieses Spiel, bis hin zu dem einen, lustvollen Augenblick, in dem sie die Lederriemen durch die Luft sausen ließ und der Tanz des Schmerzes begann.

Lydia schlug zu. Auf seine Beine, seine Brust, seinen Bauch, seine Arme, seinen Unterleib. Erst sanft, dann immer stärker. Je mehr Ben sich wehrte und je mehr er versuchte, ihr etwas zu sagen, umso heftiger wurden ihre Schläge. Lydia zählte sie nicht, sie sprach kein Wort, sie attackierte ihn nur, blind und gedankenlos. Als Ben ihr die Schmerzen der Lust geschenkt hatte, hatte er sich immer wieder danach erkundigt, ob der Schlag zu stark oder zu schwach sei und ob es ihr gut ginge. Seine Leiden bei diesem Tanz interessierten sie nicht. Diese Schläge waren die einzige Form der Demütigung, die sie ihm zufügen konnte. In diesen Minuten war er ihr schutzlos ausgeliefert. Wenn sie ihm nicht seelische Schmerzen zufügen konnte, sollten es wenigstens körperliche sein. Er sollte diese Erniedrigung und die Zeichen auf seiner Haut noch lange spüren. Lydia hörte nur noch das Rauschen der Lederstreifen, wenn sie die Luft durchschnitten wie Messer und das harte Klatschen, wenn sie auf seinen Körper aufschlugen. Sie blendete aus, dass sie ihn liebte und alle Gesten der Hilflosigkeit, die von ihm ausgingen. Ihre verletzten Gefühle ließen kein Mitleid zu.

Irgendwann senkte Lydia erschöpft ihre Arme. Bewegungslos schaute sie Ben an. Sein Körper war übersät von dunkelroten Striemen. Lydia hatte ihren Hass auf seine Haut gemalt. Langsam wurde ihr Herzschlag ruhiger und ihr Zorn ebbte ab. Ben atmete schnell und stöhnte leise.

Lydia fühlte keine Reue. Sie legte sich neben ihn und streichelte behutsam mit den Fingern über ihr Werk. Über ihre

Zeichnung der Ablehnung und Grausamkeit. Ben regte sich nicht und sie wartete lange darauf, dass sein Atem sich beruhigte.

»Liebe und Hass liegen nah beieinander, Ben«, sagte sie teilnahmslos. »Zwei starke Gefühle, die es ohneeinander nicht gibt. In den letzten Wochen hast du meine bedingungslose Liebe gespürt. Ich hätte alles für dich geopfert. Aber du hast mir wehgetan, immer wieder und du hast mit mir gespielt. In deiner letzten Mail hast du geschrieben: *Wie man das Blatt auch dreht und wendet, wirklich endgültig scheint er nicht zu dir zu stehen. Mal will er dich, mal will er dich nicht.* Ich werde diese Worte nie vergessen. Du hast mir das Herz gebrochen. Deshalb hast du heute meinen Hass gespürt.«

Sie atmete noch einmal tief durch und küsste seine Brust.

Ben lag erstarrt auf dem Bett. Ohne ihn weiter zu beachten, stand Lydia auf und ging in den Flur, um ihr Handy einzuschalten. Anschließend kam sie zurück ins Schlafzimmer, korrigierte den Sitz ihres BHs und zog sich ihr Kleid an. Dann stieg sie auf das Bett, kniete sich gefühllos neben Ben und befreite ihn von dem Knebel und dem Slip in seinem Mund, als wäre er eine leblose Puppe. Ben wehrte sich nicht. Er sah sie nur an.

»Ich werde jetzt gehen, Ben«, sagte Lydia und blickte ihm fest in die Augen. »Vorher werde ich dich noch von den Fesseln befreien. Aber bevor ich das tue, musst du mir schwören, mich nicht zu schlagen oder anzufassen. Ich war heute hier, um mir ein wenig Würde zurückzuholen und mich endgültig von dir zu lösen. Es war meine Rache für das gewaltige Leid und die unzähligen Demütigungen, die du mir in den letzten Wochen zugefügt hast. Nicht mehr und nicht weniger. Ich weiß, dass du mich liebst. Darum hast du mein Spiel mitgespielt. Auch wenn es sicher anders und sadistischer war, als du es dir vorgestellt hast. Schwöre mir, dass du mich jetzt gehen lässt.«

Lange Zeit sah er sie nur an. Seine Augen waren traurig.

»Ich werde dich gehen lassen. Ich verstehe dich«, sagte er leise.

Lydia wusste, dass er es ehrlich meinte. Tränen liefen über seine Wangen. Schweigend löste sie die Knoten. Nachdem Ben sich aufgesetzt hatte, schaute sie ihm ein letztes Mal in seine schönen blauen Augen.

Im Flur zog sie ihren Mantel an, streifte sich die High Heels über die Füße und nahm ihre Handtasche. Ohne sich noch einmal umzudrehen oder sich zu verabschieden, schloss sie die Wohnungstür und ging zurück in ein Leben ohne Ben.

WEITERE SM-BÜCHER

Wenn Ihnen dieses Buch gefallen hat, dann könnten Ihnen auch die auf den nächsten Seiten kurz vorgestellten Titel gefallen. Um mehr über unser Sortiment zu erfahren, können Sie unsere Website besuchen: **www.schwarze-zeilen.de**

Lipuria – Ich war seine Sklavin

Tagebuchaufzeichnungen

Lipuria ist eine junge Frau, die weiß, was sie will. Sie steht zu ihren sadomasochistischen Neigungen und lebt diese auch als Herrin aus. Sie genießt es, Männer zu dominieren und ihnen erotischen Schmerz zuzufügen. Für sie ist ganz klar, sie ist eine Femdom.

Sie erfährt, dass ein befreundeter Arbeitskollege ebenfalls dominant ist, zwischen ihnen prickelt es heftig, doch zwei dominante Menschen, das passt doch nicht – oder? Schließlich passiert das zuvor für Lipuria Unvorstellbare, sie wechselt die Seite und ist verwirrt. Die überkochenden Empfindungen lösen ein Wechselbad der Gefühle in ihr aus. Sie fragt sich, wer sie ist und ob sie sich überhaupt selbst kannte. Doch am Ende weiß sie ganz genau, was sie in Zukunft sein möchte ...

Diese wahre Geschichte hat die Autorin nach ihren Tagebuchaufzeichnungen geschrieben. Herausgekommen ist ein packender Roman über eine ungewöhnliche Entwicklung von einer Femdom zur Sklavin.

Buch Paperback (ISBN: 9783945967676) – E-Book (ISBN: 9783945967591)

Tanja Russ – Ich seh dich

Ein BDSM-Liebesroman

Sara ist eine selbstbewusste, lebenslustige Frau. Doch insgeheim sehnt sie sich nach der Führung eines starken Partners. Mit Konrad glaubt sie, am Ziel ihrer Wünsche zu sein. Als sie merkt, dass sie sich geirrt hat, sucht sie Halt bei ihrem Chatfreund Julian. Die Freundschaft entwickelt sich zu einer virtuellen D/S-Beziehung, doch Sara sehnt sich nach einem Mann zum Anfassen und nach realem BDSM. Welches Geheimnis verbirgt er vor Ihr? Als ein Frauenmörder in der Stadt seine Opfer sucht, ist Sara in Lebensgefahr ...

Buch Paperback (ISBN: 9783945967836) – E-Book (ISBN: 9783945967775)

Tanja Ruß – Fesselnde Sehnsucht

Ein Highland BDSM-Liebesroman

Rebecka und Alec kennen sich schon eine ganze Weile und zwischen den beiden knistert es gewaltig. Doch Rebecka weiß, dass Alec auf BDSM steht und das schreckt sie ab. Alec hingegen spürt, dass tief in Rebecka die dunklen Sehnsüchte von Unterwerfung und Hingabe schlummern - aber er weiß nicht, wie er ihr so nahe kommen kann, dass er ihr behutsam den Weg zur Erfüllung ihrer geheimen Fantasien zeigen kann. Schließlich versucht er es mit der Hilfe von Rebeckas bester Freundin Lea, die Sie bereits aus dem Roman „Brombeerfesseln" kennen ...

Buch Paperback (ISBN: 9783945967430) – E-Book (ISBN: 9783945967393)

Tanja Ruß – Brombeerfesseln

Ein BDSM-Liebesroman

Lea ist 29, Fotografin und überzeugte Singlefrau. Sie steht mit beiden Beinen fest im Leben und nimmt die Männer, wie sie kommen. Doch immer fehlt ihr dabei etwas. Bis sie Lukas begegnet. Streng, dominant, leidenschaftlich, bietet er alles, was Lea sich von einem Mann wünscht. Er macht ihr das verführerische Angebot, seine Sklavin auf Zeit zu werden. Lea lässt sich darauf ein und Lukas entführt sie in die dunkle Welt des BDSM. Eine Welt voller Dominanz und Unterwerfung, Schmerz und Lust, doch auch voller fürsorglicher Liebe und gegenseitigem Respekt. Aber ihre besondere Beziehung hat ein Verfalldatum, die Vereinbarung lautet, 6 Monate bleiben sie zusammen ...

Buch Paperback (ISBN: 9783945967317) – E-Book (ISBN: 9783945967249)

Tanja Ruß – Fesselnde Überstunden

Anregende BDSM-Kurzgeschichten

Die Lust nach Schmerz und Unterwerfung schert sich nicht um den Ort, an dem sie eine Frau überfällt. Oder haben Sie noch nie einen unzüchtigen Blick auf den knackigen Hintern Ihres Chefs geworfen? Sind Sie noch nie ins Schwitzen geraten, beim bloßen Anblick der muskelbepackten Typen im Fitnessstudio? In vier ausgesuchten erotischen BDSM-Kurzgeschichten entführt Sie die Autorin in ihre geheime Welt des Schmerzes und dem sehnlichsten Wunsch, sich auszuliefern. Und plötzlich wird aus der Fantasie Wirklichkeit, Sie sind nackt am Schreibtisch gefesselt, der Rohrstock brennt sich tief in Ihr Fleisch ... Lassen Sie sich entführen in eine Welt aus Romantik, Lust und Verlangen. Genießen Sie die auf- und anregende Lektüre, in der der Autorin wieder ein „Spagat aus geilem (Lese-)Porno und erotischer SM-Romanze" gelungen ist.

Buch Paperback (ISBN: 9783945967652) – E-Book (ISBN: 9783945967522)

ÜBER DIE AUTORIN

Yona Carlsson wurde Anfang der siebziger Jahre in Mecklenburg-Vorpommern geboren. Nach dem Gymnasium machte sie eine Ausbildung zur Bürokauffrau und arbeitete in verschiedenen Unternehmen mit Schwerpunkt Tourismus und Kommunikation. Seit einigen Jahren ist sie freiberuflich in den Medien tätig, u. a. in der Werbung sowie in Film- und Fernsehproduktionen.

Ihre Leidenschaft für die Literatur entdeckte sie schon in Kinderjahren, zunächst mit dem Schreiben von Gedichten und Märchen. Als Erwachsene widmete sie sich dem Verfassen erotischer Geschichten, die sie zunächst ausschließlich im privaten Kreis präsentierte.

Ihr Debütroman »Kiss of Pain – Im Sog der Leidenschaft«, ein gefühlvoller BDSM-Erotikroman, ist im Schwarze-Zeilen Verlag erschienen.